DER STEPPENWOLF
荒野之狼

HERMANN HESSE

赫曼・赫塞

關旭玲譯

Der Steppenwolf 寸評

白取春彥

這本書是為了不想成為輕易計算出一輩子能領多少薪水的你們而寫。

為什麼呢？因為你們是荒野之狼。

認為自己和別人完全不一樣，悄悄地讚嘆自己擁有驚世才華；為這世間機制深感窒悶的同時，也因著被慾望與夢想吞沒而喪失自我。縱使如此，你們還是無法舒服入眠，成了朝向深夜昏暗天際，大聲遙吠的荒野之狼。

正因為如此，你們的體內還潛藏著青春活力。

逐漸腐朽的大人們只會低頭啃食又硬又濕的草，他們連閱讀如此鮮嫩小說的氣力都沒有。

因此，當你們入迷讀著彷似述說自己的這本小說時，請回應從遠方傳來，赫曼．赫塞的遙吠吧！

出版者序

這本書的內容是一份留在我們這裡的手稿。留下這份手稿的人我們稱他為「荒野之狼」，這稱呼他自己也用過好幾次。姑且不論這份手稿是否需要一篇具導讀功能的序，但至少，對我個人而言，確實有這樣的需要：對荒野之狼的文稿做些補充，並藉此勾勒出我對他的記憶。關於他，我知道的其實很少，對於他的過往和出身背景更是一無所悉。但我對他的人格特質卻留下了既強烈又——無論如何不得不說——充滿好感的印象。

荒野之狼是名年近五十的男子，幾年前的某一天他來到姑媽家，表明想租一間附家具的房間。後來他租了閣樓和閣樓旁邊的臥室。幾天後他帶著兩只行李和一大箱書再度出現，就這樣和我們生活了九到十個月。他總是安安靜靜的做自己的事，如果不是因為我們的臥室相鄰，在樓梯間或走道上總會偶遇，很可能根本沒有機會認識彼此。他是個非常不愛社交的人，其不愛社交的程度，就我的朋友圈而言真是前所未見。就像他自己偶而自稱的那樣，他真的是一匹荒野之狼，是個陌生、充滿野性，又害羞，甚至可以說非常害羞的生物，他彷彿來自一個與我的世界截然不同的陌生世界。至於他因自身稟賦及命運到底活得有多孤獨，他對此孤獨命運到底有多深的自覺，這些我都是看了他的手稿後才明白的。但在看這份手稿之前，我跟他畢竟有過多次短暫的相遇和交談，所以我對他也算有一定程度的了解，我認為，經由這份手稿，我所獲得的有關他的印象，跟我與他的實際接觸，兩者基本上是一致的，不過後者的確比較籠統又不夠完整。

荒野之狼第一次造訪我們住的地方，並向姑媽探詢租屋的可能性時，我正好在場。那天，他中午來訪，桌上的餐盤都還沒收，且距離我午休結束，得回辦公室的時間大約還有半小時。我一直忘不了他給我的第一印象，那種既特殊又矛盾的印象。他打開玻璃門走進來，當然，進門前他有先拉門外的鈴。姑媽走向昏暗的樓梯間，探頭詢問他有什麼事。這位先生，我們的荒野之狼，竟只是揚起他頭髮剪得很短的頭，伸長了鼻子嗅聞。他的鼻子神經兮兮的四下探聞，沒回答姑媽的問題，也沒先報上姓名，只是自顧自的說：「啊，這裡的氣味真好聞！」他邊說邊拉開笑容，我和藹的姑媽也報以微笑。但我覺得這樣的打招呼方式非常古怪，因此對他有些反感。

「喔，對了，」他說，「我是為了房子來的，您不是有房間要出租？」

我陪同姑媽和他，三人一起上閣樓看房間，這讓我剛好有機會仔細打量他。他個子不很高，走路的方式和昂首的模樣卻像極了一個魁武的男人。他身上的大衣時髦而舒適，整體而言穿得體面大方，不過卻透著一股隨興。鬍子刮得很乾淨，剪得很短的頭髮看得到夾雜白絲。剛認識時，我其實不喜歡他走路的模樣，有點累，有點猶豫，這跟他鮮明俐落的外型和充滿活力的說話方式及音調一點也不相稱。後來我才注意到，並且知道：原來他有隱疾，走路對他而言相當吃力。他看著樓梯、牆壁、窗戶，和擺在樓梯間的一個又高又舊的櫃子，再度露出他獨特的笑容。那笑容在當時同樣令我不太舒服。他似乎對屋裡的每樣東西都很滿意，卻又像帶著一抹若有似無的嘲諷。總之，這男人給我的印象是，他彷彿來自另一個陌生的世界，來自某個得遠渡重洋才能抵達的國度。因此，他到了我們這裡，雖然覺得一切都很棒，卻又難以適應。他這個人，我實在不得不說，真的很有禮貌，沒錯，他很親切友善，對我們的房子，對他要租的房間、房租、早餐，和其他所有的一切，都毫無異議的欣然接受了。即便如此，他整個人還是散發出一種讓我覺得很陌生、不好，或者說具有敵意的氣息。他不僅租下了原本要租的閣樓，連旁邊的小臥室也一起租了。他默默的聽著姑媽說明有關暖氣、用水、房東提供的各項服務，和住進這裡後要遵守的種種規矩，他聽得誠懇而專注，聽完後立刻全盤接受，還主動預付了房租。不過，在他做這些事的同時，卻又不經意流露出一種心不在焉。那種心不在焉就像他對自己現在的行為感到可笑，感到無法認同，就像他來這裡租房間，開口跟人說德文，對他而言都是奇怪又新鮮的事，而他心裡真正關心的其實另有其事。這就是他給我的第一印象，倘若他臉上沒有那些耐人尋味的細微表情來為他這個人增色和加分，坦白講，他真的沒有給我留下什麼好印象。從一開始，他最令我有好感的就是那張臉。雖然那是一張充滿了陌生感的臉，但我對它就是有好感。那張臉雖然有點獨樹一格，有點憂鬱，卻顯得格外清醒、充滿思想、飽經歷練，且極富精神性。除此之外，他的彬彬有禮和親切友善也增添了我對他的好感。雖然要他表現出親切有禮似乎有點辛苦，但這並不表示他這個人傲慢自大——剛好相反，隱藏在那行為下的幾乎是一種誠心誠意，甚至惶恐乞憐。後來我才知道原因，知道後對他的好感更是立刻大增。

二間房都還沒參觀完，有關租房的細節也尚未談妥，我的午休時間已經到了，我必須回店裡工作。於是我先行告辭，並且把他單獨留給姑媽。晚上回來時，姑媽告訴我，那個陌生人當下就決定要租，還說這幾天就會搬來，他唯一的要求是不要向當地的警察局報到和登記。他說他生病了，實在經不起到警察局跟著大家大排長龍，辦理那些制式規定和繁瑣手序。我還記得很清楚，這一點讓我深覺自己對他的看法得到了印證，我一再警告姑媽不可以答應他的要求。他身上具有的那種令人無法信賴的感覺和那股沒來由的陌生感，跟他怕到警察局去登記，剛好不謀而合，他肯定有什麼不可告人之處，怕被人發現。我分析給姑媽聽，他提出來的這個要求，無論如何都是個奇怪的要求，如果答應了，很可能會為姑媽招來不好的後果，我請姑媽絕對不可以為了一個不認識的陌生人，去招惹這種麻煩。但我隨即得到的答案是：姑媽已經答應他了。她顯然決心接受那個陌生人的攏絡，並讓他對她施展魅力。姑媽每次選房客，無一例外，都會選擇那種能讓她展現人性光輝面、和藹可親、好姑媽特質，或更貼切的說法，強烈母愛的人。過去不乏房客大肆利用她這些特質。這次，新房客住進來後，頭幾個禮拜我總愛藉機刁難，姑媽見狀也總是特意維護，並趕緊送上溫暖。

他不願去警察局登記的這件事讓我很反感，我問姑媽，對這個陌生人，對他的背景和來歷，以及他來我們這裡的目的到底知道多少。姑媽立刻把她知道的全盤托出。中午我離開後，其實他只多待了一會兒，但姑媽卻已經知道了不少事。陌生人告訴她，他打算來我們這裡待幾個月，他想利用這裡的圖書館，想參觀城裡那些歷史悠久的古樓。姑媽原本不打算把房間租給短期房客，但他顯然已成功的擄獲了她的心，雖然他一開始表現得有點異於常人，但算了，房間已經租出去，我現在要反對也已經太遲。

「他為什麼會說我們這裡的氣味很好聞？」我問。

姑媽有時很愛擺出一副內行人的模樣：「這點我完全可以理解。我們這裡聞起來確實乾淨又井然有序。一聞就知道我們的生活和諧又高雅，他聞了當然會喜歡得不得了！但他看起像是已經不習慣這樣的氣氛了，像是已經很久沒有過過這樣的生活了。」

我心想：好吧，隨便妳怎麼講。「但是，」我說，「如果他不習慣過這種井然有序又高雅的生活，那他怎麼能跟我們一起住？如果他沒有辦法保持乾淨，老把環境弄得亂七八糟、髒兮兮的，如果他晚上總喝得爛醉如泥的回來，那該怎麼辦？」

「那我們就等著瞧吧！」姑媽一臉促狹的說。木已成舟，我也只能算了。

事實上我的擔心是沒有道理的。新房客的生活雖然稱不上井然有序或中規中矩，但並沒有帶給我們任何麻煩和妨礙，直到今天我們都還很懷念他。雖然他在生活上沒有造成我們的困擾，但對於我們的內心，我和我姑媽皆然，他對我們的靈魂，卻產生了極大的衝擊與干擾，坦白講，直到今天我還深深的受到他的影響。有時我在夜裡還會夢到他，並且覺得自己因為他，因為他的存在方式，而深感困擾，而惶惶不安，雖然我是真心的喜歡他。

二天後，車夫搬來了新房客的所有東西，原來這個陌生房客名叫哈利・哈勒。其中有個真皮的皮箱非常漂亮，它給了我很好的印象。另外還有一個很大的行李箱，看起來像經歷過多次長途旅行，因為上面貼滿了泛黃的飯店標籤和航運公司的貼紙，而且是不同的國家，有的地方甚至極為遙遠。

不久之後新房客人也到了。接下來的日子便進入了我和這個奇特房客慢慢互相認識的階段。一開始我完全不願意採取主動，雖然從見到哈勒的第一眼開始，我就對他充滿好奇，但他搬進來的頭幾個禮拜，我完全不願意主動接近他，也不願意跟他交談。不過，我得承認，我確實打從一開始就在暗地裡觀察他，有時候甚至會趁他不在時偷偷溜進他房裡，當然，純粹是出於好奇想偷窺一下他的生活。

關於荒野之狼的外表我已經做了不少描述。他給人的第一印象是他應該是個重要人物，是個罕見又極具天分的人。他的臉充滿靈性，臉上那些極為細膩又靈活的表情正好反映出其內在靈魂必也豐富而有趣、具高度靈活性，且無比細緻和敏銳。和他交談時，一旦他跳脫成規，跳脫既有框架——可惜他不是每次都這樣——，並且把他的不自在和疏離感擺到一旁，開始侃侃而談他個人的真正看法時，像我們這樣的人一定會立刻被他所折服。他比一般人想得多，想得深刻，尤其是討論到精神層面的問題時，他總能展現出充滿了冷靜理智的高度客觀性，他所說出的那些無比篤定的想法和認知，真的只有具高度精神性的人才說得出來。不僅如此，他說那些話絲毫不帶任何虛榮、炫耀的目的，也沒有想過要說服任何人，更沒有要堅持己見的意思。

他的那些至理名言，當然不是援引自什麼既有的名言，而是他每次即席說出來的真知灼見，其中之一我記得很清楚，那段話出自他住在我們這裡的最後一段時間。那次，有個名氣很大的歷史哲學家兼文化評論家來城裡的大禮堂演講。那個人的名字看起來應該是歐洲人。荒野之狼原本沒有興趣去聽，但終究拗不過我的一再遊說。當天我們倆一起出發，抵達禮堂後並肩坐在講台下。講者上台後沒說兩句，某些聽眾已經大失所望了；這些聽眾看著他登台時的儀表堂堂與氣宇非凡，原本以為他會是個有先見之明的預言家。結果他一開口就先對聽眾送上阿諛諂媚的奉承話，並大肆感謝大家的熱烈出席。這時，荒野之狼看了我一眼，就這麼匆匆一眼，但那眼神卻充滿了批判，不僅批判講者所說的話，也批判了講者這個人。喔，那眼神真是可怕又難忘，它所具有的深意，甚至能寫成專書來探討！那眼神不只批判了那位演講者，它簡直能——藉由它輕描淡寫卻強悍的諷刺意味——殺死那位知名講者。但這還是它最微不足道的作用。其實，與其說那眼神充滿了諷刺意味還不如說它充滿悲傷，而且是一種既深奧又絕望的悲傷。那眼神蘊含了一種平靜的、一定程度已經穩定了的，且變成了習慣和既定形式的絕望。帶著這份因絕望而產生的透徹，這眼神不僅看穿了講者的虛有其表，還對眼前的情況，對觀眾的期待和心情，對講者今天所定的狂妄講題，極盡嘲諷和不屑之能事——不，不只這樣，荒野之狼的眼神看穿的根本是我們的整個時代，我們所有的裝腔作勢，汲汲營營，和傲慢虛榮，那眼神看穿的是我們那既自負又膚淺的精神性所戮力呈現的表面功夫——啊，要是只是這樣就好了，可惜不是，那眼神不只看穿了這個時代的種種匱乏和絕望，看穿了我們精神上和文化上的種種匱乏與絕望，它還繼續往裡挖，往旁掘，終至直搗人類文明的核心，那眼神在一瞬間強而有力的表達了一個思想者，或者說一名智者，對尊嚴的質疑，甚至是對人類之生命意義的根本質疑。那眼神在說：「瞧，我們就是這樣的猴子！瞧，這就是人類！」於是，人類精神所贏得的所有美名，所展現出的一切睿智與成就，連同人類所追求的所有崇高、偉大、亙古長存，全都在瞬間崩潰了，全成了一場可笑的猴戲！

說到這裡我覺得自己已經透露太多，遠超過我原本的計畫和設想。我已經把哈勒最重要的部份給說出來了。按照我原本的想法，我是想藉描述我和他之間的逐漸熟識與交往過程來慢慢勾勒出他這個人的形象。

但既然已經透露這麼多了，若再回頭去探討哈勒所表現出來的那種令人費解的「陌生感」，並深入的去描述我如何慢慢的挖掘出和了解到此陌生感和他身上那種可怕而巨大的孤獨感，和其所形成的原因和具有的意義，那就太多餘了。不過這樣也好，因為我本來就希望自己可以盡量的隱身幕後。我無意把重點擺在闡述我個人的見解，也不想寫小說或作心理分析，不，我只想成為一名見證者，我想告訴世人我親眼見證過那名奇特的男子，那個留下這份《荒野之狼》手稿的人。

在他推開姑媽家的玻璃門走進來，在他像鳥一樣伸長了脖子嗅聞，並盛讚屋裡的氣味真好聞時，那一刻其實我已經注意到這男子與眾不同，可惜我當時竟然只是幼稚的覺得反感。我可以感覺到（不只我，連我姑媽，一個跟我完全不同，且跟知識分子完全沾不上邊的人，也感覺到了）：這個人有病，他若非精神上，就是心理上，再不然就是性格上有病，出於一個健康者的本能我對這種人感到排斥。但漸漸的我對他的好感瓦解了我對他的排斥。這份好感奠基於同情，我對這個長期承受巨大痛苦的人感到無比同情，我可以說是親眼見證了他的孤獨和他內在的持續死亡。那段日子的相處讓我越來越清楚：這個痛苦的人之所以病了，並不是因為他先天上有什麼缺乏，不，恰恰相反，他之所以生病是因為他擁有極豐富的天份與能力，但這些天分與能力卻無法達到和諧。我覺得哈勒是一個承受痛苦的天才，哈勒，一如尼采曾精闢闡述過的那樣，將自己鍛鍊成了一個極能忍受痛苦的人，他所具有的是一種超凡的、沒有極限，且可怕的承受痛苦的能力。同時我還發現，導致哈勒那麼悲觀的主要原因並非他對這世界的不屑，而是他對自己的鄙夷。不管他在評論各種機關、單位，或某些個人時，有多毫不留情與嚴厲，其實他從來都沒有覺得自己與那些事無關。事實上首當其衝，被他批評得最嚴厲的永遠是他自己。他的箭瞄準的永遠是他自己，他最憎惡的和最不認同的正是他自己……

針對這點，我想我必須做一點心理學方面的補充。雖然我對荒野之狼的生平知道的不多，卻有充分的理由認為，他肯定是由充滿愛心，但嚴格又虔誠的父母及師長教育長大的，這些人所秉持的教育原則是「阻止孩子本身的意願」。可惜他們終究摧毀不了這個學生的個性，扭轉不了這個學生的意願，因為這個孩子實在太頑固也太強悍了，太驕傲又太充滿靈性了。師長們雖摧毀不了他的個性，卻導致了他學會自我厭惡。終其一生，他都把自己傑出的想像力和強大的思考能力用在對抗自己上面，用在對抗這個其實既純真又高貴的自我上面。身在這樣的環境裡，不管他原本如何，他都漸漸、漸漸的變成了一名基督徒，變成了一名烈士，他將自己所有的尖銳，所有的批判、惡毒，和恨意，換言之所有這方面的能力，全都用在自己的身上了。至於別人，至於周遭環境，他總是以極為勇敢的方式，以極為嚴謹的態度去努力的愛他們，和公平的去對待他們，並盡可能的不要去傷害他們。因為「愛你身邊的人！」這句話就像他對自己的厭惡一樣，都深植在他的心底。可惜這樣的荒野之狼，其人生卻只能淪為印證此一事實的悲慘例子：不愛自己的人也絕不可能愛別人，自我厭惡者亦復如是，最終必定只能陷入悲慘的孤獨和絕望中，換言之，他的下場跟可鄙的自私者其實一樣。

說到這裡，是時候將我個人的看法暫擱一邊，開始來聊聊他的實際生活狀況了。一開始，我對哈勒的了解，部分是來自我對他的偷窺，部分是來自姑媽的轉述，所以我對他的理解主要圍繞著他的生活方式。他搬進來沒多久我就發現：他是個喜歡思考，喜歡讀書的人，而且沒有真的從事什麼工作。他留在床上的時間很長，總是快到中午才起床，起床後就穿著睡衣從臥室信步走到起居室。那間起居室其實是間有兩扇窗、又大又舒適的閣樓，但他搬進去之後沒幾天，那裡就完全變了樣，跟其他房客居住在裡面時完全不同。他把那裡塞滿了東西，而且是越塞越多。他在牆上掛了很多圖片，也黏了很多畫，有時候是從雜誌上剪下來的照片，並且常常更換。其中一張是非洲的風景，另一些是德國某個小鎮的照片，這個小鎮很可能是哈勒的故鄉。在這兩者之間則掛了一些色彩鮮豔、明亮的水彩畫，後來我們才知道，那些水彩畫是他自己畫的。除此之外還有幾張年輕女士，或者應該說年輕女孩的照片。有段時間他甚至在牆上掛了尊暹羅佛像，那尊佛像後來被米開朗基羅的女性雕像複製品《夜》給取代了，後來他又取下了《夜》換上聖雄甘地的畫像。至於書籍，不僅偌大的書櫃上全擺滿了，所有的桌面，包括那個漂亮的骨董寫字台，還有沙發式躺椅，和其他椅子、地板上，全都擺滿了書。書裡還常常夾滿了紙條和標籤，並且常常更換。即便如此，書籍的數量仍持續增加，他不僅會從圖書館帶回一疊疊的書，還經常收到一箱箱用包裹寄來的書。搬進閣樓裡的這個男人很可能是個學者，滿屋子的菸味也呼應了這一點。他房裡到處是抽剩的半截菸，隨處可見菸灰缸。但那些書絕大部分不是學術用書，而是文學作品，並且各年代和各民族的都有。有段時間，在那張他常常一躺就是一整天的沙發躺椅上放了一整套書，厚厚六冊，書名為《蘇菲的旅行，從梅莫爾到薩克森》（Sophiens Reise von Memel nach Sachsen），是十八世紀末的作品。另外，像歌德（Goethe）[1]全集，或讓・保羅（Jean Paul）[2]全集似乎也都被他閱讀得很頻繁，此外還有諾瓦利斯（Novalis）[3]，甚至萊辛（Lessing）[4]、雅各比（Jacobi）[5]，和利希藤貝爾格（Lichtenberg）[6]的作品，至於那幾冊杜斯妥也夫斯基（Dostojewski）則夾滿了一張張筆記。在這一大堆書籍和著作的包圍下，房裡有一張很大的桌子，桌子上常插著一束鮮花，鮮花旁邊則隨手擱著一盒水彩，但水彩盒上積滿了灰，然後旁邊又是菸灰缸，不可不提的還有一大堆酒瓶。一個以乾草編織物包覆起來的瓶子時常裝著他在附近小雜貨店裡打回來的義大利紅酒，偶而也能見到一瓶法國勃艮地葡萄酒，或西班牙馬拉加葡萄酒。我還記得有一瓶很大的櫻桃蒸餾酒，才見到沒幾天就已經被他喝到快見底了——但下次再見到那瓶酒時，已經被他扔到房間的角落，剩下的酒則碰都沒再碰過，就這

1 譯註：全名為約翰・沃夫岡・馮・歌德（Johann Wolfgang von Goethe），1749-1832。德國詩人、作家、思想家。
2 譯註：1763-1825。德國浪漫主義時期的作家。
3 譯註：本名為喬治・飛利浦・弗里德里希・馮・哈登貝格（Georg Phillipp Friedrich von Hardenberg），1772-1801。德國浪漫主義早期的作家、哲學家。
4 譯註：全名為戈特霍爾德・埃夫拉姆・萊辛（Gotthold Ephraim Lessing），1729-1781。德國詩人、作家，及啟蒙運動最重要的理論家之一。
5 譯註：全名為弗里德里希・海因里希・雅各比（Friedrich Heinich Jacobi），1743-1819，德國哲學家、法學家、作家。
6 譯註：全名為喬治・克里斯多夫・利希藤貝爾格（Georg Christoph Lichtenberg），1742-1799，德國啟蒙時代的數學家和物理學家，同時也是知名的格言作家。

麼任其蒙塵。我不想為我的偷窺和私自闖入找藉口，但我實在不得不說，這男人剛搬來的那段時間，他給我的印象，雖然對精神層面充滿興趣，但生活上卻一蹋糊塗，不但游手好閒，還不務正業，這讓我對他既排斥又不信任。我這個人不但是個生活規律的好公民，工作上更是勤奮又守時，還很懂得自我約束和克制，更重要的是我不抽菸。我對哈勒印象最糟的地方並非他那畫家般雜亂無章的生活方式，而在他的愛喝酒。

這個陌生房客不僅睡覺和工作不定時，連飲食也不規律又隨興。某些日子他可以整天不出門，除上早上那杯咖啡，什麼東西也不吃。姑媽說有時她進他房裡看見的唯一廚餘就是一根香蕉皮。但某些日子，他又會去餐廳大快朵頤，有時是去很棒的高級餐廳，有時則是去郊外的小酒吧。他的身體看起來不怎麼健康，除了腳有些不良於行，並導致上樓常顯得吃力外，其他地方好像也有病痛。他曾不經意的提及自己已經好些年受消化不良和失眠所擾。我覺得罪魁禍首是他的愛喝酒。後來在我們熟了之後，有幾次我陪他到他常去的酒吧喝酒，親眼見證過他喝得又快又猛又任性，但關於喝醉——不但我沒見過，其他人也未曾見過。

我永遠不會忘記我們之間的第一次私人接觸。在那之前我們對彼此的認識僅止於出租公寓裡隔壁鄰居的寒暄。那天晚上，我下班回家，很驚訝的在二樓通往三樓的樓梯間看見了哈勒先生。他坐在那段樓梯的最上面一格，為了讓我方便通過，他往旁挪了挪身體。我問他是不是人不舒服，並自告奮勇要扶他上樓。

哈勒望著我。我發現他像大夢初醒，像被我喚醒似的。他緩緩的拉開笑容，那是一種帥氣卻憂鬱的笑容，每當我看見他這麼笑時，總會心頭一揪。他招呼我坐到他身邊去。我說了聲謝，婉拒道：「我不習慣坐在別人家門口的樓梯上。」

「啊，是啊，」他說，笑意更濃了，「您說得沒錯。不過，請等一下，讓我告訴您，為什麼我非在這裡逗留不可。」

他指了指二樓人家的門前，那裡面住著一位寡婦。樓梯、窗戶和玻璃門之間圍出了一隅鋪著木板的空間。一座高高的桃花心木櫃倚牆而立，櫃面上嵌的金屬錫已經陳舊，櫃子前面擺著兩只低矮花架，架上立著兩盆大大的植物，一盆是杜鵑，一盆是南洋杉。這兩盆植物相當漂亮，整理得一塵不染，簡直完美無瑕。這份愜意其實我也早注意到。

「您瞧，」哈勒繼續說，「有南洋杉的這一隅樓梯間，聞起來棒透了，我經過時總忍不住要駐足。您姑媽那兒的氣味也很好聞，洋溢著井然有秩與高度乾淨。但擺著南洋杉的這一小片天地卻洋溢著一種純淨，不只一塵不染，還光亮到、乾淨到猶如不可侵犯，這裡散發出的是一種神聖的氣息。所以每當我經過總要飽飽的吸一口——您聞到沒？地板蠟的氣味和松節油的餘韻，再加上桃花心木，以及仔細擦拭過的葉片，這所有的氣味融合成一種最高境界的市民階級（Bürgertum）[7]式的潔淨、仔細，和精確，以及對所有細節的負責和講究。我不知道那裡面住的是誰，但那扇玻璃門後肯定住著一座由潔淨和一塵不染之市民階級生活所形成的天堂，是啊，那屋裡一定既有條不紊又井然有序，而且肯定有人用極戒慎恐懼的虔誠態度在全心全意的對待各種細微的習慣和義務。」

7 譯註：「市民階級」也經常翻譯成或用來指稱「中產階級」和「資產階級」。作者在本書中偶而也會直接用法文「布爾喬亞」（Bourgeoisie）來替換德文的「市民階級」（Bürgertum）。

看我不答腔，他立刻又說：「請千萬不要誤會，我這麼說絕沒有任何諷刺的意味！親愛的先生，這世上我最不願意的就是嘲笑市民階級式的生活與秩序。沒錯，我確實生活在另一個世界裡，而非這個世界。要我待在這個有南洋杉的屋子裡一天我可能都受不了。但即便我是隻又老又有點粗魯的荒野之狼，我也是某個母親的兒子呀。我的母親也是個典型的市民階級婦女，也種花，也悉心照料家裡的每個房間、樓梯、家具，和窗簾，並盡可能的將自己的家、自己的生活維持得一塵不染，乾乾淨淨、井然有序，而非可以過就行了。松節油的氣味，還有這株南洋杉，它們再再喚起我的回憶，所以我偶而會坐在這裡，靜靜的看著這座寧靜的小花園，看著它的井然有序，並欣慰的想：原來這種生活依舊存在。」

說完他想站起，卻顯得非常吃力，我伸手扶他，他沒拒絕。我雖一語不發，其實心底很清楚，我已經中了他的魔法，一如姑媽先前那樣。這個奇怪的男人有時就是具有一種魔力。我們一起慢慢的往上走，走到他房門前，他掏出鑰匙都要進去了，突然轉頭看我，直視我的眼睛並一臉誠懇的問：「您剛下班？啊，我對這方面的事完全不清楚，我過得有點離群索居，嗯，怎麼說呢，您也知道的，像活在社會邊緣。不過我相信，您對閱讀應該很感興趣。您姑媽跟我提過，您是高級中學畢業的，您的希臘文學得非常好。今天早上我剛好讀到諾瓦利斯的一句名言，我拿給您看，好嗎？我想您一定會非常喜歡。」

他請我進屋，衝鼻而來的是滿屋子的菸草味。他從書堆裡抽出一本書，開始翻找——

「您看，這一句也好棒，寫得真好，」他說，「我唸給您聽：『我們應該為痛苦而感到驕傲，任何一種痛苦都能讓我們憶起自己的高人一等。』寫得真好！比尼采整整早了八十年呢！不過這句不是我原本要唸給您聽的那句——等等——喔，找到了。您聽：『絕大多數的人在學會游泳前不願意游泳。』真是好笑，對不對？哈，人們當然不願意游泳！因為他們天生就是陸地生物，而非水中動物。就像人當然不願意思考，因為他們的存在是為了生活，而非為了思考！是啊，樂於思考的人，把思考當作頭等大事的人，雖然可以因此獲益良多，卻也可能因此而錯把水域當陸地，所以總有一天會溺斃。」

他的這番話立刻擄獲了我的心，並誘發我極大的興趣。我在他房裡又多待了好一會兒。從那天起，無論我們在樓梯間相遇，或在街上巧遇，都會或多或少的聊聊天。其實一開始，不管我們聊什麼，我都會像那天聊南洋杉一樣，總有一種他是在嘲笑和揶揄我的感覺。但這當然不是事實。事實是他對我，一如對那株南洋杉，都心存敬意，因為他是那麼的有自知之明，那麼的清楚自己的孤獨，自己的正游在水中，正漂浮無根，正因為這樣，所以每當他偶見市井小民的日常生活，例如，我的準時上班，或那些幫傭者、列車人員的敬業樂群及嚴守紀律，便會絲毫不帶諷刺意味的，自覺深受鼓舞和真心感動。對於他這樣的反應，我一開始覺得既好笑又誇張，覺得那根本是一種高高在上者和不食人間煙火者的浪漫情懷，是一種矯柔造作的多愁善感。但日子一久我越來越發現，他是真的喜歡並羨慕我們這種小市民的生活，因為他的世界是如此的令人窒息，他的生活是如此的充滿疏離感，他總是自困於他荒野之狼的狀態中，他視我們這種小市民階級的生活為確定而安全的，為遙不可及的，是無路可抵的故鄉，和平靜的歸處。他每次見到幫我們打掃的清潔婦，一名忠厚老實的婦人，總會一臉尊敬的脫帽致意。偶而姑媽跟他聊天，或幫他縫補衣物，或提醒他大衣的某顆扣子快要掉了時，他聽姑媽跟他說這些話時，總是聽得無比專心和慎重，那模樣就像：他正絕望的，卻義無反顧的，拚命想藉此機會，從某個縫隙裡鑽進我們這個市井小民的平靜世界裡，然後把這裡當作自己的家，即便只待一小時都好。

在我們第一次聊天時，就是聊南洋杉的那次，他就自稱為荒野之狼，這稱呼當時讓我覺得有點奇怪又困擾。天啊，這是哪門子的稱法？可是後來連我自己都這麼稱呼他。不僅僅是因為習慣，還因為我在心裡確實一下子就認同了這樣的稱呼，除了荒野之狼，至今我想不出其他更符合他形象的說法。一隻誤闖我們家，誤入城市，誤入群體生活的荒野之狼——就他的形象而言，這名稱真是再貼切不過：他那略帶羞澀的孤獨模樣，他的野性，他的不安，他的鄉愁，他那無所依歸、沒有故鄉的模樣。

後來，一次偶然的機會裡，我有整晚的時間觀察他。那是一場交響樂演奏會，我驚訝的發現他坐在離我不遠的地方，並且完全沒有注意到我。一開始演奏的是韓德爾（Händel）的音樂，曲風高雅而優美。但荒野之狼卻陷入了沉思，一副與外界失去了聯繫的模樣，彷彿既聽不見音樂也感覺不到周遭。他充耳不聞、孤獨，且疏離的坐在那裡，目光低垂，露出理智卻滿懷憂思的表情。曲目更換，接著演奏是弗里德曼．巴哈（Friedemann Bach）[8]的小交響曲。樂曲才剛開始沒幾小節，我就驚訝的看見陌生房客開始微笑了，他聽得一臉陶醉，整個人沉浸其中。有長達十分鐘的時間他看起來是那麼的幸福與快樂，彷彿做著渾然忘我的美夢。而我自己則因為看他看到忘記要聽音樂。那首曲子結束後他像大夢初醒，挺直腰桿坐正，一副打算要站起來並離開的模樣，但終究還是繼續坐著，並聽完了最後一首曲子。那是雷格（Reger）[9]的變奏曲，許多人覺得這首曲子又臭又長。荒野之狼應該也這麼認為吧，一開始他還企圖專心的聽，但沒多久就像洩了氣的皮球，並且把手插在口袋裡，再次陷入沉思。但是這次在他的臉上看不到快樂和陶醉，只有一臉的陰鬱，繼而轉為憤怒。他的表情再次變得深邃、灰暗，且消沉，他整個人看起來又老又病又憤世忌俗。

演奏會結束，我又在街上看見了他，我決定跟在他後面。他整個身體縮在大衣裡，疲憊而悻悻然的朝我們住的那區走。走到一家陳舊的小酒館前停下，略顯猶豫的看了看錶，終究還是進去了。我一時興起決定跟進去。他在一張再尋常不過的酒桌前坐下。從女老闆和夥計招呼他的方式看起來，他應該是熟客。我朝他走去，簡短寒暄後在他身旁坐下。我們在小酒館裡待了一小時，期間我喝了兩杯礦泉水，他則是先點了半公升紅酒，喝完後又點了四分之一公升。我告訴他剛才的演奏會我也在場，他沒搭話，只是望著我的礦泉水瓶，一邊讀標籤一邊問：「您不喝酒嗎？我請您喝一杯吧？」他聽到我滴酒不沾，隨即露出一臉懊惱與無助：「沒錯，這是對的。我有好多年也過著很節制的生活，甚至還力行了很長一段時間的斷食。可惜現在我又走到了水瓶座的狀態，晦暗而潮濕的狀態。」

針對他的比喻，我半開玩笑且意有所指的說：我不認為他這樣的人會相信星象學。聽我這麼說，他立刻用他那太過客氣且彬彬有禮的語氣——這語氣常令我感覺受傷——回答道：

---

8 譯註：1710-1784，德國音樂家和管風琴家。乃偉大音樂家約翰．塞巴斯蒂安．巴哈的長子。

9 譯註：馬克西米連．雷格（Maximilian Reger），1873-1916，德國音樂家，一般簡稱為馬克思．雷格（Max Reger）。

「您說的沒錯，是啊，這門科學我同樣不信。」

我站起來，先行告辭。他則很晚才回到家。他發出熟悉的腳步聲，並且沒有一回來就上床睡覺（我在隔壁聽得一清二楚），而是點著燈、在起居室裡又整整待了一小時。

另外一晚也令我印象深刻。那天姑媽外出，我獨自在家。我聽見有人敲門，打開後，發現是個非常漂亮的年輕女子。她說她要找哈勒先生，我定睛一瞧，發現她正是哈勒房裡那張照片上的女人。我告訴她哈勒住在哪個房間，說完便回自己的房裡了。她先在樓上待了一會兒，後來我聽見他們一起下樓，外出。兩個人邊走邊聊，聲音顯得充滿活力與歡笑。我好驚訝，這個遺世獨立的隱士竟然也會有情人，而且還這麼年輕、漂亮、優雅。突然間我對他這個人的看法，對他的生活的種種揣測全變得毫無把握了。可是短短一小時他竟然又回來了，而且是獨自回來。他的腳步聲顯得沉重而悲傷，疲憊的拾階而上。接下來好幾個小時，他都在起居室裡走來走去，像透了一隻被禁錮在獸籠裡不停徘迴的狼。那晚直到天亮，他屋裡的燈都沒熄過。

對於他的這段戀情我一無所悉，唯一可以補充的是：有一次我在城裡的街上又看見他跟那名女子在一起。他們手挽著手並肩而行，他看起來好快樂。我很驚訝：原來在他那張憂鬱、孤獨的臉上，偶而也能綻放出如此興高采烈或者說孩子般純真的表情，我突然懂了，懂得那名女子的心情，也懂了姑媽為什麼會總是對這個男人特別關懷及照顧。那晚他回來後同樣既悲傷又痛苦。我在樓下的大門邊遇到他，他就像前幾次被我撞見的那樣，大衣下夾著瓶義大利紅酒。那瓶酒即將陪他回到上面的巢穴，度過悲慘的大半夜。我真是替他感到難過：

他過的是什麼樣的人生啊，真是絕望、迷失又無能為力！

說到這裡，也算說得夠多了，大概不需要再多說什麼了，或多描述什麼了，各位應該就能了解：荒野之狼過的其實就是一種自殺者的人生。即便如此，我還是不相信他會自殺。雖然他在付完所有的帳單和賒欠後，沒有跟我們道別，就這麼突然離開了這座城，並從此渺無音訊，但我還是不認為他會自殺。在那之後我們完全沒有他的消息，至今還替他保留著他離開後人家寄給他的信。他在這裡唯一留下的東西是一份住這裡時寫的手稿。他在上面留下了幾行字給我，交代我這份手稿可任憑我處置。

這份手稿裡提到的種種經歷，我無從核對它們的真實性。但不排除有這樣的可能：手稿絕大部分的內容是文學創作。但這裡所指的文學創作並非那種隨意虛構的幻想，而是一種企圖藉具體事件來呈現深刻的心靈狀態與經歷的嘗試。哈勒文稿中的那些天馬行空的精采內容，很可能撰寫於他住在這裡的最後那段日子，我甚至有理由認為：那些內容有好大一部份是奠基於他當時的實際經歷。因為那段時間我們這位房客，不管是行為或外表，都顯得很反常。他外出的頻率變得很高，有時甚至徹夜不歸，連他最愛看的書也常常碰都沒碰。我有幾次遇到他，都詫異於他的神采奕奕和變年輕了，另外有幾次他甚至顯得極其開心。但緊跟在這種情緒高昂後的總是一波更嚴重的意志消沉。他可以整天窩在床上，完全不吃東西，雪上加霜的是這時他的情人總會過來，並且跟他發生嚴重、激烈的爭執。他們常吵得房子都快掀了。哈勒隔天總要為此專程向姑媽道歉。

不，我真的堅信哈勒不會自殺。我相信他還活著，相信他依舊舉步維艱的在某棟異地的房子裡吃力的上下樓梯，依舊靜靜的凝視著某一隅鋪著木板的樓梯間，和擦拭得一塵不染的南洋杉，依舊白天待在圖書館，夜裡鑽進酒吧，或睡在租屋內的躺椅上，隔著窗戶靜靜聆聽世間的種種聲響和人們的生活，並了然於心：自己不屬於那裡，自己被排除在外。但自殺，不，他不會，因為他僅存的信念告訴他：此痛苦，此根植於他內心的邪惡痛苦，他必須品嘗到底；此痛苦正是他的人生目標，是他必須為之生為之死的目標。我時常想起哈勒，雖然他並沒有讓我的人生變得比較輕鬆，也沒有裨益或促進了我的天賦、優點，抑或為我帶來快樂——唉，其實剛好相反！但我畢竟不是他，過的也不是他那種生活，我過的是我的小市民階級的生活，雖微不足道，卻踏實安穩又認真負責。總之，我和姑媽，我們總是這麼默默的、心存善意的想著有關他的事。其實姑媽對他的了解比我多，只是姑媽慣於把一切埋藏在她那顆善良的心裡。

針對哈勒的這份手稿，這份極為奇特，部分顯得病態，部分又顯得非常美好，且充滿思想性的奇想之作，我必須說：倘若我是無意間拿到這份手稿，並且不認識原作者，我看了之後一定會憤而將它丟棄。但正因為我認識哈勒，所以我一定程度的能夠理解這份手稿的內容，是呀，甚至認同它。而且，假如我只是把這份手稿當做是某個人——某個患有精神疾病的可憐人——寫出來的充滿病態的幻想之作，我就不會像現在這樣，以此角度與各位分享這份手稿。我看出了這份手稿不僅僅是它表面上看起來的那樣，它還是這個時代的一份紀錄。因為哈勒所罹患的心靈疾病——如今我已明瞭——並非單一個人精神失常了，而是整個時代的病，是哈勒所屬的這一整個世代所罹患的精神官能症，而且首當其衝的並非這時代中特別脆弱和糟糕的那些人，剛好相反，而是那些強悍、最富精神性，且稟賦最高的人受害最烈。

這份手稿——不管它有多少是奠基於作者的實際經驗——至少它都是一種嘗試，試著不用迂迴和美化的方式來面對這個時代所罹患的重症，而是直接把這種病當作對象赤裸裸的呈現出來。但這麼做其實無異於地獄走一遭，這不是形容，而是真的像字面上所寫的意思那樣：時而驚恐萬分，時而得鼓起勇氣走向黑暗的心靈世界，投身紛擾，並決心橫越地獄，正面迎向混亂，且一路忍受痛苦、邪惡直到最後。

哈勒跟我說過一段話，這段話對於我理解這份手稿至關重要。有一次我們聊到中世紀的種種殘酷，聊完後他有感而發的說：「我們所謂的殘酷，實際上未必像我們想的那樣。中世紀的人也許還瞧不起我們現在的生活方式呢。對他們而言，我們今天的生活或許才叫殘酷，才叫可怕和野蠻！每個時代，每種文化，每種風俗習慣和傳統，都有它自己的風格，都存在著當時人認可的溫柔、嚴格、美好，和殘酷；他們認為忍受某些痛苦乃天經地義，某些困頓本就該耐著性子挺過去。真的令人感到痛苦且像地獄一樣的生活，其實只發生在二個時代、二種文化，和兩種宗教彼此交會時。古希臘羅馬人如果被放到中世紀去生活，大概也會痛苦得要死。同樣的，如果把一個野蠻人放進我們的文明社會，他肯定也會窒息。可是到了某個時間點，就是會有一整個世代的人被夾在二個時代、二種生活風格之間，並因此無所適從，失去所有的理所當然、風俗習慣、安全感，和天真無邪。當然，不是每個人都能感受得這麼深刻和強烈。但是像尼采這樣天資聰穎的人卻能早一個世代，甚至不只早一個世代的感受到我們今天所面臨的悲慘——尼采曾飽嘗孤獨與不被理解，時至今日，仍有成千上萬的人正承受著同樣的苦楚。」

在閱讀這份手稿時，我常會想起哈勒的這段話。哈勒正是那種被夾在二個時代中間的人，因而失去了他所有安全感與天真無邪。這種人的命運是：原本是全人類的生命困惑，一旦臨到他們身上，就會被凸顯和強調得像是專屬於他們個人的痛苦與地獄。

就我看來，這就是這份手稿所能帶給我們的意義與啟發，也是讓我下定決心要公開這份手稿的原因。另外，我想順便一提：對於這份手稿，我既沒有維護之意，也不想批評它，這件事就留給各位讀者自己去存乎一心的判斷吧！

哈利・哈勒的手稿

僅供瘋子閱讀

這一天就這麼過去了，就像普通的日子那樣過去了。我就這麼把這一天給消磨掉了，溫柔的把這一天給扼殺了，藉由我粗鄙又叫人羞愧的生活藝術。今天我工作了幾小時，翻閱了幾本舊書，像個小老頭一樣身體痛了足足二小時，服了藥粉，竊喜疼痛就這麼被我蒙混過關了，然後又泡了個熱水澡，深深的吸吮著美好的暖意，接著收了三次信，連那些沒用的信和印刷品也都仔細閱讀過，再做一下呼吸練習，但冥想練習——由於今天感覺全身舒暢，所以就不做了。之後又去散了一小時的步，抬頭時意外發現天空竟有美好、溫柔，又難得一見的羽毛狀雲絮。好美，一如閱讀舊書，一如慵懶的躺在溫暖的澡盆裡，但即便如此，今天也並非一個特別令人振奮，特別璀璨，或特別幸福、快樂的日子，而是一個再正常不過，再平凡無奇不過的日子，這樣的日子我已經過了好一陣子：一種屬於不知足老先生的庸俗日子，稱得上舒適愜意，完全可以接受，並且還不賴，就是再普通不過的尋常日子；這種日子裡沒有嚴重的病痛，沒有很大的煩惱，沒有解不開的憂愁，沒有絕望。這種日子裡連思考自殺的問題——是時候該自殺了吧？該不該效法十九世紀的奧地利作家施蒂弗特（Adalbert Stifter）在刮鬍子時順便了結掉自己的生命？——都能心平氣和、不激動、不害怕的做出客觀、冷靜的評估。

任何人只要嘗過那種悲慘的日子，那種痛風發作，或劇烈頭痛的日子（這種頭痛根植於眼球後方，只要眼睛或耳朵稍微動一下就足以讓所有的快樂瞬間化為折磨，一種像被惡魔詛咒般的頭痛），或嘗過那種靈魂像死掉了一樣的日子，或嘗過內心整個被掏空，且絕望至極的可怕日子——在那種悲慘的日子裡我們只能無奈的置身於幾乎要被上市公司榨乾的殘破地球上，任憑人類的世界和所謂的文化不停的對我們散發出如年貨市集般譁眾取寵的虛偽、蒼白的光芒，並且讓它們如影隨形的跟在我們身邊衝著我們獰笑，發揮如催吐劑般的效果，讓人想吐，甚至對我們原本就病懨懨的自我集中火力猛攻，終至把一切的無法忍受推向巔峰——任何人只要嘗過那種地獄般的日子，就會對今天這種普普通通、馬馬虎虎的日子感到心滿意足，並心存感激的坐在溫暖的火爐旁，心存感激的讀著早報，安心的確認：今天，世界上同樣沒有戰爭爆發，同樣沒有新的獨裁政權產生，政治上和經濟上的那些極明顯的狗屁倒灶、貪贓枉法通通同樣沒被揭發。然後再心存感激的幫那把早已生鏽的七弦琴調音，再開心的，甚至說得上興高采烈的，唱一首普普通通的感恩詩歌，並藉此讓那個他所歌頌的、沉默又溫和的，隨隨便便就能——猶如被施了溴麻醉一般——迷迷糊糊的感到心滿意足的神，在無聊的日子裡有點無聊事可享。這種無聊的心滿意足，這種令人心生感激的無病無痛，在如此昏聵、迷糊的氛圍下，當事者兩造：只知一味點頭的神，和頭髮有點花白、聖歌唱得馬馬虎虎的這個普普通通的人，他們倆真是像極了，簡直就是雙胞胎。

心滿意足是件美事，無病無痛是件美事，能夠這樣得過且過的生活是件很美的好事，在這種日子裡不管是疼痛或欲望都不敢囂張：所有的一切都只敢默默潛行，只敢躡手躡腳的悄悄通過。可惜這樣的生活不適合我，我完全受不了這種心滿意足，一小段時間後我便會無法忍受的對它感到厭惡和痛恨，就會絕望的想要逃進別的氛圍裡，或許是逃進欲望裡，或許是——必要時——不惜逃進痛苦裡。我只要一小段日子無欲無痛，呼吸著所謂的美好生活的平淡氛圍，我赤子般的靈魂就會開始隱隱作痛，默默悲傷，逼得我忿忿不平的只想將那把鏽跡斑斑、用來歌頌神的七弦琴直接砸向一臉睡意、迷迷糊糊，又心滿意足的神臉上。我寧願讓惡魔般的痛苦焚燒我，也不願在舒適的居家氛圍中悶死。一股壓抑不住的狂野欲望在我胸中燃燒，我只想追求強烈的感覺，只想做出驚世駭俗之舉，心中油然而生的是一股憤怒，對於溫和、平庸，正常，對於徹底閹割的生活感到憤怒。一股按捺不住的強烈欲望，想破壞，想砸毀商店、教堂，或狠狠的自殘，想做些魯莽的蠢事，想把受人崇拜的聖像頭上的假髮扯掉，想送給叛逆的男學生他們一心想要的前往漢堡的車票，想誘拐小女孩，想扭斷某些代表市民階級秩序的大人物的脖子。因為在我內心深處，最厭惡、最不屑、最常破口大罵的其實就是：市民階級的這種心滿意足、身體健康，和舒適愜意，市民階級所刻意營造和維護的這種樂觀，這種對中庸、對正常、對普通的大肆鼓吹與豢養。

天色漸暗，我也在這樣的心情下結束了這普普通通的一天。但我結束掉這一天的方式，並非一般痛苦的男人會採取的那種正常又舒服的方式。我沒有讓自己躺進業已鋪得舒舒服服的床裡，也沒有接受床上那個誘餌般的熱水袋的引誘，而是對自己今天的微不足道的表現感到心有不甘又懊惱，於是怒氣沖沖的套上鞋，穿上大衣，頂著黑夜與薄霧進城，打算到城裡那家名為「鋼盔」的小酒館，像那些喜好杯中物的男人說的那樣「小酌一杯」。

我離開閣樓，拾階而下，走下這道陌生人家裡的難爬的階梯，這道刷得乾乾淨淨、徹徹底底的小市民樓梯。這棟體面的出租公寓內一共住了三戶人家，閣樓是我此刻的棲身之處。我不知道為什麼會這樣，但我這匹沒有故鄉的荒野之狼，我這個最討厭市民階級世界的人，竟然總是寄居在最典形的小市民階級家庭中，可見這一定是一份難以割捨的往日情懷。我選擇的住處從來不是皇宮般的豪宅，也不是寒酸的無產階級房舍。我選的永遠都是井然有序、體面，卻非常無趣，且維持得一塵不染的小市民階級家庭，這種地方總是縈繞著滿室的松節油氣味和肥皂香味。住在這種地方，倘若你關門時不小心太用力，或進屋時鞋子實在太髒，你都會被自己的不當行為狠狠的嚇一跳。不可諱言，我之所以喜歡這種氣氛乃導因於兒時的記憶，就像是一份深藏在心底的對故鄉的渴望，這份渴望一再的——令人絕望的——引我踏上這條愚蠢的老路。說實在的，我確實喜歡活在這種矛盾與衝突中，亦即我喜歡將我的生活，我那種孤獨、缺乏愛、慌慌張張，且越來越混亂失序的生活，安頓在這種充滿家庭氣氛與市民階級氣氛的環境中。我喜歡嗅聞洋溢在樓梯間的那股安靜、井然有序、乾淨、彬彬有禮，和溫和的氣息。我雖討厭市民階級的一切，但這股氣息卻總能觸動我心底的某種情懷。此外我也喜歡跨過房間的門檻後，外面的一切就被擋在門外了。裡頭只有一大堆書，一大堆菸蒂，一大堆酒瓶，和滿屋子的亂七八糟、一蹋糊塗，以及無人整理。這屋裡的所有一切，不管是有形的書、稿子，或無形的思緒，在在標記著、彰顯著寂寞所帶來的危害，和生而為人所面臨的困境，以及一份深切的渴望，渴望為這個了無意義的人生尋得一份嶄新的意義。

我行經南洋杉，也就是二樓住戶門前的那隅小小樓梯間。毫無疑問，這裡比其他地方更一塵不染、更乾淨，刷洗得更徹底。二樓門前的這一片天地呈現出的是一種超凡絕俗的悉心照料，簡直像座散發出光芒的秩序殿堂。這裡鋪著令人羞於踐踏的木地板。木板上立著二個小小的花架，每個花架上都有株大大的盆栽：一盆是杜鵑花，一盆是長得非常茂盛的南洋杉，尤其是南洋杉，這株健康又結實的小樹，樹雖小卻體現了極大的完美，它的每片針葉，即便是最枝微末節處也擦拭得無比乾淨清新。偶而四下無人，我會把這裡當作是一座神聖的廟宇，坐在可以居高臨下觀賞南洋杉的階梯上，靜下心來，十指交握，虔誠的望著這座井然有序的小花園，它那令人感動的狀態和孤寂到簡直可笑的氛圍總能觸動我心靈深處的某個角落。我常猜想，在樓梯間的旁邊、那扇門的後面，在南洋杉神聖樹蔭的庇護下，那裡頭肯定是間充滿桃花心木氣味的公寓，過的肯定是一種非常體面、非常健康、每日早起、認真負責，家人定期聚會，且一起開心過年過節，星期天固定上教堂，每晚早早上床睡覺的日子。

巷弄中，我踩在潮濕的柏油路面上，刻意裝出輕鬆愉快的模樣。淚眼汪汪的街燈在又濕又冷的朦朧霧氣中綻放著光芒，同時吸吮著潮濕地面反射回來的微光。我突然憶起少不更事時——當時我最愛像這樣的、漆黑又朦朧的晚秋夜晚，或冬季夜晚——每當我大半夜，裹著大衣，頂著狂風驟雨，疾步穿過粗暴又狂掃落葉的大自然時，我總是無比貪心又陶醉的、大口呼吸著興致高昂的孤寂感與多愁善感。當時的我也是孤獨的，卻孤獨得非常享受，且文思泉湧。稍後回到房裡，我總要坐在床緣，就著燭光，趕緊把泉湧的詩句寫下來！可惜那一切已經過去，我儼然飲盡的空杯，再也無法盈滿。遺憾嗎？不，一點也不。凡事過去了，就已經過去了，沒有什麼好遺憾的。真正能造成遺憾的只有此時此刻與今時今日，只有那些被我虛度了的、不計其數的時刻與日子，以及那些我只能無奈忍受，既無驚喜也無驚嚇的蒼白日子。感謝上帝，幸好也有例外的時刻，在極偶而，極罕見的某些時刻裡，生活中還是會出現驚嚇，出現驚喜，並突破藩籬，將我這迷失的人重新帶回充滿生命力的世界中心。我悲傷而充滿內在悸動的嘗試回想：上次出現這種感覺是什麼時候？那次是去聽一場演奏會，他們演奏了一首好美的老曲子，在木管樂手奏出二個輕音之間，我突然跨過了天堂之門，遨翔於天際，並親眼見證了上帝正勤勉的忙於工作。這樣的喜悅與盈滿令我泫然欲泣，世間再沒有我想對抗之物，再沒有能令我恐懼之事，我願接納並認同所有的萬事萬物，願毫無保留的獻出我的赤誠之心。那份感動前後不到十五分鐘，但當晚它就又回來找我，回到了我的夢中，從此以後，總是默默的在蒼白、荒蕪的日子裡為我綻放光芒。偶而我會短暫而清晰的看見它金碧輝煌的神聖身影再度行經我的人生；它總是彷彿已被俗世的塵埃深埋，然後又突然光芒萬丈的出現眼前，狀似再也不會消失，不一會兒卻又消失得無影無蹤。某個夜裡，我躺在床上，依舊清醒，突然文思泉湧，但那些詩句美得、妙得我簡直不敢妄想可以把它們記下來。隔天一早我也確實完全想不起來了。但那些詩句仍深埋在我心裡，就像一顆堅硬的果仁深藏在又破又舊的外殼下。還有一次是發生在閱讀某位詩人的作品時，另一次是在思考迪卡兒的一項洞見時，還有一次是閱讀帕斯卡的思想時，另一次則是我和情人在一起時，那道耀眼的金色光芒又再度出現並引領我進入喜樂盈滿的天堂。啊，要在人世尋獲神的蹤跡何其困難啊！尤其身處這個如此不知足、如此充滿小市民階級氛圍，和如此缺乏精神性的時代裡，而且還得面對眼前的這些建築、這樣的商業、這樣的政治，和這樣的人們！在這樣的一個世界裡，它所有的目標都不是我所追求的，它所有的快樂都不是我所想要的，所以我怎能不成為一匹荒野之狼，怎能不成為一個孤僻而粗鄙的遁世者？不管是進劇院或者去看電影，我都坐不住，報紙我也看不下去，當代書籍我鮮少有滿意的，我無法理解大家為什麼要一窩蜂的去擠人滿為患的鐵路和飯店，去擠播放著沉悶、刺耳音樂的咖啡廳，為什麼要一窩蜂的擠到奢華都市的酒吧和歌舞廳裡去，為什麼要趕集似的去參觀世界博覽會，加入遊行行列，或趕一場又一場專為求知若渴者舉辦的演講，或聚集在偌大的運動場上觀看賽事，做這些事究竟能獲得什麼樣的趣味和快樂？對我而言，這些垂手可得的快樂，這些總有成千上萬人不辭辛勞趕著要去做的事，我不懂它們的樂趣何在，遑論參與了。相反的，在我極少數的歡樂時光裡，那些被我視為幸福，視為珍貴經驗，令我欣喜若狂或振奮的事，世人往往只願意在文學作品裡接觸、尋找，或喜愛，一旦這些事出現在現實生活中，大家只會覺得瘋了。是啊，假如世人是對的，假如咖啡廳裡的音樂是迷人的，假如大眾娛樂和不知足的美式群眾行為是對的，那麼我的行為當然是錯的，我這個人當然是瘋了，我肯定是匹——就像我自己常自稱的那樣——貨真價實的荒野之狼，一匹迷失在一個對他而言既陌生又無法理解之世界的荒野之狼，一隻找不到故鄉，無法自在呼吸，無法暢快吃喝的迷途動物。

懷抱著這份揮之不去的想法，我疾步走在溼答答的街道上，來到城裡最安靜且最古老的一區，我停下腳步，往對面看，在小巷的那邊，黑暗中有一堵老舊的灰色石牆。我很喜歡望著那堵牆，看著它如此蒼老、如此不問世事的佇立在小教堂和老旅館的中間。白天經過，光看著它粗糙的牆面，我的眼睛就宛如得到了歇息。如此安靜、美好，又沉默的地方在市中心已經很罕見了。城裡的其他地方，每半平方公尺就會有間商店，只見律師、發明家、醫生、理髮師，或雞眼治療師，為了招攬生意全在殷勤的對路人自我介紹和推銷。此刻我再度望向那堵古老的牆，見它沉默而安詳的佇立在那兒。不，不對，似乎有什麼地方變了。我發現牆中央竟然有扇美麗的、小小的尖頂拱門。我感到困惑，無法確定那扇門是否一直都在那兒，或者是最近才剛裝修的。但那扇門看起來非常舊，極為古老。以深色木頭做成的、緊閉著的這扇小門，或許百年前曾是通往寂靜修道院的通道，或者現在也還是——縱使修道院不存在了。也許這扇門我早就看過千百回，只是從未察覺。也許它最近才又剛上過漆，所以我才會注意到。無論如何，我一個勁的站在對面盯著它看，就是沒有走過去。橫在我們中間的路面看起來軟得像一踩下去就會不斷的往下陷，而且濕答答的。我就這麼站在人行道上，久久的望著對面。漆黑的夜色籠罩著萬物，突然間我覺得那扇門的上方似乎有花環裝飾，或者有什麼色彩斑斕的東西。我拚命的瞧，終於看到那扇門的上方好像有塊淺色的牌子，牌子上似乎寫了字。我瞇起眼更加認真的看，最後決定走過去，雖然路面又髒又有積水。到了對面，我看見灰綠色的牆面上，小門的上方有塊被燈光打亮的淺色區塊，一些彩色的字母不斷的出現在這隅反白的牆面上，旋即消失，然後又出現，又消失。我心想：燈光廣告。這堵美好的老牆終究還是淪為他們打廣告的地方了！我的眼睛捕捉到幾個快速閃過的字母。但這些字太難看懂，我幾乎是半看半猜。除了每個字母間隔不一外，這些字母的顏色也都太淡太微弱，並且一下子就消失了。在這裡打廣告的這個生意人也未免太過外行，他肯定也是匹荒野之狼，也是個可憐的傢伙！為什麼他會選在老城的這條暗巷中的這片老牆上打廣告？而且還選在這個時間點，選在這樣的下雨天——這時候根本不會有人經過這裡。而且，廣告字幕為什麼要跑得這麼快，並且消失得這麼快？加上又這麼隨興和難以閱讀？但是，等等，我終於跟上了它的速度，一口氣捕捉到了好幾個字：

魔法劇場

非人人皆可入場……

——非人人皆可……

我試著要打開那扇門。但不管我怎麼用力，怎麼壓，那柄又舊又沉的門把始終聞風不動。這些字跑完後，字幕突然消失，彷彿它悲傷的察覺到自己的徒勞無功。我往後退了幾步，腳整個踩髒了，但不管我怎麼等，都沒有再看見任何字母，廣告字幕就這麼結束了。我站在骯髒的路面上，好一會兒移不開腳，只是等，白費力氣的等。

我終於放棄，開始朝人行道的方向往回走，突然一連串的彩色光影映在積水的柏油路面上。

我趕緊閱讀：

僅——供——瘋——子——觀——賞！

現在我的腳全濕了，並且冷得發抖。但我還是繼續站在那裡等。又過了好一會兒，什麼也沒有。我站在那裡等，並且忍不住想：這些像鬼火一樣，突然出現在潮濕牆面上和黑亮柏油路面上的、朦朧的彩色字母還真是漂亮啊！突然我又想到：真是有異曲同工之妙啊！先前我不是還在想有關金碧輝煌的神聖身影突然出現眼前，旋即遠去，然後消失得無影無蹤的事。啊，此二者真是有異曲同工之妙啊！

我冷得發抖，卻仍繼續往前走。我忍不住緬懷神聖身影，忍不住滿心嚮往：要是能穿過那扇門，走進僅供瘋子觀賞的魔法劇場該有多好！不知不覺我已來到鬧區，入夜後這裡什麼樣的娛樂都有，到處是海報懸掛和招牌林立：女子樂隊——雜技表演——電影——舞廳——，但這些都不是我要的，這些是「任何人」都可以觀賞或從事的娛樂，是正常人的娛樂。我也確實看到了那些表演的入口處擠滿了一群群正常的人。即便那些娛樂不是我要的，我的滿懷悲傷還是得到了些許寬慰，因為我畢竟見到了來自另一個世界的問候，那些跳躍的、五彩繽紛的字母，它們撩動了我的靈魂，甚至深深的觸動了我的心弦。金色的神聖身影再次以微光閃現的方式出現在我面前。

我決定再次造訪那家充滿老爹氣息的溫馨酒館。這家酒館，從我二十五年前第一次造訪這裡一直到現在，都沒有變。老闆娘還是當初的那位，不少客人當時也坐在這裡，甚至坐在相同的位置上，面前也擺著相同的酒。我走進這家樸實的小酒館，這兒就像我的一處避難所。跟有南洋杉的那隅樓梯間一樣，這個避難所雖然無法提供我家鄉般的歸屬感，雖然充其量只能給我一個可以安靜旁觀的位置，讓我看著舞台上這些陌生人根據陌生劇本演一場陌生的戲，但即便如此，這個安靜的位置仍有其難能可貴之處：這裡沒有擁擠的人群，沒有喧嘩，沒有音樂，這裡只有一些安靜的小老百姓，就著沒鋪桌巾的木頭桌子（非大理石桌面，非搪瓷桌面、絲絨桌面，或黃銅桌面！），面前擺著一杯酒，一杯紮紮實實的好酒。但也許這些看起來很眼熟的酒客只是堆庸俗之輩，在他們庸俗的家中枯燥的神龕上供俸的也是那種隨隨便便就能心滿意足的神。但也有可能他們就像我一樣，是孤獨而迷失的少年，是滿腦子無用理想的沉默酒鬼，是荒野之狼，是可憐的惡魔，唉，誰曉得。他們每個人各有各的鄉愁，各有各的失落，他們來這裡各有所需吧。已婚的來追尋自己的少年情懷，老公務人員來緬懷學生時代的意氣風發，所以大家才會這麼沉默，才會只是靜靜的喝著酒，而且都像我一樣，寧願與半公升的阿爾薩斯葡萄酒為伴，也不要去擠在女子樂團的舞台前。我可以在此下錨，要我在這裡待上一個小時，甚至二個小時，都不成問題。阿爾薩斯葡萄酒剛要入口，我忽然想到，除了早餐的那塊麵包，我這一整天什麼也沒吃。

真不可思議，人竟然可以什麼東西都吞下肚！我先看了十分鐘報紙，透過眼睛將某個不負責任的傢伙之精神產物給吞下了肚；那傢伙囫圇吞棗的將別人的話就這麼吞下去，然後又完全未經消化的吐出來，我竟然也跟著把它們吞下肚，並且還足足吞了一整個專欄。接著我又吃了一大塊牛肝，一塊從被打死的小牛身上割下來的肝。真是不可思議！但最棒的還是阿爾薩斯的葡萄酒。我一向不喜歡又濃又烈的酒，那種酒不適合日常小酌，它們的作用通常太強，並且常以具某種特殊風味而聞名。我最喜歡的還是這種純淨、清淡、樸實，沒有特殊名稱的鄉下酒，喝多了也不會感到不舒服，它喝起來就是這麼的美味，這麼的順口，這麼的充滿了鄉村、大地、天空，和森林的氣息。一杯阿爾薩斯的葡萄酒配上一塊美味的麵包，絕對是最棒的一餐！但我卻先吃了一盤牛肝，平時我很少吃肉的，可是今天這盤牛肝竟讓我覺得很享受，而且我面前的這杯酒也已經是第二杯了。這真是不可思議！同樣不可思議的還有：在某個地方的綠色山谷裡，因為有一群健康、殷實的農人不辭辛勞的種植葡萄，並且榨汁釀酒，所以在世上的某些角落，甚至是離他們很遙遠的角落，滿懷失望、默默喝著酒的小老百姓或迷失的荒野之狼，才能有機會因為這些酒而重新汲取到些許勇氣與悸動。

姑且讓我稱之為不可思議吧！的確很棒，它讓我們得以再次感受到悸動。一杯薄酒下肚，一切都釋懷了，連報上那堆爛文字，都能輕鬆笑看。突然，早已被我拋諸腦後的木管輕音再次奏起，猶如一顆能映照出周遭景象的肥皂泡在我心中冉冉升起，晶瑩剔透，就這麼五彩繽紛的把整個世界映照在、縮小在其表面上，旋即輕輕破滅。倘若那天堂般的美妙旋律真的已悄悄的深植於我的靈魂中，並且偶而會在我心底綻放出五彩繽紛的美麗花朵，那麼我又怎麼能說自己全然迷失了呢？即便我確實是一匹迷途的動物，一隻無法理解周遭環境的野獸，但我這可鄙的生命還是有意義的，因為答案已然在我心中，我的心總能接收到那來自遙遠的、更高世界的召喚，無數美好的影像早已深植在我的腦海中：

義大利文藝復興大師喬托（Giotto）[10]在帕多瓦城（Padua）小教堂藍色拱頂上繪製的天使群像；哈姆雷特和頭戴花冠的奧菲莉亞[11]，他們的遭遇無疑是世間所有悲傷與誤解的最佳例證；站在火焰熊熊燃燒之熱氣球上，慷慨激昂大發議論的飛行員賈諾左（Gianozzo）[12]；舉起頭上的新帽子向眾人致意的隨軍牧師阿提拉・施梅茨勒（Attila Schmelzle）[13]；還有宛如一座山那樣高聳入雲霄的佛塔婆羅浮屠（Borobudur）[14]。即便這些美好的影像也同時存在於成千上萬其他人的心目中，即便還有其他不計其數的美好影像與音樂，但唯有我的心是它們最終的歸處，唯有我的心能看懂、能聽懂它們。修道院那堵古老、斑駁、飽經風霜的灰綠石牆，那堵藉無數裂縫與侵蝕雕刻出壁畫的牆——是誰在由衷的與之回應？是誰用靈魂赤誠的擁抱它？是誰戀之愛之？是誰看懂了它所施的魔法，那五彩繽紛卻稍縱即逝的魔法字母？除此之外，僧侶們所撰寫的古書，和古書上熠熠生輝的彩飾畫，還有那些早就被同胞們所遺忘，百年前，甚至二百年前德國詩人所寫的書籍，所有這些陳舊不堪、霉跡斑斑的扉頁，還有古代音樂家所留下的手稿或印刷品，那些塵封在清晰卻泛黃樂譜上的音樂夢——是誰聽懂了它們那極富精神性，不羈卻充滿了嚮往的心聲？是誰把他們的精神與他們所施的魔法滿滿的裝在心裡，讓他們在另一個與他們大相逕庭的時代裡依舊長存？是誰不曾或忘義大利古比奧城（Gubbio）山丘上那株矮小、脆弱的柏樹，那株即便因落石砸中而折斷，仍努力

10 譯註：喬托·迪·邦多納（Giotto di Bondone），1267-1337，義大利文藝復興時期的畫家與建築師。

11 譯註：典出英國文豪莎士比亞的悲劇《哈姆雷特》。

12 譯註：典出德國作家讓·保羅的《熱氣球飛行員賈諾左的航行日誌》（Des Luftschiffers Giannozzo Seebuch,1801）。

13 譯註：典出德國作家讓·保羅的《隨軍牧師施梅茨勒的福列茲之旅》（Des Feldpredigers Schmelzle Reise nach Flätz,1809）。

14 譯註：位於印尼爪哇，約建於西元九世紀，被金氏世界紀錄認證為世上最大佛寺，並且被聯合國教科文組織列為世界文化遺產。

展現強悍之生命力，且再度萌發嬌嫩新芽的柏樹？是誰懂得對二樓那位辛勤的主婦和她悉心照料下的一塵不染的南洋杉真心的發出讚嘆？是誰在深夜的萊茵河畔看懂了霧氣蒸騰中飄渺筆劃所傳達出的寓意？是荒野之狼！還有，是誰努力的在為自己荒蕪的生活尋找些許殘破的意義？是誰為此不惜忍受外在的了無意義，不惜活得像個瘋子，並且只能在心裡偷偷的盼望：也許在這令人迷網的一片混亂中仍能見到啟示，仍能臨近於神？

老闆娘想為我斟上第二杯酒，但我握住了杯子，並且起身。我不需要酒了。金色的身影再次閃現，我又憶起了永恆，憶起了莫札特，憶起了星辰。頃刻間我又能暢快的呼吸，暢快的活著，暢快的存在於人世間，無須忍受痛苦折磨，無須恐懼，無須自覺可恥。

我走出酒館，寂靜的街道上冷風狂掃著細雨，細雨敲打著路燈，朦朧的燈光幽微而閃爍。現在要去哪兒？倘若我此刻得許一魔法心願，我希望面前立刻出現一間路易十六風格的美麗雅室，並由裡頭的一流樂手為我演奏二、三首韓德爾和莫札特的音樂。啊，那我的心情會有多麼舒暢啊！我將暢飲冰涼、優雅的樂聲，猶如諸神暢飲瓊漿玉液。啊，假如此刻我能有個知交好友，一個住在閣樓裡，就著燭光沉思，身邊還放了把小提琴的知交好友，該有多好呀！我一定要躡手躡腳的闖進去破壞他的寧靜夜晚——靜悄悄的沿著樓梯的轉角層層向上，突然出現在他的面前嚇他一大跳，接著兩人秉燭夜談，縱情音樂，暢快的享受幾小時遠離俗世的夜晚時光！曾經，我享受過那樣的快樂，就在幾年前，但隨著時間過去，那份快樂也離我遠去，並徹底的消失無蹤了；在此刻與彼時之間剩下的唯有歲月凋零。

我滿心躊躇的踏上歸途，豎起領子，手杖敲打在溼答答的柏油路。不管我再怎麼放慢腳步，回到閣樓的速度還是太快。我不喜歡我那個小小的臨時歸處，但對我而言它又是如此的不可或缺，畢竟隨著時間過去，那個在冬夜裡頂著狂風驟雨，在曠野中奔跑的我，早已一去不復返了。但上帝為證，無論如何我都不想掃了自己今晚的好興致，下雨也罷，痛風也罷，都影響不了我，遑論那株南洋杉了，即便聽不到室內樂的演奏，即便無處可尋身邊放著一把小提琴的孤單摯友，我心中美好的樂章依舊奏起，我依舊會在規律的吐納間輕哼著旋律，煞有其事的自己為自己演奏。我邊走邊想。沒錯，沒有樂隊，沒有朋友根本無所謂，嚮往那種無濟於事的溫情，並因此而自苦，真是太可笑了！孤獨其實是一種獨立，是我由衷盼望的，是我經年累月自我鍛鍊後得到的。但孤獨卻也是冰冷的，是啊，沒錯，孤獨同時也帶來了寂靜，美好的寂靜，並形成一種巨大，大得像群星運轉於其中的冷冽又寂靜的太空。

我行經一處舞廳，強悍的爵士樂迎面襲來，燥熱而野蠻，像從一堆生肉上擴散而出的氣息。我忍不住駐足。無論我多麼討厭這種音樂，它都悄悄的對我產生了一股吸引力。我討厭爵士樂，但比起現今的學院派音樂，我喜歡它遠超過學院派音樂十倍。爵士樂所展現出來的那種既歡樂又粗曠的野性總能引領我進入本能的世界，並且直接呼吸到單純而鮮紅的感官欲望。

我停下腳步，嗅聞：聞著充滿血腥味的靡靡之音，憤怒而貪婪的嗅聞著舞廳內飄出的氣息。其實這種音樂：部分充滿了詩意，既多愁善感又甜蜜，可謂非常感性，但另一部分卻無比狂野、放肆，和強烈。二個天差地別的部分卻可以在爵士樂中單純而和諧的結合在一起，並形成一個整體。這是一種屬於末日的音樂吧！羅馬最後一任皇帝命人演奏的想必就是這種音樂。當然，跟巴哈或莫札特那種真正的音樂相比，這種音樂簡直像垃圾——但我們的藝術、我們的思想，本來就是這樣，這就是我們的表象文化呀，一旦把它拿來跟真正的文化相比當然會淪為垃圾。但這種爵士樂也有它的優點，就是非常的真摯，能自然而然的露出黑人的那種可愛、不虛偽的特質，以及稚子般的快樂情懷。這種音樂具有黑人和美國人的某些特質，這種特質對我們這些性格堅毅且強悍的歐洲人而言，既像少年般新鮮又顯得稚氣。會不會歐洲也將變成這樣？或者歐洲其實早就朝這個方向在改變了？會不會我們只不過是一群對過往歐洲，對過往音樂、文學仍有所堅持與崇拜的人，換言之，我們只不過是一群碩果僅存的、患有複雜精神官能症的愚人，我們這種人或許明天就會被眾人所遺忘？所嘲笑？會不會我們所謂的「文化」，所謂的精神，所謂的靈魂，所謂的美，以及所有被我們稱之為神聖的東西，其實都只是個鬼影子，它們早就死了，只是我們這群傻瓜仍視之為真，仍視之為活生生？也許它們從來就沒有真的存在過，沒有真的活過？會不會我們這群傻瓜所致力追求的東西，從頭到尾都只是個幻影罷了？

我又重新回到了老城區，小教堂模糊而不真切的佇立在一片灰濛濛之中。我突然想起了今晚稍早之前的經歷，那扇謎一樣的小拱門，拱門上方那隅謎一樣的反光區域，和玩笑似的、忽隱忽現的光影字母。那些字母上寫了什麼？「非人人皆可入場」，「僅供瘋子觀賞」。我將目光投向那堵古老的石牆，仔細的瞧，暗自期盼神奇魔法能再次啟動，那扇小小的拱門能為我而正式開啟，並邀請我這個瘋子走進去。會不會那裡頭真的有我所嚮往的東西？真的有屬於我的音樂正在演奏？

那堵黝黑的石牆，在夜幕低垂中冷眼旁觀著我，它全然封閉，深深的沉睡在自己的夢中。上面根本沒有門，沒有尖尖的拱門，那裡只是一堵黝黑、沉靜，連個洞也沒有的牆。我啞然失笑的繼續往前走，彬彬有禮的對著石牆點頭致意，「晚安了，石牆，我不吵你。總有一天，等時間到了，你就會崩塌，或者就會被貪婪的企業招牌給覆蓋。現在你依舊在這兒，這麼美麗，這麼安靜的佇立在這兒，這已經夠讓我滿心歡喜的了。」

突然黝黑的巷口冒出來一個人，就這麼莽莽撞撞的站在我面前，我嚇了好大一跳。又是一個寂寞的夜歸人，他步履蹣跚，頭戴便帽，身穿藍色襯衫，肩上扛著一根海報旗，脖子上繞著一根皮帶，皮帶一路延伸到腹前的箱子上。箱子是打開的，年貨市集上沿街兜售的小販都是這副打扮。他疲憊的走在我前面，沒回頭瞧我一眼，否則我一定會跟他問好，並請他抽根雪茄。憑藉路燈，我想看清楚他旗幟上——其實那只是一根桿子上黏著一張海報——的內容。但海報晃來晃去，我怎麼也看不清楚，於是我開口喊他，希望他停下來讓我看清楚。他聞言停住，並將旗桿扶正，我終於可以仔細閱讀那仍在輕輕晃動，微微飄盪的文字：

無政府主義者的夜間娛樂
魔法劇場！
非人人皆可入場……

「啊，我正想找的就是您，」我欣喜的叫住他，「請問所謂的夜間娛樂是什麼？在哪兒演出啊？什麼時候開始？」

但他逕自往前。

「不是人人皆可入場，」他一副事不關己的模樣，聲音裡透著濃濃的睡意，繼續往前。他已經累了，想回家了。

「請留步，」我拉開嗓門喊，疾步朝他跑去，「您箱子裡放的是什麼？我想跟您買！」

男子步伐沒停，機械式的把手伸進箱子裡，抽出一本小冊子，往我面前一擺。我趕緊接過來，收進口袋。我解開大衣鈕扣，正想掏錢給他，他卻一個轉彎，往旁邊的一扇門走去。門在他身後闔上，他就這麼消失眼前。門後，他沉重的腳步聲在庭院裡響起，先是踩在石板路上，接著是一段木階，再下去我就聽不清楚了。突然，我也覺得好累，油然一股已經很晚了、得趕緊回家的感覺。我加快腳步，迅速的穿過市郊的巷弄，回到我居住的、有城牆環繞的那一區。此區有無數窗明几淨的出租公寓，在草坪和常春藤後面經常住著公務員和一些退休的人。行經常春藤、草坪，和杉樹，我回到家門口，對準鑰匙孔開門，找到開燈的按鈕，進到玻璃門內，經過光可鑑人的木櫃、盆栽，開啟閣樓的門，進到我的臨時的窩，我暫時的家，裡頭有靠背椅、火爐、墨水瓶、水彩顏料盒、諾瓦利斯，和杜斯妥也夫斯基，它們正在等著我，一如其他人，那些正常的人，回到家，家裡總有母親，或妻子、孩子、女僕、狗，和貓在等著他們。

我把溼答答的外套脫下，立刻想到那本小冊子。我將它抽出來，一本印刷得很差、紙張也用得很差的薄冊子，就是那種年貨市集上常有人發送的小冊子，標題通常是《剖析一月出生的你》或《怎麼在八天內看起來年輕二十歲？》。

我好整以暇的坐進那張有扶手、有靠背的椅子裡，戴上眼鏡，下一秒卻心頭一凜，油然一股被命運鎖定的感覺。這本小冊子的封面竟然印著這樣的標題：《荒野之狼。非人人皆可閱讀。》

以下是這本小冊子的內容。翻開後我一口氣將它讀完，並且越讀越迫不急待，越讀越激動莫名：

僅供瘋子閱讀

宣傳小手冊

荒野之狼

從前有個人名為哈利，大家管他叫荒野之狼。他以兩腳行走，身穿衣服，是個人，但骨子裡卻是匹不折不扣的荒野之狼。他學會了很多事——一個擁有良好智能者所能學會的那些事，並且成了一個相當有智慧的人。但有件事他沒學會，那就是：對自己和自己的人生感到滿意。這件事他做不到，他是個無法知足的人。原因可能是：在其內心深處，他無時無刻不意識到（或自認為意識到），自己其實不是人，而是匹來自荒野的狼。針對這一點，有識之士或許要爭辯不休：他現在真的還能算是一匹狼嗎？會不會他曾被施了魔法，甚至出生前就被施了魔法，所以原本是狼的他才會變成了人？又或者，他雖生而為人，卻擁有荒野之狼的靈魂，並且被此靈魂所控制？或者，自認為骨子裡是匹狼的這種信念，根本只是他自己的一種幻想或病態，例如，情況有可能是這個人小時候性情很野，不受約束又不守規矩，於是管教他的人竭盡所能的想除掉他體內的那匹野獸，並因此導致他產生了這樣的幻覺和信念：自己骨子裡其實是頭野獸，不過是披了層薄薄的人皮與教化的外衣罷了。這件事要聊可以聊很久，甚至可以寫成專書來探討。但說得再多也無助於荒野之狼，因為不管那匹狼的存在是因為巫術，或因人為塑造，或只是他自己對靈魂的一種幻想，總之，對他而言結果通通一樣。無論別人怎麼想，也不管他自己怎麼想，都毫無意義，因為這些都無助於把那匹狼從他身上剷除掉。

總歸一句話：荒野之狼擁有雙重天性，一是人性，一是狼性，這是他的命運。但說實在的，這樣的命運既不特別也不罕見。這種情況在許多人身上都看得到：他們有的很像狗，有的很像狐狸，像魚，或像蛇，但他們並沒有因此而特別感到困擾。人和狐狸，人和魚並存在這些人身上，不但不互相妨礙，還能互相裨益，尤有甚者，有的人達到的狀態令人羨慕——在這種人身上狐狸或猴的性格遠大於人，他們卻能過得幸福又快樂。這種例子屢見不鮮。不過哈利的情況卻剛好相反，他體內的人和狼無法和平共存，遑論相輔相成；他體內的人和狼永遠處於敵對狀態，彼此的存在只會給對方帶來痛苦；兩個容不下彼此的死敵既同在一具軀體與靈魂中，這註定要是個悲慘的生命。但話說回來，每個人都有他自己的命運，沒有誰是真的輕鬆的。

至於我們這匹荒野之狼，他的情況是：他一下子覺得自己是狼，一下子又覺得自己是人，就像所有的雜種動物一樣。只不過當他是匹狼時，他體內的人就會用批判和審視的眼光不斷的窺探他——當他自覺是人時，體內的那匹狼同樣也會這麼做。舉例來說，當自覺是人的哈利突然有個很棒的想法，或油然一股細膩、高尚的感覺，或想從事某些所謂的善行時，他體內的狼就會露出利齒，冷冷的笑，並殘酷無情的譏諷他：那些他自覺高尚的的行為在狼的眼裡其實很可笑；狼一向清楚自己要什麼，狼要的是獨自奔跑在草原上，舔吮鮮血，追逐母狼，所以，就狼的眼光來看，人類所有的行為都極其可笑又可鄙，愚蠢又虛偽。反之亦然，當哈利自覺是狼，且做出像狼一樣的行為時，當哈利對其他人呲牙裂嘴，當哈利憎惡所有的人，與所有人為敵，覺得人類的禮儀與風俗真是虛假又低能時，他體內的人同樣在監看著他，在冷眼旁觀著這匹狼，同樣會冷言冷語的奚落他是畜生，是野獸，並狠狠的破壞和掃他的興，讓他無法盡情享受當一匹簡單、健康、狂野之狼的樂趣。

這就是荒野之狼的處境，所以你完全可以想像：哈利擁有的是一個不怎麼愉快和幸福的人生。但請注意，我們的意思並非：比起一般人他過得特別不幸（雖然他自己的確這麼想，畢竟每個人都認為自己所遭遇的痛苦乃世上最大的痛苦）。其實誰都不應該被說成是過得特別不幸。即便體內無狼蟄伏，這樣的人也未必就一定幸福。而且，即便世上最不幸的人生也有陽光璀璨的時刻，也有見到小小的幸福花朵綻放在貧脊的沙土與岩石間的時候。荒野之狼的人生也是如此。但不可否認，他絕大多數的時間過得並不快樂，同時也讓別人很不快樂。這種情況常發生在當他愛上某些人，而且那些人也愛他時。因為所有愛他的人看見的永遠都只是他的某一面。有些人愛他是因為認為他是個高尚、聰明，又獨特的人，所以一旦發現他身上的狼性就會既震驚又失望。但他們一定會發現，因為就像所有的人一樣，哈利也想要得到完整的愛，所以在那些他真正在乎的人面前（他真正在乎他們的愛），哈利特別不肯說謊，不肯遮掩自己的狼性。相反的有些人正是衝著他的狼性而愛他，他們愛他的自由、狂野、無法馴服、危險，和強悍，因此一旦這些人在這匹充滿野性、凶狠的狼身上看見了人，看見了哈利也嚮往善良與美德，也嚮往溫柔，也聽莫札特，也讀詩，甚至懷抱著人類的理念時，他們的失望和難過也就特別強烈。正因為這些人會特別失望和憤怒，所以荒野之狼的雙重性和矛盾性格才會如此深刻的影響這些與他交會者的命運。

那些自以為了解荒野之狼，且完全可以體會其生命之悲慘與撕裂的人，其實錯了，他們不知道的事情還多著呢。他們不知道，哈利的人生也有例外的情況和幸福的時刻（就像常規之中必有例外，就像上帝有時會特別欣賞那唯一一個犯罪的人，而非另外那九十九個正直的人），哈利雖然一下子自覺是狼，一下子自覺是人，卻也有單純而不受干擾，能平靜呼吸、思考，和感受的時刻，是的，他體內的人和狼有時候，在極罕見的某些時刻，也能和平共處，也能相親相愛，所以他們不一定是一方甦醒，另一方必沉睡，而是有時也能相輔相成，互相強化，甚至能讓對方獲得雙倍的力量。一如世上到處可見的那樣，哈利人生中的所有習以為常，所有日復一日，所有熟悉的、規律的事物，有時似乎全為了一個目標而存在：為了體驗某個突然出現的瞬間，為了某個意想不到的中斷，為了讓不同凡響、奇蹟，或恩寵有機會清楚的呈現。但這種短暫又稀罕的幸福時刻是否真能平衡和紓解荒野之狼大多時候的悲慘命運？並讓他的快樂與痛苦保持平衡？或甚至，這些短暫而強烈的快樂時光不僅能消弭所有痛苦，還能戰勝痛苦？唉，這同樣又是個閒得發慌者才會熱衷探討，但實則根本莫衷一是的問題。荒野之狼也常在那些閒來沒事、得過且過的無用日子裡苦思這個問題。

此外還有一點必須說明：類似哈利這樣的人其實為數不少，尤其是藝術家，許多藝術家都屬於這種人。這種人有二個靈魂，有兩種本質，他們身上既富神性又具魔性，流著母親的血也流著父親的血，快樂的能力和痛苦的能力既衝突又交織，時而並行不悖，時而互為表裡，就像哈利體內的人和狼。這種人的生命是如此的不平靜，在罕見的快樂時刻裡，他們體驗到的強烈情感是如此巨大，感受到的美好是如此的無以名之；此瞬間幸福所激起的浪花是如此之高，如此之耀眼，以至於全然凌駕於痛苦海洋之上；此短暫而璀璨的快樂甚至萬丈光芒到讓旁人也備受感動，也為之著迷。於是藝術傑作的誕生便猶如激盪在痛苦海洋上那股既珍貴又稍縱即逝的幸福浪花：痛苦的個人在這些傑作中短暫的擺脫了自己的宿命，他所展現出的高度生命力甚至能讓他的幸福璀璨得宛如星辰，能讓所有親謁者彷彿見證永恆，彷彿一同實現了自己的幸福夢想。但這些像哈利一樣的人，他們每一個，不管他們如何稱呼自己的表現和作品，其實都不曾擁有所謂的世俗人生，換言之，他們的人生並非既定，且完全沒有既成的形態與模樣，這些個英雄、藝術家，或思想家，他們並不像法官、醫生、鞋匠，或老師那樣，不，他們的人生是一場永不結束且充滿痛苦的動盪與洶湧，是一種悲慘又悽苦的撕裂，而那些在此混亂人生之上綻放出光芒的，既稀少又珍貴的經驗、行為、思想，和創作，一旦它們的意義沒被看見，一切終將淪為泡沫，淪為毫無意義。所以在這類人當中便出現了這樣的一種既危險又可怕的想法：也許整個人類的存在就只是一場可怕的錯誤，是始祖母親誕下的一個嚴重失敗的畸形兒，是大自然所做的一次既混亂又失誤到可怕的嘗試。不過，除了這想法之外，他們之中還產生了另一種想法：也許人類不僅僅是一種具半調子理性的動物，而是諸神之子，且註定要成為不朽者。

每一種人都有自己的特徵，自己的標記，有自己的美德和缺陷，也有自己的致命罪孽與弊病。荒野之狼的特徵之一是他是個夜型人。對他而言，早晨是一天當中最糟糕的時段；他最怕早晨，這段時間他總是諸事不順。他這輩子從沒有一天的早晨是開心的，中午以前他沒有真的做成過什麼事，想出過什麼好點子，或讓自己和別人快樂過。總要等到下午，他才會開始慢慢的暖起來，活過來，快到夜晚時——在那些情況很好的日子裡——他才會開始顯得精神飽滿，活力充沛，有時甚至還能神采奕奕，興高彩烈。這其實跟他渴望獨處，渴望獨立自主有關係。他渴望獨立自主，其渴望之深、之熱切堪稱無人能及。即便是年少時，亦即當他還很窮，還得費盡千辛萬苦才能掙得溫飽時，為了捍衛自己的獨立自主，他寧願挨餓、衣衫襤褸，也從不肯為了錢，為了安逸的生活，為了女人，或為了權勢而出賣自己。他捨棄過、拒絕過不下上百次那些全世界都欣羨的大好機會或天大幸運，只為保有自己的自由。他能想像的最厭惡和最殘忍的事莫過於：他得從事某項職務，從此日復一日，年復一年，得時時聽命於人。他厭惡被關在辦公室、官署，或公家機關裡，對他而言，這比死還難過。他做過的最恐怖的夢是自己被禁錮在部隊的軍營裡。所以他很有自知之明的避開了所有相關的工作，但也因此常得付出很大的代價。不過，這一點正好彰顯出他的堅毅與美德；他在這一點上所展現出來的正是不屈不撓與堅定不移，他的性格在此表現得明確又率真。然而這樣的美德也與他的痛苦及命運息息相關。就跟所有人的情況一樣，荒野之狼當然也不例外：那個他——因內在本質最深刻的渴望——而矢志追求、戮力奮鬥的目標，終將成為他的使命，只可惜這並非什麼好事。一開始這確實是他的夢想與快樂，但後來卻成了他悲慘的命運。有權之人死於權，有錢之人死於錢，逢迎獻媚者自毀於屈從，耽溺逸樂者自毀於逸樂。所以，荒野之狼的致命傷也在於他所追求的獨立自主。他專心致志的朝他的目標邁進，變得越來越獨立自主，再也沒有人能命令得了他；他再也不需要在乎任何人的看法；他終於可以自由的獨自一人決定和取捨他所有的所作所為。每個堅毅強悍的人都會聽從自己真正的欲望，並朝那個方向去追尋和達成目標。但獲得自由後，哈利忽然驚覺，他的自由其實是一種死亡；他變得遺世孤立。世界以一種極可怕的方式不再干擾他，人們再也與他無涉，是啊，連他都快跟自己無涉了：他快要在因為疏離感和孤獨感而變得越來越稀薄的空氣中窒息而亡。情況於是變成：獨處與獨立自主再也不是他的願望和目標，而是他的命運，是他所受到的懲罰。他許下了魔法心願，一個不容反悔、無法撤銷的心願。什麼都於事無補了，縱使他現在由衷嚮往且誠心誠意的敞開雙臂想要與人接觸，想要融入人群，大家也只會任由他獨自一人。大家這樣對他並不是因為討厭他或嫌棄他。剛好相反，他其實有許多朋友。很多人喜歡他，但他能獲得的永遠只有大家的好感與友善。人們邀請他出席聚會，送他禮物，寫文情並茂的信給他，但從沒有人真的想親近他，要與他結為至交；既沒有人想要也沒有人有能力參與他的生活。於是籠罩著他的是孤獨的空氣，是寂靜的氛圍，周遭環境只能與他擦肩而過，他再也沒有能力與之締結關係，再強大的意願和渴望都幫不了他，都無濟於事了。這便是他很重要的生命特徵之一。

另一項特徵是：他屬於那種會自殺的人。但有一點必須說明：如果我們僅稱那些真的把自己給殺了的人為自殺者，那我們就錯了。自殺的人當中有許多是因為意外而自殺成功的，所以就本質上來講這些人並不真的屬於自殺者。在那些沒有鮮明個性，沒有強烈特徵，沒有嚴峻命運的普羅大眾中，在成千上萬、成群結隊的人們中，有些人確實自殺身亡了，但就他們的表現和特徵來看，其實不能因為他們自殺身亡就將他們劃歸為自殺者。相反的那些本質上屬於自殺者的人，有很多，甚至可以說絕大多數，是不會真的動手把自己給殺掉的。真正的「自殺者」——哈利就是個典型的例子——他們的生活方式其實跟死亡不一定有緊密的關係——況且要跟死亡關係緊密，無須自殺也能離死亡很近。真正的自殺者具有這樣的特質：他總是一味的，不管有沒有道理，覺得他的自我是大自然裡特別危險、極其絕望，且深受危害的一株幼苗；總覺得自己毫無遮蔽，正嚴重的暴露在危險之中，彷彿正危危顫顫的立於懸崖邊最狹窄那塊突岩上，只要輕輕一點外力，或只要內心稍微有點軟弱，就足以讓他跌落無底深淵。看手相的話，這種人的命運線有個明顯的特徵：自殺是他最有可能的死亡方式，至少他自己這麼篤信。他之所以會產生這樣的情懷（此情懷通常在青少年時期就會出現，然後一輩子揮之不去），先決條件並非他的生命力特別弱，剛好相反，你會發現這些「自殺者」的天性其實都特別堅毅強韌、具野心，勇敢而大膽。但就像有些人天生的體質是生點小病就會發高燒，被我們稱之為「自殺者」的這種人總是非常敏感又神經質，他們天生的性格就是遇到一點小波折就會滿腦子強烈的自殺念頭。如果我們能有一門夠勇敢、夠負責任，敢直接研究人，而非只研究生命表象之運作機制的學科，如果我們也能像建立人類學和心理學那樣，建立一門直接研究人的學科，那麼就能讓所有人看清此一事實。

我們在此針對自殺者所做的一切描述，不言自喻全是些很表面、很膚淺的東西，此乃心理學，換言之，是物理學的一部分。如果以形上學的角度來看，事情就不是這樣了，一切會變得清楚許多，因為就形上學的觀點，「自殺者」其實是那些因個體化而產生罪惡感的人，是那些再也無法把自我圓滿和自我成就當作人生目標的靈魂。相反的，這些靈魂矢志追求的是瓦解與消融，是重回母親的懷抱，是重回神的懷抱，是回歸宇宙。許多具有此天性的人根本無法真的把自己殺死，因為他們很清楚自殺的罪有多深重。即便如此，我們還是稱他們為自殺者，因為唯有在死亡中，而非在生命中，他們才能見到自己所追尋的救贖。他們已下定決心要擺脫自己，要獻出自己，他們渴望灰飛煙滅，渴望回歸原初。

一如優勢可能變成弱點（某些情況下甚至必須變成弱點），同樣的，典型的自殺者也常能反過來化表面上的弱點為力量和支持，沒錯，典型的自殺者經常這麼做。哈利，亦即荒野之狼也是這樣。就像他成千上萬的同類一樣，對他而言，想死隨時都能死的想法並不只是少不經事時的一種多愁善感的幻想和遊戲，它還是哈利打造慰藉與支持的依據。雖然就像他的同類一樣，哈利無論遇到什麼波折，什麼痛苦，什麼不愉快的生活狀況都會立刻想到要用死來逃避。但漸漸的，從這種企圖自殺的傾向中，他為自己開創出一種有助於生活的哲學。他相信緊急出口的大門永遠為他敞開，因此自殺的想法反而為他帶來了力量，並讓他對品嘗痛苦和不如意產生了好奇心，有時，在他情況非常糟時，他甚至還能在心中暗自竊喜，亦即幸災樂禍：「我倒是很好奇，想看看一個人到底可以承受痛苦到什麼樣的程度！一旦我的承受力達到極限，我只需推開那扇死亡之門，就能立刻獲得解脫。」這樣的想法讓許多自殺者獲得了無與倫比的強大力量。

另一方面，自殺者都很懂得怎麼跟自殺的念頭對抗。他們每個人，在其心靈深處的某個角落，都再清楚不過：自殺雖然是個解脫的辦法，卻是個無恥又不符規定的緊急措施。相反的，不自己動手，讓人生將自己打敗，將自己擊垮，這才是較高貴、較美好的死法。這份自知之明，這份良心不安——就像所謂的手淫者總會產生罪惡感——讓絕大多數的「自殺者」選擇跟自己的自殺念頭長期對抗。他們對抗自殺就像偷竊狂對抗自己忍不住想偷的癮頭一樣。荒野之狼當然也很熟悉這種對抗，也運用過、換過無數方法和手段來對抗想自殺的念頭。最後，在他四十七歲時，他想到了一個令人開心又不失幽默的好辦法，這辦法常常讓他感到快樂。他把自己五十歲生日那天訂為自殺日，到了那天如果他還想自殺就可以自殺。換言之，他跟自己約定：五十歲生日那天他可以根據當天的心情，自己決定要不要動用自殺這項緊急措施。所以，現在即便發生了什麼讓他想死的事，即便他惡疾纏身，一貧如洗，痛苦萬分且悲傷不已——這一切都將變成是有期限的，再怎麼嚴重的事頂多也只能再折磨他為數不長的幾年，幾個月，或幾天而已，隨著日子一天天過去，他忍受折磨的時間也將變得越來越短！這想法讓他在面對某些痛苦與不幸時變得輕鬆許多。換作從前，這些痛苦與不幸肯定會折磨得他又深又久，是啊，甚至可能徹底動搖他。但現在，無論他基於什麼原因過得不好，無論他在原本枯槁、孤寂，和混亂的人生上又遇到什麼重大的痛苦與挫敗，他都能對著這些磨難說：「你們給我等著瞧，再二年，二年後看看誰是老大！」他越來越愛沉浸在這樣的想像中：五十歲生日那天，一大早他就接獲無數信件和祝賀，但他卻萬般篤定的拿起刮鬍刀，正式向所有的痛苦道別，最後再把死亡之門於身後掩上。等著瞧吧，到那時，看關節上的痛風、鬱悶的心情、頭痛和胃痛還能在哪兒繼續囂張。

除了以上的說明之外，接下來我們還得對荒野之狼所表現出來的單一現象，尤其是他和市民階級（**Bürgertum**）之間的獨特關係，作出說明。為求清楚解釋，我們將追根究柢的探討存在於這些現象背後的基本法則。作為出發點，理所當然且不言自喻的，我們將從他和「市民階級」之間的關係開始探討起！

荒野之狼，就他自己的看法，他是完全生活在市民階級世界之外的遺世獨立者；因為他既沒有家庭生活，也不追求社會成就與虛榮。他完全以一個單一個體自居，以特立獨行者自居；他一下子視自己為病態的隱居者，一下子又覺得自己是超凡脫俗、凌駕於一般人之上的個人，且擁有天才般的稟賦，是遠遠超越平庸生命之卑微格局的崇高個人。他充滿自覺的瞧不起市民階級，且為自己的不屬於市民階級而自豪。但在某些方面他又活得非常市民階級：他在銀行裡有存款，有能力資助窮苦潦倒的親戚，他雖不特別注重穿著打扮，卻一向穿的得體而不張揚，他努力的讓自己與警察、稅務機關，或類似的權責單位、政府機關維持相安無事的良好關係。尤有甚者，他在心裡一向暗暗的、熱切的嚮往著市民階級溫馨的小世界；嚮往他們住的那種寧靜的、體面的，有個乾淨小花園，有明亮樓梯間的宅第，嚮往屋內那種因井然有序和舒適愜意而洋溢著的簡約、知足的氣氛。雖然他喜歡保有自己的各種小小的壞習慣和奢侈行徑，喜歡自外於市民階級，喜歡以特立獨行者或天才自居，卻又完全無法居住和生活在，姑且讓我們這麼說吧，市民階級式生活全然不存在的鄉村。在野蠻粗暴者和例外者聚集的地方他安居不了，在作姦犯科者或褫奪公權者出沒的地方他生活不下去，他永遠只能在市民階級聚集地的郊區定居，並與市民階級的各種習慣、標準，和氛圍保持接觸，即便他與這一切的關係是對立的，即便這一切一直是他所要對抗的。成長過程中他所受的是小市民階級的教育，因此他從中吸取了不少市民階級的觀念與成規。理論上他雖完全尊重且不排斥從事賣淫工作的妓女，但若實際遇到活生生的妓女，面對面時他應該完全無法以禮相待，無法視她為與己無異的同類。至於那些不見容於國家和社會的政治犯、革命分子，或思想煽動者，荒野之狼又能愛他們如手足，但是面對宵小、強盜，和姦淫者，他又只能用非常市民階級式的態度來看待他們的行為，並深感遺憾。

荒野之狼就是以這樣的方式在一邊贊同和認可自己的一半本質和行為，一邊否定和對抗自己的另一半本質和行為。他在一個充滿文化氣息的市民階級家庭中長大，換言之，在有非常固定的生活型態與風俗習慣的環境中成長，因此他有部分的靈魂總是脫離不了且依附著俗世規範，即便他個體化的程度早已超過市民階級所能企及，即便他早已從市民階級式的理念和信仰中掙脫出來了。

作為一種持續存在的人類現象，所謂的「市民階級式的」其實就是一種對平衡的追求，亦即企圖在人類無數的極端行為與對立行為中尋得一個平衡的中間點。讓我們就對立行為先隨便舉個例子，例如聖人和縱欲者，藉由這個例子大家應該一下子就能了解其中涵意。人可以全心全意的追求精神上的成長，追求近乎於神，換言之，可以將畢身精力奉獻在成聖的理念上。相反的，人也可以全然追求本能生活，亦即徹底聽從感官要求，將畢生精力奉獻給眼前逸樂所帶來的暫時性滿足。前者是一條成聖之路，成就的是精神上的殉道者，是將自己徹底的奉獻給神。後者是一條縱欲之路，成就的是欲望的殉道者，是將自己徹底的交付給沉淪與腐朽。而市民階級要的就是在這兩種極端對立中尋得一個恰當的中間點。市民階級絕不會將自己徹底的交付出去，絕不會義無反顧，既不會為了縱欲也不會為了苦行而奮不顧身，他永遠不會是烈士，不會是殉道者，他絕不會以自我毀滅為代價——剛好相反，他所遵循的理念不是義無反顧，而是努力的確保住自我；他奮鬥的目標既非成聖，也不是要反其道而行，因為他根本無法容忍絕對；他雖想服侍上帝，卻也想服膺欲望；雖願意當個有美德的人，卻也不反對享受一下俗世的美好與愜意。總之，他追求的是在極端中尋得一個中間點來安居，在沒有劇烈風暴與動盪的區域內尋得一個平庸而舒適的環境來生活，而且他也確實辦到了。不過他得付出代價，代價就是失去充滿強度的生命力與感情。但唯有在劇烈的生命強度與感情強度中才能獲得既絕對又極端的人生。人要活得強烈就得捨棄自我。但市民階級最看重的無非就是這個自我（而且還是那種膚淺而不成熟的自我）。在市民階級捨棄強烈的生命後，他便得以固守既有且獲得安穩；不再對上帝充滿信仰狂熱後，便得以獲得良知上的平靜；不再追求欲望後，現成的收穫便是滿足；捨棄自由後迎來的是安逸；雖感受不到致命的炙熱卻能享受到舒適的溫暖。所以，就本質上來講，市民階級是一種生命動能很弱的產物，膽小怯懦又害怕放棄任何自我，且易於治理。因此市民階級選擇了以多數決取代集權，以法律取代武力，以投票表決取代肩負起責任。

不言自喻，這是一種既軟弱又膽小的本質。此本質仍存在於許多人身上，讓人遇事無法堅持；市民階級基於本身的特質在這世上只能扮演羔羊群的角色，置身一匹匹自由馳騁的狼當中。話雖如此，但我們也看見了：在強權統治的時代，市民階級雖迅速的被排擠到社會邊緣，卻從來不曾消失，有時候甚至看起來像主宰著世界。這是怎麼辦到的？無論就其族群的數量、奉行的美德，秉持的常識，或其組織來看，市民階級都沒有強悍到足以讓自己免於淪亡。畢竟其生命強度從一開始就非常之弱，弱到世上沒有任何一帖藥能確保其生命。話雖如此，但市民階級畢竟還是活了下來，甚至活得堅韌且綿延不絕。——為什麼會這樣？

答案是：關鍵就在荒野之狼。的確，市民階級的源源活力並非來自其一般成員的那些特質，而是來自一群為數龐大的外圍者，這群外圍者由於本身的理念既模糊又具彈性，所以依附著市民階級生活。換言之，總有一大群生性堅毅且充滿野性的人一直跟著市民階級一起生活。我們的荒野之狼哈利就是一個典型的例子。哈利，其個體發展的程度遠超過市民階級所能企及；他不但了解冥想所能帶來的喜樂，也清楚怨恨和自我厭惡所能帶來的那種陰鬱的快樂；他瞧不起法律，瞧不起美德和常識，卻又自縛於市民階級之中，根本無法脫離。於是乎，在真正的市民階級此一主體的外圍始終環繞著各式各樣、各種屬性的人，環繞著千百種不同生活型態與聰明才智的人，即便這些人很可能每一個都比市民階級優秀，且認為自己的使命是活在絕對之中，但基於孩童般的孺慕之情他們依舊依附著市民階級，並一點一滴、淺移默化的受著市民階級軟弱的生命本質所影響；漸漸的他們習於留在市民階級之中，隸屬於它，並自覺對它有義務，得效力於它。殊不知，這其實是因為市民階級遵循的乃多數決慣用的反推論原則：只要不反對我，就是支持我！

檢視荒野之狼的靈魂就會發現，他其實是一個高度個體化的人。光是他的高度個體化就注定了他無法成為市民階級——因為所有高度個體化的人終究會與自我對抗，會有毀滅自我的傾向。誠如我們所見，荒野之狼想成為聖人和想成為縱欲者的動機同樣強烈，但囿於軟弱與惰性導致他無法服膺那份渴望，那份投身自由、投身狂野之宇宙的渴望，只能渾渾噩噩的持續依附在市民階級這顆沉重的、母體般的星球上。但這是他在這世間的位置，是他的依歸與束縛。大多數的知識分子和大部分的藝術家都屬於這類人。他們當中只有最強悍的人得以衝破包覆著市民階級地表的大氣，去到無垠的宇宙。至於其他的人不是徹底屈服，就是選擇妥協讓步；雖然他們看不起市民階級，卻又只能淪為其中一員，並成為強化市民階級，頌揚市民階級的力量；為了讓自己活下去，他們終究不得不認同市民階級。這樣的遭遇對這批為數眾多的人而言雖稱不上悲劇，卻絕對是重大的挫敗與厄運，所幸他們的天賦得以在此地獄中淬煉成熟並開花結果。反觀那些真的掙脫束縛衝出去的人，那些得以投身絕對之中的人，他們雖能用令人讚嘆的方式殞滅，卻發揮不了什麼作用，只能成為真正的悲劇人物，畢竟他們的人數實在太少。相反的，選擇依附市民階級且留下來的這些人，他們的天賦常能為市民階級所推崇，並獲得極大的榮耀。於是在這批人的面前開展出了第三個國度（市民階級世界和無垠宇宙之外的第三個王國），一個僅存在於想像中，卻具有至高無上之統治權的世界，這個世界就是：幽默。心靈上不得安寧，精神上持續承受巨大痛苦的荒野之狼，因缺乏強大的勇氣無法獻身悲劇，無法衝向星空，雖自覺追求絕對乃其使命，卻又根本沒有能力活在那樣的絕對之中：於是當他們的精神在痛苦煎熬中變得堅強而具彈性後，他們為自己找到了另一條出路，另一條和解之道，那就是幽默。真正的市民階級雖不具備理解幽默的能力，幽默卻總是一定程度的具有市民階級色彩。在幽默這個想像出來的國度裡，荒野之狼的那些複雜的、破碎的理念得以全然實現：在這裡，聖人和縱欲者得以同時受到認同，位於極端的兩邊終於得以向彼此彎曲和靠近，不僅如此，市民階級也一併的被納入了認同的範圍。在幽默的國度裡，最虔誠的信徒也能毫無困難的認同作惡多端的匪徒，反之亦然。但在這裡不可能發生的是，讓位於極端的這兩種人，或其他的絕對者，去認同那些不好不壞、全然中性又位於中間的人，換言之，去認同市民階級。幽默是那些無能成就偉大天職之挫敗者，差點成為悲劇人物者，擁有極高天分的不幸者，他們的美好發明；唯有幽默（它也許是人類最獨特且最聰明的成就）能化不可能為可能，能整合和統一位於各區域、各光譜的人。能讓人活在這世上卻又活得不像在這世上，能尊重法律卻又超越於法律之上，能擁有卻又擁有得「像並未擁有」，能放棄卻又放棄得像並非放棄——以上這些是大家常提到且喜歡當作人生智慧來闡述的話，但唯有藉幽默，這些人生智慧才得以達到。

倘若既不缺天分也不缺行動力的荒野之狼在宛如地獄的痛苦混亂中，還能煎熬出、淬鍊出幽默這帖魔法湯藥，那麼或許他還能得救。可惜現在他還差得遠，還辦不到。不過，機會，或者說希望總是存在的。愛他的人，參與他人生的人，一定會希望他獲得拯救。所以，也許他看起來仍像持續困在市民階級中，但其實他的痛苦已經變得可以忍受，變得收穫豐碩。他跟市民階級世界的關係，那種又愛又恨的關係，終將擺脫情緒性的多愁善感，他與這個世界的依附關係終將不再被他視為恥辱，不再因此而折磨他。

但要有這樣的結果，或甚至最後要能鼓起勇氣躍入宇宙，荒野之狼必須先面對自己，先深入審視自己內在靈魂的混亂狀態，從而對自己本身充滿自覺。如此一來，他那滿是困惑且看似全然無法改變的存在狀態，才有可能在他面前清晰的呈現出來，讓他從今以後再也不能為了要逃出欲望的深淵而一再躲進多愁善感的哲學慰藉中，或一再盲目的耽溺於自己的狼性中。人和狼必須彼此卸下虛偽的情感面具，赤裸裸的正視對方。後果有可能是玉石俱焚，人性和狼性就此分道揚鑣，荒野之狼就此消失，或剛好相反，在幽默的光輝中，人性和狼性反而有機會理性的緊密結合。

也許有一天，哈利會被引導至這最後的機會面前。也許有一天，哈利終將學會如何認清自己，無論他是因為拿到了一面我們的小鏡子，或遇到了那些不朽者，或進了我們的某間魔法劇場，並在那裡遇見了那個能拯救其墮落靈魂的人，總之，哈利終有一天將學會認清自己。成千上萬的機會正等著他，不可抗拒的命運將吸引這些機會前來。依附著市民階級的這些外圍者，他們每一個其實都正置身於魔法機緣的情境中。而且什麼都不需要，光是一記無中生有的閃光便足以成事。

對於以上這一切，即便荒野之狼永遠沒有拿到這份描述其內在狀態的傳記式概要，他還是能完全了然於胸。因為他本來就有能力感知自己在這座世界裡的位置，感知且明瞭那些不朽者的意義；他雖能感知到自己將與自己相遇，卻對這種相遇的可能性深感害怕；他知道那面鏡子的存在，知道自己一定得面對那面鏡子，一定得往裡頭看，卻又連看一眼都怕得要死。

探討至此，最後我們還有一項最終的假設得交代清楚，換言之，還得去除一項最根本的假象（虛構）。所有的「解釋」，包括各式各樣的心理學，各種理解的方法與嘗試都需要輔助工具，換言之，需要理論，需要神話，甚至需要謊言。因此負責任的作者最後都不該忘記，應該盡可能的把這些謊言交代清楚或破除掉。例如，當我說「上」或「下」，這其實只是我個人的主張，這樣的主張需要被解釋，因為上跟下只存在於思想中，只存在於抽象概念裡。真實世界裡根本沒有所謂的上跟下。

簡而言之，「荒野之狼」也是這樣，也是一種假設。哈利自覺是狼人，並認為自己是由人和狼這兩種敵對的、相反的本質所構成，但這說法其實只是種嚴重簡化的神話。哈利絕非狼人，縱使我們做得像一時不察接受了哈利編出來的這個他自己深信不移的謊言，做得像我們真的視他為一種具雙重性格的生物，視他為荒野之狼，並試圖藉此概念去解釋他、描述他，但其實我們的目的也只是希望藉此假象讓讀者更方便了解而已。接下來我們應該試著把這樣的假象交代清楚並予以更正。

把自己一分為二，劃分成狼和人，劃分成本能和精神，哈利試圖藉由這樣的二分法來理解自己的命運，但這種二分法其實是一種非常粗糙的簡化，是一種對事實的強暴，目的只在輕鬆的獲得一個乍看之下清楚明白，事實上卻根本錯誤的解釋，解釋的對象是哈利在自己身上發現的那些衝突。他自覺這些衝突就是他諸多痛苦的來源。哈利在自己的身上看見了「人」，換言之，看見了一個由思想，由情感，由文化，由被馴化及被雕琢過的本能所形成的世界。但在這個「人」的旁邊，哈利同時看見了一匹「狼」，換言之，一個由欲望，由野性，由殘酷，由未經昇華之原始本能所形成的黑暗世界。雖然這種把自己一分為二，劃分成二個敵對領域的做法看似清楚明白，但哈利卻也不得不一再的體會到、經歷到：狼和人有時候，亦即在某些幸福時刻，其實是能互相包容的。每當哈利試圖在生活的某個當下，某個單一行為，某個單一感受中去嘗試釐清：現在這部分到底是隸屬於人或隸屬於狼，就會立刻陷入困境，他那美妙的狼人的理論就會立刻瓦解。原因就在世上沒有任何一個人是如此簡單的，即便是未開化的黑人，即便是白癡，都沒有這麼簡單，簡單到只需把自己當作是二大部分或三大部分的加總即可、即能解釋清楚。尤有甚者，企圖用「狼加人」這種天真的二分法來解釋哈利這麼複雜的人，這根本是毫無希望的幼稚嘗試。哈利並非由兩種本質所構成，而是由上百種，上千種本質所構成。他的生命不只擺盪（就像所有人的生命一樣）在兩個極端之間，例如本能和精神，例如聖徒和縱欲者，而是擺盪在成千上萬個一對對的極端中，擺盪在數不盡的兩相對立中。

像哈利這樣一個受過高等教育又聰明的人，竟會認為自己是匹「荒野之狼」，竟然會相信可以把自己如此豐富而複雜的生命狀態用如此簡單、如此糟糕，如此粗糙的形式來概括。

對此我們其實無須驚訝，畢竟人本來就不具備從事高難度思考的能力，即便是最富精神性且最有知識的人也都是戴著一副眼鏡，一副由極天真、極簡化，且充滿欺騙性之既定形式所構成的眼鏡在觀看世界和觀看自己——尤其是觀看自己！因為這是人類的一種，至少看起來如此，與生俱來且充滿強迫性的需求：把自己想像成一個具統一性（Einheit）的完整個體。不管這樣的幻想有多常被撼動，而且是被嚴重的撼動，卻還是總能再度復原如初。一名法官在殺人犯面前坐下，凝視對方的眼睛，突然有那麼一瞬間他從犯人口裡聽到的是自己（法官）的聲音，並在自己的內心深處看見了對方的種種情緒激動、能力，和潛在可能，即便如此，下一秒他又會恢復成一個具統一性的完整個體，又恢復成法官，又迅速的撤回到自己幻想出來的那個「我」的軀殼裡，繼續他的職責，判定那個殺人犯死罪。即便真有某些特別具天分、構造特別細膩的人類靈魂真能感知到自己的多重分裂，即便真有這樣的人，比方說天才，他們真的能擺脫那種人格完整性的幻想，接受自己的多重性，視自己為許多個「我」的集合體，即便如此，一旦他們把這件事說出來，就會立刻被多數、被主流給拘禁，那些人會求助科學，將他們確診為精神分裂症患者，藉此保護人類免於從這些不幸者的口中聽到事實與真相。所以，幹嘛要浪費唇舌？幹嘛要把那些每個會思考的人其實都心知肚明，可一旦說出來就會牴觸世俗規範的真相說出來？——其實，敢把幻想出來的那個完整的我一分為二，敢這樣做的人已經是近乎天才了，縱使不是天才也絕對是個罕見又有趣的例外者。事實上，沒有任何「我」是一個具統一性的完整個體，即便是那種最單純的「我」也不例外。「我」其實是個極為多采多姿、多樣化的世界，是一片小小的星空，是由各種形式，各種層級和狀態，各種繼承之物和可能性所構成的一片混亂。由於我們每個人都致力於要把這一片混亂看做是一個具統一性的完整個體，所以才會談論著自己的「我」總好像這個「我」是再簡單不過、有固定形式，且輪廓清晰的現象：但這樣的假象，對我們每個人而言，又似乎是必要的，就像呼吸和進食一樣，想活就不可或缺。

這種假象其實源自於一項非常簡單的援引，亦即就外在身體來看，我們每個人確實都是一個單一個體，即便如此，作為靈魂的我們卻從來不是這樣。可是傳統上，即便是文學，就連最上乘的文學，其剖析的對象也一直是表面上看起來像具統一性的完整個人。從古至今的文學類別，最受專家和內行人推崇的就是戲劇（Drama），這真是太正確了，因為戲劇是最有（或最可能有）機會把「我」的多樣性呈現出來的一種文學類別——倘若簡陋的眼見為憑沒有把戲劇的內容給抹煞掉的話，畢竟「眼見為憑」會讓我們把戲劇裡的每一個人都誤認為是完整而單一的，因為這些角色確實都藏身在一個叫人無法反駁的、獨一無二，且完整又封閉的軀體裡。最推崇這種膚淺美學的當屬所謂的「性格戲劇」（Charakterdrama），在這種戲劇裡每個角色都性格鮮明且具獨特性，都被視為是具統一性的完整個體。唯有拉開距離從遠處看，或許才有機會讓某些人逐漸領悟：這一切只是導因於一種膚淺的、表面化的美學；倘若我們把古希臘羅馬的美學概念套用到我們偉大的劇作家身上，那我們就錯了。這些古希臘羅馬的美學概念雖棒，卻不是人類與生俱來的，而是我們被教導、被說服後接受的，這些美學概念總是從眼睛看到的外在形體出發，創造出來的其實只是一種對自我、對個人的虛構與假象。古印度文學就完全沒有這樣的概念；印度史詩裡的英雄就沒有被塑造成一個個的個人，而是諸多人格的合體，是一連串的化身。除此之外，現今出現的許多文學作品，在角色表演和性格表演這層外表下，企圖呈現的其實也是靈魂的多樣性，雖然作者本身未必意識到這一點。一個人若想看清這一點，就必須下定決心，不要一開始就把這些文學裡的角色當作是一個單一的完整個體，而是要視之為某個更高整體的一部份、一些面向，或一些不同觀點的呈現（此更高整體讓我姑且稱之為文學家的靈魂）。倘若我們用這樣的方式來重新看待歌德的《浮士德》，那麼浮士德、梅菲斯特、浮士德的僕人華格納，以及書中所有的角色將一起形成一個整體，一個超越人格的整體。唯有在此更高的整體中，而非單一角色裡，我們才有機會得窺靈魂的真正本質。浮士德有一句老師們很愛引用，但市井小民聽了卻會嚇得發抖的名言：「我胸膛裡，唉，住著兩個靈魂！」浮士德這麼說恐怕是忘了住在他胸膛裡的還有梅菲斯特以及其他為數不少的靈魂。我們的荒野之狼也自認為胸膛裡裝了兩個靈魂（狼和人），並因此自覺胸膛快被擠爆。人的胸膛，人的軀體本來就只有一個，但住在裡面的靈魂絕非兩個或五個，而是數不清多少個。人就像一個由上百層蔥瓣組成的洋蔥，也像一塊由無數條絲線編織而成的布。古代的亞洲人看出了這一點，甚至深知這一點，比方說佛教的瑜珈就有一項修練是教人認清對性格的執著乃一種妄念。但人世間的戲碼還真是有趣又多樣：印度人花了幾千年辛辛苦苦要破除的妄念，相同的這東西，卻是西方人耗費無數心力企圖要鞏固和強化的對象。

有了上述觀點，我們再回來看荒野之狼，就能立刻明白為什麼他會被自己的雙重性折磨得這麼悽慘。因為他就像浮士德，都認為一個胸膛裡裝二個靈魂太多了，那個胸膛注定要被擠爆。實則剛好相反，二個靈魂根本太少；哈利企圖用這種無比簡陋的想像來解釋自己的靈魂，但這根本是在欺負他可憐的靈魂。哈利雖受過高等教育，但在這件事情上卻表現得像個頂多只會數到二的山野村夫。他把自己的一部分稱之為人，另一部分稱之為狼，然後便自覺大功告成，自覺憚精竭力了。他把在自己身上發現的所有精神性、具崇高意義的，或隸屬文化的全劃歸為「人」，然後把所有本能的、野性的，或混亂失序的全劃歸為狼。只可惜，不管我們的思想有多簡陋，我們貧脊的白痴語言有多粗糙，我們的生命都無法像我們的思想和語言一樣簡陋粗糙。只要哈利把這套粗鄙的狼的理論應用在自己身上，他就無異於是在自欺，而且還是種雙重的自我欺騙。哈利，恐怕真像我們所擔心的那樣，把靈魂轄下的所有區域全劃歸為「人」了，雖然那些全加起來也還稱不上是人，並且把隸屬於本性的那些部分全劃歸為狼了，即便那些本性其實遠遠的超過狼性。

就跟所有的人一樣，哈利也深信自己知道什麼是人，卻又同時自覺對人一無所悉，雖然在夢裡或其他難以操控的意識狀態下，他其實還滿常感知到什麼是人的。但願他沒有忘記那些感知，但願他有盡可能的將那些感知內化為自己的一部分！人其實沒有固定和持續的狀態（雖然人有固定和持續的狀態，這曾是古希臘羅馬時期對理想之人的看法，但即便在那個時代也有許多智者對此提出過相反的見解），人其實更像是一種嘗試與過程，是一座連接在自然與精神之間的危險窄橋。人的內在使命驅使他依循精神，朝神而去；人的最深渴望卻又牽引著他依循自然，重回母親的懷抱。人的生命，就在這兩股力量的拉扯中，充滿恐懼的劇烈擺盪著。人們在「人」這個概念裡所理解到的，永遠只是一個在一定時間內有效，僅具暫時性，隸屬於市民階級的一種共識。此共識，此約定俗成會排斥和禁止某些極為原始的本能，並要求人得一定程度的有自覺、有文化、有教養，得摒除自己的野蠻獸性，稍具精神性則不僅被允許，還是必須的。此約定俗成下的「人」，就像所有的市民階級的理念一樣，都是一種妥協，一種既怯懦又自以為聰明的嘗試：試圖兩邊討好，兩邊哄騙，既要哄騙對自己有諸多強烈要求的壞脾氣女祖宗「自然」，又要哄騙同樣對自己要求嚴苛的暴躁男祖宗「精神」，並試圖在這兩者之間尋得一個最不偏不倚的中間點來立足。就是因為這樣，市民階級才會允許並容忍那種被他們稱為「人物」（Persönlichkeit）的傢伙存在，並將這種個性鮮明且突出的人物獻祭給「國家」這尊神。市民階級一直就很懂得利用這種個性鮮明之人物與國家之間的衝突矛盾。就是因為這樣，所以今天被市民階級當異教徒燒死，當罪犯吊死的人，才會後天又被他們當做英雄立碑頌揚。

「人」並非什麼已完工的成品，而是一種對靈魂的持續要求，一種遙遠的可能性，一種既令人嚮往又叫人害怕的可能性，在朝目標前進的道路上，永遠只能一小段一小段的邁進，過程中還得承受可怕的狂悲與狂喜，並被少數的單一個人這樣對待：今天送你上斷頭台，明天又給你建英雄紀念碑——對此荒野之狼其實心知肚明。即便如此，他還是寧願不當「狼」，而自稱為「人」，而且他所說的人指的主要是市民階級約定俗成下的那種平庸之「人」。至於，如何成為一個真正的人，如何成為不朽者，哈利雖然也很清楚，有時甚至還朝那個方向邁出了小小的、猶豫的一小段路，並因此承受了巨大的痛苦，承受了沉重的孤獨，但最終，對於這真正至高無上的目標，對於遵循和努力踏上靈魂真正追尋的成人之道，對於朝著成為不朽者的這條獨一無二的窄路邁進，哈利卻是裹足不前的，換言之，在其內心深處對此是畏縮而退卻的。即便他明明感覺到：畏縮和退卻所帶來的其實是更大的痛苦、羞辱，和最終的放棄，甚至是命喪斷頭台，但他還是不願意乾脆承擔起所有該承擔的痛苦，乾脆慷慨赴死，不管死多少次都在所不惜。對於「成為真正的人」，對此目標，哈利雖然比市民階級更具自覺，卻選擇閉上眼，不去想也不去知道：但拚了命的緊抓住自我，拚了命的不想死，才是絕對必死無疑且永無生機的一條路，相反的，敢慷慨赴死，敢破繭而出，敢把自我徹底、永遠的奉獻出去，才是真正能成就不朽的銳變之道。在面對他所崇拜的、心儀的不朽者，例如莫札特，他看待他們的方式始終是以一種市民階級的眼光，所以才會總喜歡像個學校老師一樣，光會藉「具極高的特殊天賦」來解釋莫札特的完美，卻絕口不提莫札特的義無反顧，不提他的決心受苦，不提他的不理會市民階級各種理念和理想，不提他所承受的莫大孤寂——那種能助人忍受痛苦，助人成為真正的人，能把市民階級大氣層整個稀釋掉、助人奔向冷冰宇宙的孤寂，那是一種宛如耶穌在客西馬尼園裡所承受到的莫大孤寂。

但我們的荒野之狼至少在自己身上發掘到了浮士德般的雙重性，他發現：住在他單一完整軀體內的並非一個單一完整的靈魂；他頂多正朝著這個目標在邁進，在漫長的朝聖之路上，期盼自己終能掌握住「和諧」此一理念。他希望自己要嘛就去除掉身上的狼性，徹底成為一個人，要嘛就放棄當人，至少當匹狼，並活出完整、不被撕裂的生命。可惜他似乎從沒有好好的觀察過真正的狼——如果他看過真正的狼或許就有機會目睹：即便是動物也沒有單一完整的靈魂，在其美麗、矯健的外在形體下，同樣住著繁多、各式各樣的企圖與狀態，即便是狼也有牠的絕境與深淵，即便是狼也有牠的痛苦。「回歸自然（本性）！」錯，真的錯了，走上這條路的人始終是誤入歧途，是踏上一條既令人痛苦萬分又毫無希望的歧途。哈利永遠不可能完全變成一匹狼，倘若他真有機會變成一匹狼，那麼他將見識到：即便是狼也絕非簡單而原始，而是非常的多重又複雜。即便是狼，在狼的胸膛裡也裝了二個，或甚至多於二個的靈魂。渴望成為狼的人，就像高唱「多麼幸福啊，還能當個孩子！」[15]這首歌的人一樣，都忘了一件事。那個歌頌幸福兒童、多愁善感而討喜的人，雖然也希望回歸自然，回歸天真無邪，回歸最初，卻完全忘了：孩子何曾是幸福的，孩子其實也得面對無數衝突，無數分裂對立，也得承擔所有的痛苦。

「回歸」這條路是絕對行不通的，它既不能讓人變回狼，也不能帶人重返孩提。況且物之始從來就不是無辜而單純的；萬物，就連看起來最簡單之物，在它被創造出來的那一刻也已經是有所欠缺、有所過失的了，也已經是斑斑裂痕了，也已經被捲入了骯髒污穢的「生成」之漩渦與風暴中了，並且再也不能，真的再也不能奮勇逆流了。追求重返純真，重返尚未形成之前的狀態，這條路絕無法引領我們回到神的懷抱；這條路雖會帶著我們前進，但就只是往前，既成不了狼也當不成孩子，只會讓我們繼續身陷罪惡，繼續更無法自拔的陷溺在追求成為人的過程中。自殺也幫不了你，可憐的荒野之狼，你終將踏上追求成為人的那條漫長的、充滿艱辛的困苦之路，你的雙重性勢必被你自己弄得更加分裂與多重，你的複雜性勢必被你自己搞得更加複雜。你的世界將無法限縮，你的靈魂將無法簡化；你的世界勢必會越來越大，而你終究得接受這整個偌大的世界，並且把它塞進你被嚴重撐大的苦楚的靈魂裡，只為最後或許還能得到平靜。這條路佛陀走過，這條路每個偉大的人都走過，有的走得充滿自覺，有的走得渾然不察，但只要具備敢於冒險的勇氣就行了。所有的誕生都代表著與宇宙分離，代表著劃定範圍與侷限，代表了脫離神，是一種充滿痛苦的、全新的「成為」的歷程。回歸宇宙，放棄充滿痛苦的個體化，並且成為神，這代表的是：要把靈魂不斷的擴充和撐大到能夠再次環抱整個宇宙。

我們這裡談的「人」不是那種我們在學校裡見到的人，不是國家經濟或統計學上所指的人，不是走在馬路上的那些成千上萬的人，不是那種如海灘上的沙，如大火燎原後之灰燼的人：這種人無足輕重到多個幾百萬或少個幾百萬都無關緊要，他們只是堆物質，此外無他。不，我們指的不是這種人，我們要談的是更高意義下的人，是願意踏上成人之漫長道路、願意把成人當作目標的人，是具備王者氣概的人，是不朽者。天才其實不像我們以為的那麼罕見，當然也不像文學史、世界史，或報上講的那麼多。荒野之狼哈利，他給我們的印象是他大有資格成為天才，大有資格具備勇氣踏上成人的道路，大可不必一遇到困難就自憐自艾的把可笑的荒野之狼搬出來當藉口。

有潛能、有機會踏上成人之路，卻總是用荒野之狼和「唉，二個靈魂！」來故步自封和自圓其說的人，其實跟那些總懦弱的依戀著市民階級的人是一樣的，他們都既不可思議又可悲。一個有能力掌握成佛之道的人，一個知曉人類各種美好天空與可怕深淵的人，不該生活

15 譯註：這首歌出自十九世紀的德國歌劇《沙皇與木匠》（Zar und Zimmermann）。

在一個由常識、民主，和市民階級教育所主宰的世界。他之所以生活在這樣的一個世界裡，全然是因為懦弱，但每當體內的各種面向、各種特質開始對他產生強烈作用、煎熬他，且狹窄的市民階級斗室對他而言變得充滿壓迫感時，他就會把一切歸咎於「狼」，且故意不去知道：此刻他身上最美好的部分其實正是狼。相反的，他會稱自己身上所有的狂野的部分為狼，並視之為邪惡，視之為危險，視之為驚世駭俗——虧他還自認為是個藝術家，自認為擁有細膩的觀察力，竟然無法看見：他體內，除了狼，在狼的背後，其實還有許多其他動物；作勢要咬的並非只有狼，他體內其實還住著狐狸，住著龍，住著豹、猴，和天堂鳥。只是這整個世界，這整個充滿了對立物，充滿可愛與可怕，巨大與渺小，堅硬與柔軟之物的天堂樂園，竟被狼人童話給掩蓋了，給侷限了；就像哈利身上那個真正的人也被假象之人、被市民階級，給掩蓋了，給侷限了。

我們不妨想像有座花園，花園裡有上千種樹，上千種花，有上百種水果，上百種香草。可惜這座花園的園丁只懂得把植物區分為「可以吃的」和「雜草」兩大類，換言之，面對園裡十分之九的植物他都不曉得該怎麼辦。於是，他把最嬌豔的花朵給拔了，把最珍貴的樹給砍了，不然就是用充滿厭惡和嫌棄的眼光鄙夷它們。荒野之狼也是這麼對待他靈魂中的千百種花。只要無法歸類為「人」或「狼」，他就視而不見。尤有甚者，他簡直什麼都能劃歸為「人」！只要不完全符合狼，不管是懦弱，猴子般的行為，笨還是自私小氣，他全都畫歸為「人」，同樣的，不管是強悍還是高貴，只要他還無法駕馭，他就將它劃歸為狼。

讓我們就此跟哈利道別吧，讓他獨自踏上他的道路，繼續前行吧。倘若有一天，他真的加入了那些不朽者的行列，真的抵達了其艱辛路程的最終目標，回顧這一切，他將驚訝於自己的躊躇反覆，自己的混亂與無法下定決心，驚訝於這整段歷程的迂迴曲折，並終能帶著嘉許、責備、不捨，又自覺莞爾的笑容，心平氣和的看待荒野之狼！

讀完之後，我忽然想起幾星期前的一個晚上我也寫了首很特別的詩，那首詩描述的同樣是荒野之狼。我開始在滿是東西的書桌上翻找一堆堆雜亂無章的紙片。終於我找到了，並再次閱讀：

我荒野之狼，跑呀跑的，跑呀跑
世界覆滿了白雪，
樺樹上的烏鴉振翅高飛，
卻不見一隻兔，一隻鹿！
鹿繫著我深深的愛戀，
倘若能尋獲一隻！
我要將牠緊緊的咬在齒間，攫在爪中，
再沒比這更美好的事了。
我將以無比的赤忱待我心愛的鹿；
大口咬進牠柔軟的腿，
盡情暢飲牠鮮紅的血，
之後得以孤獨的徹夜長嚎。
即便是兔也能令我心滿意足，
牠溫暖的肉在夜裡格外甜美——

但是啊，一切皆已離我遠去，
還有什麼能帶來一絲生之樂趣？
我尾巴上的毛已花白，
眼睛也看不清了，
親愛的妻子數年前已離世。
此刻唯有我獨自跑呀跑的夢想著鹿，
跑呀跑的夢想著兔，
聽風在冬夜裡呼嘯，
灼熱的咽喉痛飲著風雪，
將我可憐的靈魂交付予魔鬼。

現在我手裡有兩份關於我自己的描述，一份以詩歌寫成，就像我本人，悲傷且憂思滿懷，另一份則冷靜理智，顯得具高度客觀性，乃由旁觀者所撰，由某個從外圍、從高處，居高臨下觀察我的人所寫，撰寫者對我的了解似乎比我自己還多，卻又好像比我自己少。二份有關我的描述——我那首悲傷，唸起來詰屈聱牙的詩，和這份出自陌生人手筆的睿智論述——它們勾勒出的形象都令我悲從中來。兩者都沒錯，都赤裸裸的呈現出我悲慘的存在方式，都直指我令人無法忍受又難以掌握的生命狀態。是啊，荒野之狼必須死，他必須親手了結自己那令人厭惡的存在方式——或者必須在重新自我審視的死亡之火中徹底消融後銳變，他必須卸下面具，必須朝成就新我的道路邁進。啊，這條路，這樣的歷程，對我而言既不新鮮也不陌生，我真的懂，因為我經歷過無數次，每一次都是令人絕望的時光。在這些艱難的體驗裡，每一次我的自我都被徹底的撕裂成碎片，都被最深沉的力量喚醒並摧毀。每一次我都被我生命中的某個我所珍惜和特別鍾愛的部分所背棄，並經歷失去。其中一次我失去了我的市民階級榮譽，連同我的財產，還被迫學會放棄別人對對我的尊敬，那些人以往一見到我總是脫帽致敬。另一次是我的家庭生活在一夕間崩毀。我罹患精神疾病的妻子把我趕出家門，讓我失去了原本舒適的生活環境。愛與信任瞬間變成了恨與死命對抗，過程中我飽受鄰居充滿憐憫與輕蔑的異樣眼光。我的孤獨感便是那時開始萌芽的。又過了幾年，那真是既艱辛又痛苦的幾年，我好不容易在嚴峻的孤獨感和艱辛的自我鍛鍊中重新建立起苦行的精神生活與理念，並獲得一定的生活水準與平靜；我讓自己全然投入抽象的思考活動中，嚴格且規律的執行冥想練習，但就在此時，我好不容易建立起的生活型態又再度崩潰，此生活型態所具有的崇高意義也一併淪喪；我就這麼一次次的在混亂且嚴峻的人生旅途中被撕裂，被摧毀，然後再以全新的面貌投入世界，繼續累積新的痛苦，新的罪惡。每一次在面具被扯下後，在秉持的理念徹底崩潰後，首先襲來的總是殘酷無比的空虛與死寂，那是致命的束縛感、孤獨感，和無依無靠，那是由冷酷無情與絕望所形成的既荒蕪又空虛的地獄，此刻的我又正在經歷。

每次在生活被徹底摧毀後，最終我的確都能有所收穫，這一點無可否認，我的確有收穫，比方說我變得更自由了，在精神上或內心深處變得更茁壯了，但我同時也得面對孤寂、不被理解，與心寒。就市民階級的觀點來看，我的生活一次次的崩毀，無異於持續的墮落，並代表著我越來越偏離正常的、眾人認可的、健康的生活方式。這些年我變成了一個沒有工作，沒有家庭，沒有故鄉的人，我被所有的社會團體摒除在外，孤孤單單的，沒有人喜歡我，許多人對我這個人心存疑慮，我也確實一再的跟社會的主流意見與道德觀發生嚴重衝突。雖然我仍生活在市民階級的範圍內，但我所有的感覺和想法卻告訴我，我只是這個世界裡的一個陌生人。對我而言，宗教、祖國、家庭、政府全都失去了價值，全都與我無關，學界、業界、藝術界的自以為了不起只讓我感到厭惡；我的各種直觀與洞見，我的品味，我的整個思想——我曾因此思想而被公認為才華洋溢，且備受推崇與愛戴，但現在這份思想業已凋零，荒蕪，甚至被眾人質疑。即便這些痛苦的銳變過程讓我得到了某些無形的、無法衡量的收穫——但我也因此付出了極昂貴的代價，過程中我的人生一次比一次艱辛、困苦、孤單，且危厄。說真的，我實在沒有理由繼續堅持走這條路，它不斷引我朝空氣稀薄處邁進，就像尼采在他那首秋之歌[16]裡所描述的輕煙歸處。

是啊，我真的很有經驗了，我很清楚那些轉變的歷程。這些轉變是命運特別為它所眷顧

16 譯注：一般認為這裡指的是尼采一八八七年所寫的詩《孤獨》（Vereinsamt），這首詩的第四段描述「如一縷輕煙，總要朝著冷冽的天空向上追尋」。全詩內容如下：群鴉鼓譟，朝城裡振翅疾飛：快下雪了，幸福啊，仍有故鄉之人！／而你只是靜靜的佇立，回頭望，啊！到底過了多久！怎樣的愚人啊你，臨冬前竟要浪跡天涯？／世界，一扇通往千百種荒蕪的門，靜默而冰冷！一如你所失去的，任誰都要無依無靠。／而你只是蒼白的佇立，注定要在寒冬中流浪的人兒，如一縷輕煙，總要朝著冷冽的天空向上追尋。／飛吧，鳥兒，嘎嗚，以荒漠之鳥的淒厲叫聲高歌，你這愚人啊，且在冰冷與嘲諷中藏好你淌血的心！／群鴉鼓譟，朝城裡振翅疾飛：快下雪了，可憐啊，沒有故鄉的人！

的、難纏的孩子量身打造的，那樣的歷程我再清楚不過。那些歷程就像自負卻一無所獲的獵人在狩獵時必經的一個個階段，就像年邁的股市老手必經的一個個投機階段：獲利、不安、動搖，和破產。難道我又得重新經歷一遍？又得再次面對那些痛苦和折磨，又得經歷混亂的困境與危機，又得再次眼睜睜看著自己變得卑微，變得毫無價值，又得因為害怕毀滅而萬分恐懼，天啊，難到我又要重新面對這所有的膽顫心驚？乾脆別讓這些痛苦有機會捲土重來，乾脆逃走算了，這會不會是比較聰明又簡單的做法？肯定是，這樣的做法肯定比較簡單又聰明。不管那本荒野之狼的小冊子裡對「自殺者」的描述為何，不管荒野之狼最後選擇的作法是這樣或那樣，總之，為避免再次經歷那些可怕的事，沒有人能阻止我用煤氣，用刮鬍刀，或用手槍來結束自己的生命。那些痛苦與悲傷我真的嘗夠了，嘗得既頻繁又深刻。沒錯，即便要我下地獄，世上也沒有任何力量能要求我再次去經歷那種叫人膽戰心驚的面對自我、重塑自我，和化身為另一個全新的自我，這樣的歷程通往的目的地和換得的結果從來就不是和平與寧靜，而是下一次的自我毀滅，和下一次的自我重塑！即便自殺是愚蠢的、懦弱的、無恥的，即便自殺是一項不名譽的、卑鄙的緊急措施——但在每個人的內心深處，誰都希望自己別再承受痛苦石磨的輾壓，誰都想乾脆從那扇最不要臉的緊急出口逃出去算了。現在我無需再假裝情操高尚，無須再表演英雄主義，我需要的只是做出簡單的決定：到底是要選擇痛一下子就會過去的自殺，還是要選擇繼續承受激烈到難以想像、沒完沒了的無盡痛苦。在我艱難又瘋狂的人生裡，我已經扮演夠了具高尚情操的唐吉軻德，已經太常把榮譽置於歡愉之前，把英雄主義置於理性思考之上。夠了，真的該結束了！

晨光迷朦的從窗外透進來，一個下著雨、沉重又該死的冬日清晨，天亮了我才剛要上床。我躺在床上，心裡已經有了決定。突然間，就在我的意識即將跨越最後界線完全消失前，就在我快要睡著的那一瞬間，荒野之狼那本冊子裡的某個地方，一個很特別的地方，突然發光似的浮現眼前——就是那段講「不朽者」的地方，這段文字頓時與我某個印象深刻的記憶有了連結：我有時候覺得自己離不朽者好近，其實不久前，在欣賞一段古典音樂時，為了融入及享受不朽者的那種冷靜、清晰、帶著堅毅笑容的智慧，我又全心投入且渾然忘我到自覺離他們好近。總之，有關不朽者的想法就這麼突然冒出來，鮮明無比，旋即消失，接著睡意像一座山，沉甸甸的朝我的額頭壓下。

中午醒來，我立刻意識到心裡已經有了決定的那件事。那本小冊子和我的那首詩靜靜的擱在床頭櫃上，我的決定從日常生活的一片混亂中冒出來，親切又理智的看著我。過了一夜，一覺醒來，我的決心更加茁壯、更加堅定。倉促不一定就會犯錯，我決定自殺絕非一時衝動。這決定就像一顆成熟且經得起考驗的果實，其實是慢慢長大、慢慢變得沉甸甸的，只要命運的風刮起，輕輕一推便足以讓它瓜熟落地。

在我常備的旅遊藥箱裡有一種治療疼痛非常有效的藥，一種藥效強大的鴉片製劑，但我很少拿出來享用，甚至常常一整個月用不到一次。我只有在身體真的痛到受不了時，才會動用這種會讓人嚴重的神智不清的藥。可惜這種藥沒辦法用來自殺，多年前我曾經試過一次。那次我再度被絕望徹底籠罩，於是我拿出那種藥，並且一口氣吞下了極大的量。那樣的量絕對足以殺死六個人，但就是殺不死我。我雖然昏了過去，且數小時徹底失去意識。但令人失望的是，在經歷猛烈的胃痙攣後，我竟然又有點清醒了，並且在迷迷糊糊的狀況下將鴉片全數吐出，接著又昏沉沉的睡去。隔天中午我真的醒了，醒得很淒慘，不但頭痛欲裂，還腦袋一面空白，完全想不起任何事情。吞那些鴉片，除了讓我好一陣子無法入眠且胃痛得要死之外，根本沒有任何作用。

所以吃鴉片自殺不在考慮之列。我決定用另一種方式來實現我的決定：下次只要我再難受到想要服用鴉片時，我就要徹底解決自己的痛苦，不要再只求暫時解脫，換言之，我將自殺，而且這次我會用最可靠且萬無一失的方法，也就是用槍或刮鬍刀自殺。這件事就這麼決定了——至於荒野之狼那本小冊子裡提到的可笑方法：等到五十歲生日那天再自殺，這對我而言太久了，我還得等上二年。不管是一年或一個月，甚至只須等到明天，我都不願再等了——因為那扇門本就是敞開的。

做了這個「決定」後，我的人生有沒有受到什麼巨大的影響？這一點我不敢說。但它確實讓我在面對責難時變得比較不在乎，在享用鴉片和飲酒時變得比較沒顧忌。另外我開始對自己的承受力能達到什麼樣的極限感到好奇——以上大概就是所有的影響了。相較於這個決定，那晚的其他經歷其實對我影響更大。偶而我還是會拿起那本荒野之狼的小冊子來閱讀。有時候看得渾然忘我並心存感激，彷彿它讓我知道了有個看不見的魔法師正在睿智的引導著我的命運。但有時我又會對那本小冊子的自以為是和客觀感到忿忿不平，甚至嗤之以鼻，自覺那本小冊子根本不懂我的生命所具有的特殊情調與張力。不過，書中有關荒野之狼和自殺者的描述卻又非常的棒與睿智，那些人的確可以被這樣歸為一類或一型，這種歸類確實是一種既高明又富精神性的抽象掌握。不過我同時又不免覺得我個人，我的靈魂本質，我那與眾不同又獨一無二的命運，並非那張粗糙的網可以網羅。

比起其他事，我真正無法釋懷的其實是出現在教堂牆上的那些幻影，或者說幻覺，那些閃爍的字母像在預告著什麼，而且預告的內容跟那本宣傳小冊子上提到的事相互呼應。我彷彿被告知了很多事。來自另一個陌生世界的聲音激起了我強烈的好奇心，我常陷入長思，而且一想就是好幾個鐘頭。那兩句標語盤旋腦中，而且越來越響亮：「非人人皆可入場！」，「僅供瘋子觀賞！」既然我聽懂了來自另一個世界的聲音，既然那個世界挑選了我，並且跟我說話了，那表示我一定就是它所指的那種瘋子，一定跟「人人」大異其趣。天啊，我的生活方式確實早就跟大家不同，我的存在方式和思考方式也早就異於常人，我確實早就是個特立獨行的瘋子，不是嗎？所以，我的心才能聽懂那份召喚，才能知道它在邀請我們發瘋，邀請我們拋下理智和阻礙，拋下小市民階級的種種想法，全心全意的投入到靈魂和想像所在的那個沒有成規、暢通無阻的世界裡。

有一天，為了找那個揹著海報旗幟的男子，我又到城裡大街小巷的亂逛，並且一再刻意行經那堵有扇看不見拱門的老牆，可惜徒勞無功。後來我在城郊的馬丁區遇到一支送葬隊伍。我看著走在靈車後面的那些人，看著他們一臉悲戚，突然想到：在這座城裡，在這個世界上，有沒有哪個人死了我會悵然若失？如果我死了呢？有沒有誰會真心的在乎我死了？雖然我有艾莉卡（Erika），她是我的情人，但我們倆的關係長久以來相當疏遠，我們很少見面，也不吵架了，我甚至不知道她此刻人在哪裡。她偶而會來找我，或我去找她，那是因為我們倆都很寂寞，而且跟大家都合不來。由於我們在心靈上，甚至在精神困擾上頗有類似之處，所以我們之間雖問題重重，還是一直維持著男女朋友的關係，並偶有聯絡。接獲我的死訊，她會不會大大的鬆了一口氣，僅覺如釋重負？我不知道，我甚至於不知道自己的這些感覺是不是正確，是不是可靠。一個人若想具備確知事情的能力，就得讓自己生活在正常且充滿確定性的環境裡。

我聽從了自己的心意，任性的加入了他們的送葬行列。我跟在那些悲傷的人後面，一路走到墓園，那是一座私人經營的現代化水泥墓園，不但設有火葬場，喪禮所需的一切也都一應俱全。這名死者的家屬沒有選擇將他火化，而是直接把棺材放進一個簡單的墓穴裡。我冷眼旁觀牧師和那群賺死人錢的禿鷹——其實就是葬儀社的工作人員——主持和引導喪禮進行。他們努力的要讓喪禮看起來莊嚴隆重又哀戚，卻反而因此讓自己顯得無比做作、尷尬，和虛偽，甚至可笑。只見那群穿著黑色制服的殯葬業者在家屬身旁猶如一道人牆，不僅竭盡所能的想引導出席賓客悲傷，還強迫賓客得向偉大的死者致上最高敬意。但這一切根本是白費力氣，因為沒有一個人落淚；這個人的死彷彿沒有人在乎。沒有人按照指示乖乖的表現出悲傷。尤有甚者，每當牧師稱大家為「親愛的基督教友」時，出席喪禮的賓客，無論是商人、麵包師傅，或他們的妻子，那一張張生意人的臉全都表情僵硬且嚴肅，不僅一語不發，還不敢抬起眼睛。所有人都顯得尷尬又心虛，此時他們心裡只有一個願望：希望這場令人不舒服的葬禮趕緊結束！終於，葬禮結束了。為首的兩名教友跟致詞的牧師握完手之後，隨即在旁邊的草地上用力的摩擦腳底，試圖把沾在鞋上的潮濕泥巴搓掉，但這泥巴正是他們安葬死者的土。只見大家的臉終於再度恢復成自然與正常。突然，他們當中有個人我覺得很面熟——是他，我覺得眼前的這個人就是那天扛著海報旗幟，交給我那本小冊子的男人。

在我認出他的那一瞬間，他突然轉身，蹲下，大費周章的把褲管捲起來，捲到鞋子上方，接著腋下夾著雨傘，拔腿就跑。我趕緊追上去。追到他之後，我朝他點頭致意，但他看起來像是不認得我了。

「今晚沒有表演嗎？」我邊問邊用力的跟他擠眉弄眼，就像祕密共享者彼此間的那種心照不宣。但我實在太久沒做這種細膩的表情了——其實就我目前的生活方式而言，我連要怎麼講話都快忘記了，遑論擠眉弄眼——，所以我覺得自己簡直像在扮鬼臉。

「今晚？表演？」男子粗魯的回問，並且一副不認識我的模樣，「你這傢伙，如果有需要就去黑鷹！」

突然我再也不確定他是不是那名男子了。我失望的往前走，不知道自己該去哪裡，沒有目標，沒有鬥志，甚至沒有必須承擔的責任。生活裡只剩下該死的苦澀，我突然覺得長期以來累積的厭惡感終於達到了頂點，我終於被人生徹底的驅逐和拋棄了。我憤怒而激動的穿過灰色的城市，僅覺所有的一切聞起來都像潮濕的泥巴，像墳場。不，我的葬禮不要見到任何一位殯葬業禿鷹，不要見到那件牧師袍，不要聽到任何一句呼喚教友的濫情語言！但不管我往哪個方向看，不管我再怎麼想，我都找不到一個翹首盼望我的朋友，聽不到一聲真摯的呼喚，也感覺不到任何一點吸引與嚮往，所有的一切都在隱隱發臭，因腐朽而發臭，因隨隨便便就能滿足而發臭，所有的一切都是那麼的陳腐、枯槁、晦暗、虛弱，與精疲力竭。親愛的主啊，怎麼會這樣？我怎麼會變成這樣？我這個原本滿懷壯志的青年和詩人，甚至是繆斯女神的好友，我這個人間漫遊者，熱情洋溢的理想主義者，怎麼會變成了這樣？這一切到底是怎麼慢慢的、悄悄的發生在我身上的？這所有的無能為力，和對自己、對一切的反感與厭惡，天啊，我所有的感情與感受彷彿都已經阻塞了，剩下的只有滿腔厭惡與憤恨，只有滿心的空虛和絕望所帶來的地獄煎熬，這一切到底是怎麼形成的？

我行經圖書館，巧遇一位年輕教授。幾年前我曾在城裡待過一陣子，那次我跟這位教授經常聊天，甚至多次受邀到他家裡暢談東方神學，當時我正在從事這方面的研究。教授朝我迎面走來，姿態拘謹，似乎有點近視。原本我打算就這麼走過去，但他卻一眼就認出了我，不僅對我們的重逢喜出望外，還表現得非常熱絡。對於正愁思滿懷的我而言，他的盛情多少讓我有點感動。他既興奮又激動的提到了我們過去討論過的一些內容，並信誓旦旦的說：他真的很感謝我曾經帶給他那些啟發，並常常想起我，他說他跟同事之間鮮少有像我們那樣激勵人心且熱烈的討論。他問我什麼時候來城裡的？（我謊稱自己剛來沒幾天。）為什麼沒去找他？我望著這個體面的男子，看著他和善又有教養的臉，突然覺得眼前的這一幕可笑至極，同時又像一隻餓壞了的狗，即便眼前放著的只是一小片溫暖、一小口愛，甚至只是丁點認同，也等同於一頓美味大餐了。荒野之狼哈利忍不住心動和竊喜，乾澀的喉嚨裡口水直冒，情感畢竟戰勝了意志。我開始積極的撒謊，我說我來這裡只會待個幾天，純粹為了找資料，這兩天剛好身體不適，否則早就登門拜訪。教授聞言立刻邀我今晚去他家作客，我也馬上欣然同意，並請他代為問候夫人。過程中我一直努力的講話和微笑，最後僅覺臉好酸，因為我的雙頰早就不習慣這麼勤勞。身為哈利．哈勒的我站在路邊，先是因為突然被認出而心驚，接著因備受恭維而竊喜，然後又彬彬有禮且殷勤的跟對方寒暄，過程中還要不時衝著這個有點近視的友善男子擠出笑容，但與此同時，另一個哈利卻站在一旁，雖然也在笑，卻是一邊訕笑一邊心想：我這兄弟還真是奇特，性格扭曲又虛偽，二分鐘前還在為這可惡的世界咬牙切齒，但僅僅一記招呼，僅僅跟這個看似體面又正直的男子做了次無關緊要的寒暄，就感動成這樣，並且不惜唯唯諾諾的一直跟人家說好說是，哈利這傢伙不過就享受到別人的丁點善意、尊重，和友情，竟然就激動得像隻剛出生的毛躁豬仔。這二個哈利——二個實在令人討厭的傢伙——就這麼一同站在彬彬有禮的教授面前，互相嘲諷，互相監視，彼此看不順眼。但就像每次遇到這樣的情況，他們最後總要問自己：這樣的行為究竟是源於人類的愚蠢和軟弱，是人類的普遍命運？還是這種情緒性的利己行為，這種沒骨氣，無定見，和情感上的不連貫與分裂，只是荒野之狼的個人特質？如果這種可鄙的行為是人類的普遍行為，那麼哈利就有理由更加瞧不起這個世界了。但如果這樣的行徑只是荒野之狼的個人缺點，那麼哈利將更瞧不起自己。

兩個哈利爭執不下，讓我差點忘了教授的存在。突然間，教授讓我感到無比厭煩，我只想趕快擺脫他。我目送他離開，看著他沿著光禿禿的林蔭大道往前走，以一種和善卻有點可笑的方式走路，一種屬於理想主義者、虔誠信徒的走路方式。我心裡開始激烈的掙扎，並且不由自主的彎曲和伸展僵硬的手指。痛風蠢蠢欲動，在力抗痛風的同時我不得不承認我上當了，我竟讓自己身陷七點半受邀晚餐的責任中，並且得善盡義務的表現出禮貌，得陪著主人聊學術話題，得被迫旁觀別人的家庭幸福。我既懊惱又憤怒的返回家中，倒了杯白蘭地，摻水之後，配著痛風的藥丸吞下。接著我躺進躺椅，試著閱讀。我終於可以靜下心來看書，並且讀了一會兒《蘇菲的旅行，從梅莫爾到薩克森》——這是本非常迷人的休閒讀物，寫於十八世紀——突然我想到今晚的約會，但我的鬍子還沒刮，衣服也沒換。天啊，我為什麼要陷自己於這樣的境地？無論如何，哈利，快站起來，把書放下，快去幫自己把下巴塗滿肥皂，去把鬍子刮乾淨，甚至刮到下巴的舊傷口流出血來，然後換上衣服，去跟人們好好相處！我邊往臉上塗肥皂邊想到墓園裡的那個——人們用繩索將亡者吊下去的——可鄙土坑，還有那些無聊教友臉上的眉頭深鎖，那一幕讓我笑不出來，我覺得，在那可鄙的土坑裡，在牧師愚蠢而令人尷尬的致詞中，在送葬親友愚蠢而令人尷尬的表情下，在金屬材質或大理石材質的十字架和墓碑的冷眼旁觀下，在無數鐵絲假花和玻璃假花的陪伴下，人生就此畫下句點的並不只有那個不知名的死者，而是還有我，還有明天或後天將死的我，我們將就此被埋葬，在所有出席喪禮者尷尬又虛偽的表情中被葬在骯髒的泥土裡，不，不僅如此，所有的一切將隨之畫下句點，我們的所有努力，所有文化，所有信仰，所有生之樂趣和生之欲望，不管這一切曾經多麼折磨人，都將全部被埋葬掉。人類文化所建構出來的世界其實就是座墓園，在這座墓園裡耶穌基督和蘇格拉底，莫札特和海頓，但丁和歌德都成了鏽跡斑斑的金屬墓碑上的模糊名字，來悼念他們的人如今只能虛偽而尷尬的站在墓碑旁——其實，只要悼念者還能像從前一樣相信這塊墓碑對他們而言是神聖的，自然就會產生許多真摯的表現；

其實只要還有人願意誠摯的、由衷的對死者，對殞落的世界說出哀悼之語或悲戚之詞，大家自然而然就會有許多真摯的表現——，但如今悼念者唯一做得到的竟只是站在墓碑邊尷尬、困窘的傻笑。我一邊想一邊懊惱的摳著下巴那處永遠癒合不了的疤痕，摳著摳著又流血了，剛換過的領子又得再換，我實在不曉得自己在幹嘛！我根本一點都不想去教授家赴約！但就在此時，某一部分的哈利卻又開始惺惺作態，他說教授其實是個滿令人喜歡的傢伙，他說自己渴望沾染一點人氣，渴望聊天和社交，甚至有點想念教授先生那位美麗的妻子，他說一想到要跟親切的主人一起共度一個溫馨的夜晚就非常振奮，接著他取來貼布幫我包紮下巴的傷口，又協助我更衣和繫上體面的領帶，並默默的引導我，讓我在不知不覺中改變了心意，不再固執的只想留在家中。但是，另一部分的我卻又想到：像我現在這樣穿戴整齊，準備要出門去教授家赴約，去了之後又得或多或少以虛偽客套的態度來跟教授應酬，這一切其實不是我想要的，不是我願意的，但這卻是絕大多數人的生活，他們被迫得這樣做，而且是時時刻刻，日復一日的得這樣做，這樣生活，這樣行為，他們其實也不想，卻還是得出門，得去赴約，得去聊天，得枯坐在機關或辦公室內，即便這一切是被迫的，是如機械般行屍走肉，是心不甘情不願的，即便這些事換做機器也會做，或者不發生也無所謂，但他們還是得去做。就是這樣的機械慣性，就是這種永無止盡的、將人不斷向前推的機械慣性在阻礙人們思考，讓大家無法跟我一樣對自己的生活進行批判，無法認清和察覺自己的愚昧、膚淺，以及自己所面臨的種種既可悲又可笑的問題，還有令人絕望的悲傷與枯槁。不過，天啊，或許他們才是對的，而且一直是對的，那些普羅大眾，他們這樣生活，乖乖的跟著大家一起玩生活中的各種小遊戲，認同和遵守存在於當中的種種重要性，這才是對的。不該像我這種離經叛道的人，像我這種只想挺身而出對抗可悲的機械慣性的人，最後只能落得充滿絕望的面對空虛。雖然我會在報上發表藐視普羅大眾和諷刺他們的文章，但他們當中根本沒有人會認為我罵的就是他，我控訴的就是他，我說該為我悲慘人生負責的罪魁禍首就是他！相反的，反而是我，我這個已經向前走了好遠，已經走到生活的邊緣，再往前便會墜入無底深淵的人，反而是我，我才不得不做壞事，不得不說謊，因為當我偶而也想自欺欺人，也想裝做自己還在遵循那份機械慣性，還在跟大家一起玩那些遊戲，還隸屬於他們那個可愛、幼稚的世界時，需要做壞事，需要說謊的人反而是我！

不過，既然我會說謊，那麼今晚應該可以過得很美好。我來到教授家門口，站在門外，抬頭望著他們家的窗戶，心想：住在這裡面的男人年復一年的做著他的研究，閱讀和評論相關文章，致力於找出中東神話和印度神話的關聯性，並且樂在其中，這全是因為他相信自己所做的事情是有價值的，因為他相信知識，並自詡為知識的僕人，因為他相信單單是知道，單單是累積知識，就已經充滿價值，而且他還相信世界是會進步的，是會繼續向前發展的。他其實沒有真的打過仗，也沒真的經歷過愛因斯坦所引爆的學界大地震，愛因斯坦讓至今為止的思想基礎受到了極大的衝擊（他以為愛因斯坦所提出的理論只跟數學家有關），他對於下一場戰爭的即將到來渾然不覺，他認為猶太人和共產主義者是可惡的，這個男人，這個教授，就只是個善良、不用大腦、開開心心，並自認為很重要的好孩子，像他這樣的人的確令人羨慕。最後我終於鼓起勇氣往裡頭走，穿著白色圍裙的女僕出來迎接我，不知何故，我像有預感似的，特別仔細的留意了她把我的帽子和外套收往何處。接著我被帶到一間溫暖而明亮的房間，女僕請我在此稍候。我沒有趁機先做一下禱告，也沒有利用時間打個盹，反而是順從自己的一時興起，隨手拿起身邊的東西玩賞。那東西是個不大的畫框，裡頭有幅畫。畫框擺在硬紙板做成的架子上，斜立在一張圓桌上。這是一幅版畫，畫中人物是詩人歌德，畫像上的老人個性鮮明，素淨的臉上乾淨得沒有半點鬍渣，這張臉繪製得堪稱維妙維肖，既掌握住了歌德那炯炯有神的目光，又傳神的刻劃出了內閣大臣臉上那股淡淡的孤獨與悲傷。看得出作者在繪製這幅畫時著實下了一番功夫。這幅畫確實成功的把這個威嚴的老先生，把他內心深處那種學者般的，或者說演員般的，自持與正直給表現了出來。總之，畫家的確非常成功的把歌德繪製成了一個極為英俊的老先生，這樣的畫很適合放在一般人的家中當擺飾。這幅畫其實一點也不比那種常見的、由勤奮工匠打造出來的藝品，例如耶穌肖像、聖徒像、英雄像、思想家肖像，或政治家肖像愚蠢，但或許正因為它的繪製技巧更臻上層，所以反而讓我更加反感。其實不管這幅畫畫得好或不好，它都在大聲的提醒我：我已經反感了，我已經受不了了。這幅既優秀又自鳴得意的歌德畫像只是在為我敲響警鐘，讓我更看清：我根本來錯了地方！能安穩的端坐於此的只有被畫得美美的文學大師，只有位高權重的大人物，而非我荒野之狼。

這時，如果進來招呼我的人是教授先生，那我就有機會找個合適的理由，隨即告辭。可惜進來的是教授夫人，我決定把自己交給命運，雖然我有極不好的預感。在我們彼此問候完之後，第二記警鐘隨即響起，並且更為刺耳。教授夫人極力的恭維了我的外表，但我心知肚明，自上次見面後，這幾年我老了很多。剛才跟她握手時，痛風造成的手指疼痛再次明顯的提醒我自己已經非常衰老了。「喔，對了」，接著她問：「夫人近來可好？」我被迫告訴她，太太已經離我而去，我們離婚了。這時教授走了進來，我們倆都鬆了一口氣。教授的問候同樣熱情而真誠，但不妙的預感與荒謬的情況卻有越演越烈之勢，甚至找到了最佳的著力點：教授手裡拿著一份報紙，他長期訂閱這份報紙。這是一份隸屬於軍國主義者和好戰分子的報紙。教授和我握完手之後，便指著這份報紙跟我說報上有個和我同樣姓氏的人，一個也叫哈勒的時事評論家，這傢伙非常可惡，是個背叛了自己祖國的混蛋，哈勒不但嘲諷了自己的皇帝，還公開表示祖國對戰爭的爆發必須負的責任一點也不亞於敵國。怎麼會有這樣的人！所幸，這小子已經得到了他應有的教訓，編輯部已在第一時間果決的處置了這個害群之馬，並嚴厲的公開譴責他。教授見我對這話題不感興趣，很快的換了個話題。教授和他的太太，他們竟完全沒想到那個混蛋很可能就坐在他們面前，的確，我就是那個混蛋。但何必多嘴？何必不打自招的造成別人的困擾？我在心底啞然失笑，並且不再對今晚寄予任何希望——今晚不可能有任何愉快的事發生了。因為剛才這件事給我的感覺太強烈、印象太深刻，當教授提到背叛祖國的哈勒時，我瞬間被那種既沮喪又絕望的悲慘感層層包圍。這感覺從我在墓園時就出現了，並且越來越強烈，終至變成了一股狂亂的壓力，一種生理上的嚴重不舒服感（尤其是下肢），一種令人窒息又恐懼的宿命。彷彿有什麼東西正想悄悄的對我不利，我可以隱隱的感覺到，危險正從背後不斷的逼近。幸好這時僕人來報，晚餐已經準備好。我們一同去到用餐的房間。席間我拚命的說些無關緊要的事，或問些無傷大雅的問題，並且吃得比平常都多，我僅覺自己越來越不舒服，越來越痛苦。天啊，我在心裡不停的問自己：我們為什麼要把自己搞得這麼累？此外，我也感覺到，身為主人的教授夫妻同樣覺得很不自在，他們的愉快是刻意裝出來的。難道是受我的精神萎靡所影響，還是他們家平常的氣氛就是這麼不和諧？他們陸續問了我許多我根本沒辦法真心回答的問題，於是我開始滿嘴謊言，並且在說出每一句謊話前都得先克制一下那股厭惡感。為了改變話題，最後我只好聊到自己今天旁觀了一場葬禮，但不管我怎麼努力，語氣就是不對，平時的幽默感全然失靈。於是我們越聊越不投機，越來越覺得彼此搭不上話。我體內的荒野之狼開始呲牙裂嘴的對著我獰笑。吃甜點時主客三人已經變得異常沉默。

用完餐，我們回到原先的那個房間去喝咖啡和喝酒，心想或許氣氛能有所改善。可惜我又一眼就看見了大詩人歌德，雖然他現在被放到了旁邊的五斗櫃上。我再也無法漠視他的存在，雖然心中的警鐘不斷的警告我別輕舉妄動。我拿起那幅畫，開始大發議論。我像著魔似的，滿腦子只有一個想法：我受不了眼前的氣氛了，我一定要說些話讓主人感受一下我的熱忱，讓他們重獲鼓舞，我一定要說出一番令他們無比贊同的話。只是沒想到我丟出的其實是震撼彈。

「但願真正的歌德，」我率先開口，「不是這副德性！如此虛有其表又傲慢，一心只想討好身旁的重要人士，這畫中的模樣真是諂媚，尤有甚者，在其男性外表下竟藏著一個可愛的、多愁善感的內心世界！歌德確實有許多值得批評的地方，我個人也常針對這個自以為了不起的老先生進行批判，但把他畫成這副德性，不，不行，這真的太超過了。」

在我說話的同時，教授夫人正在為我們把咖啡加滿，聞言臉一沉。倒完咖啡立刻快步離去。這時她丈夫才一臉尷尬且語帶責備的告訴我，那幅畫像是他太太的，而且一直被她視為心愛之物。「不管客觀來講，您說的話多有道理，我都忍不住要抱怨，您不該表現得這麼冒失而魯莽。」

「您說得沒錯，」我不得不承認，「但這是我的習慣，是我改不掉的壞毛病，我總是選擇莽撞。值得一提的是歌德在他的巔峰時期，行為跟我也如出一轍。當然，畫上那位模樣俊俏、俗氣，宛如沙龍照一般的歌德，當然不會做出如此莽撞、真實，並且直接的行為。我願意向您和您的夫人表達我最深的歉意——請您轉告夫人，其實我是個患有精神分裂症的病人。我想，或許我該告辭了。」

一臉尷尬的教授先生雖然又抱怨了幾句，但話鋒終究一轉開始聊到我們上次的聚會有多麼美好且激勵人心。他說，上次我的那些針對古波斯光神密特拉（Mithras）和印度三大主神之一黑天（Krischna）的見解讓他受益良多，他希望我們今天也能……等等等。我向他表達了感謝之意，感謝他對我說出了如此親切友善的話，可惜我對黑天已經沒興趣，不僅如此，我已經對學術討論完全不感興趣了，尤有甚者，今天其實我騙了他好多次，例如，我根本就不是這幾天才來到城裡，而是已經在這兒住了好幾個月，不過我想獨處，所以沒有意願參加上流社會的社交活動。原因之一，我的心情一直不好，並深為痛風所苦。原因之二，我經常喝得爛醉如泥。說完這些，為了對他徹底開誠布公，為了不想以一個說謊者的姿態離開，我決定對我所敬重的教授先生全盤托出：今天其實他一開始就嚴重的冒犯了我。因為在那份反動報批判哈勒的這件事情上，他表現出的竟是一個不必上戰場之軍官那既愚蠢又固執的立場，而非一個學者應有的風範。他口中的那個「小子」，那個背叛了祖國的混蛋哈勒就是我。末了我還對教授說：當今之世倘若還有某些具思考能力的人願意展現理性，願意追求和平，而非一味盲目且瘋狂的鼓吹下一場戰爭，那麼我們的國家就有救了，不僅如此，全世界都能受益。就這樣，告辭了，願上帝保佑您！

語畢我立刻起身，別了歌德，別了教授，走出房間，來到外面，一把抓起我被掛在衣架上的衣物，疾步離開。幸災樂禍的狼在我心裡大聲歡呼，我體內的兩個哈利又開始演起激烈的內心戲。一踏出教授家我立刻明白：這個不愉快的夜晚對我的意義遠大於那個情緒激動的教授。因為教授只是非常失望和有些生氣，但對我而言，今晚代表的卻是徹底的失敗和逃亡，無異於正式向市民階級的、謹守道德的、學者的世界告別，無異於荒野之狼徹底贏了。我告別得像個落荒而逃的人，像個打了敗仗的人，我悽慘得像個人格徹底破產的傢伙，這是一場沒有慰藉，沒有驕傲，沒有幽默感的告別。我正式的向我過去所屬的世界，向祖國，向市民階級的一切，向道德，向學識教養告別了，並且落得只能當個被豬排搞得幾乎要胃潰瘍的可憐傢伙。我忿忿不平的沿著街燈往下走，僅覺憤怒至極又傷心欲絕。今天真是個悲慘、可恥，又可惡的日子，從早到晚，從墓園到教授家，所有的一切都糟糕透頂！但這一切到底所為何來？到底為了什麼？這一切有意義嗎？我還要讓自己繼續過這樣的日子嗎？還要繼續這樣囫圇吞棗的生活嗎？不，不要了！今晚就讓我結束掉這所有的鬧劇吧！回家去，哈利，拿出剃刀往自己的喉嚨劃下去！你等這一刻已經等得夠久了！

我漫無目標的在街上亂走，痛苦與悲慘不停的驅趕著我。我確實愚蠢至極，竟肆意批評善良百姓家的一件沙龍擺飾，我的行為真是愚蠢又失禮，但我只能這樣，忽然之間我就只能這樣，因為我再也受不了那種乖巧的、虛偽的、道貌岸然的生活。但我同時也受不了自己的孤寂，受不了我為自己打造出來的生活，我感到說不出的厭惡，真的反感至極。我快要在我那吸不到任何空氣的地獄中窒息而亡，我還有出路嗎？沒有了。啊，親愛的父母，啊，我曾發光發熱，遙遠而璀璨的年少，啊，我生命中曾有過的歡樂、工作，與目標！如今什麼都沒留下，連後悔也沒留下，唯一剩下的就是厭惡與悲傷。這一刻我真的覺得必須這樣活著好痛苦，我從沒有這麼痛苦過。

我進了市郊一家非常糟糕的酒吧裡稍作休息，喝了點水和白蘭地，然後又繼續漫無目標的疾行，就像後有惡魔追趕。我沿著老城區彎彎曲曲且坡度很陡的巷子往上走，然後又往下，穿過林蔭大道，行經車站前的廣場。我心底有個聲音在吶喊：趕快逃走！逃得遠遠的！我走進車站，望著牆上的時刻表，又喝了點酒，思忖再三。一幅可怕的景象持續逼近，令我無比恐懼的景象越來越清晰。那就是回家，回到我的斗室裡，然後一個人靜靜的承受絕望！這恐怖的一幕揮之不去，不管我怎麼亂繞，不管我繞了多久，不管我再怎麼不肯回家，不肯回到那堆滿書籍的桌子前，不肯面對那張前面貼著情人照片的躺椅，不肯面對——我終將拿起刮鬍刀往自己的脖子割下去。不管我再怎麼不肯面對，這恐怖的一幕就是越來越清楚，越來越揮之不去，我心跳得好快好猛，感受到前所未有的恐懼：對死亡的恐懼！是的，沒錯，我真的害怕死亡至極。即便我已經完全找不到人生的出路，我已經被厭惡、痛苦和絕望層層包圍，即便世上再也沒有任何事物可以讓我快樂，可以為我帶來希望，即便如此，面對自我了斷，面對人生的最後一瞬間，面對冰冷的刀鋒割進肉裡，我還是恐懼到不行，這是一種無以名之的恐懼！

我找不到擺脫這種恐懼的辦法。在這場絕望與懦弱的對抗賽中，今天懦弱顯然贏了。倘若如此，明天，甚至是接下來的每一天，我勢必又得重新面對絕望，又會更瞧不起自己。我又會再次拿起刮鬍刀，久久站立，但最後還是把它扔掉，直到某一天我真的有辦法朝脖子割下去。既然這樣，既然總有一天要做，那不如今天就做！我理智的跟自己商量，但是就像一個膽怯的孩子，不管我怎麼跟好說歹說，他就是聽不進去，這孩子只想逃走，只想活下去。我膽戰心驚的繼續在城裡亂逛，刻意遠遠的避開我住的地方。雖然仍一心惦記著趕快回家，卻鐵了心似的一再拖延。我不斷的流連在各個酒吧，喝一杯酒或兩杯酒，然後又繼續像被驅趕似的往前。我故意遠遠的避開真正的目的地，避開刮鬍刀，避開死亡。我疲憊不堪，偶而會在路邊的長凳上，噴水池邊，或大石塊上坐下，稍事休息，靜聽自己的心跳，然後抹掉額上的汗珠，站起來繼續走，我只知道自己害怕得要命，只知道自己拚了命的想活。

那一晚，就在這樣的情況下，我被牽引到一個對我而言有點陌生的偏僻郊區，並走進了一家酒館。在窗外就能聽見酒館裡震耳欲聾的舞曲。入口處，大門的正上方掛著一塊老舊的牌子：通往「黑鷹」。裡頭是熱鬧無比的夜生活，人聲鼎沸，菸霧瀰漫，酒氣沖天，喧嘩聲此起彼落。後面的那間大廳供人跳舞，巨大的樂聲猶如怒吼。我決定留在前廳，前廳滿是穿著比較簡單，甚至寒酸的人，相較之下後面的舞池有不少人打扮得光鮮亮麗，衣著體面。我被人群推擠著向前，最後擠到了吧檯旁的一張小桌子旁。一個漂亮、白皙的女孩坐在靠牆的木頭長凳上。她穿著跳舞的小禮服，領口很低、質料很薄，頭上戴著一朵已經枯萎的花。看見我被大家擠了過來，她定睛瞧我，專注而友善，下一秒更拉開了笑容。她往旁邊挪了挪位置，讓我坐下。

「可以嗎？」我禮貌性的詢問，並且在她身旁坐下。

「當然可以，」她說，「但你是誰？」

「謝謝，」我一開口便說，「我不能回家，不可以，真的不行，我想留在這兒，倘若您允許，我想留在這兒，跟您在一起。不可以，我真的不能回家。」

她點點頭，狀似了解。我望著她，目光落在她那 從額頭上垂下來，散落在耳邊的捲髮。我發現那朵枯萎的花是山茶花。樂聲不斷的從另一邊傳過來，女侍一臉焦急的向吧檯嘶吼著客人要的東西。

「那就留下吧，」她的聲音讓我覺得非常舒服，「不過，你為什麼不能回家？」

「我不可以回家。家裡有東西在等著我——不可以，我不可以回家，那東西好可怕。」

「那就讓那可怕的東西去等吧，你留在這裡。過來，先把眼鏡擦一擦，你這樣子根本看不見。嗯，把你的手帕給我！我們喝點什麼呢？勃艮地葡萄酒？」

她幫我把眼鏡擦乾淨。我終於能看清楚她的模樣：白皙、緊緻的臉龐上點綴著個塗著鮮紅唇膏的小嘴，一雙淺灰色眼睛，一個光滑而理智的額頭，俐落的短髮及耳。她一臉友善卻略顯嘲諷的打量著我，我們點的酒來了，她舉起酒杯輕輕的碰了一下我的酒杯，順勢往下看，目光落在我的鞋子上。

「天啊，你打哪兒來的呀？看起來竟像是從巴黎一路走過來的。沒有人這副德性來跳舞的啦。」

我回答是又說不是，自覺完蘮，不禁笑了。但接下來我只是靜靜的聽她說話。我對她產生了極大的好感。這讓我非常驚訝，因為我一向避免跟這種年輕的女孩打交道，我不信任她們。這名女子待我的方式卻是我此刻最需要的方式——其實此後她每次都是這麼跟我相處的。她總是對我體貼入微，一如我所需要，總是對我揶揄打趣，一如我所需要。她點了一份上面鋪著火腿的麵包，命我吃下。她幫我倒酒，讓我喝，又交代我別喝得太急。對於我的言聽計從她深表讚許。

「你很聽話，」她說，「你讓人覺得跟你相處不累。我們來打個賭，你很久不必聽命於人了，對吧？」

「沒錯，您賭贏了。但您是怎麼知道的？」

「無須什麼高超的技巧。服從就像吃飯或喝水，一旦長時間缺乏，就會無論如何都需要。我說得沒錯吧？你其實很樂意服從我。」

「樂意之至。您好像什麼都知道。」

「跟你相處很簡單。朋友，也許我甚至有辦法告訴你，在家等著你、讓你如此害怕的東西是什麼。不過，你自己其實也知道。所以我們不必浪費時間討論這個，對吧？你這個傻瓜！一個人要嘛可以自殺，如果他有自殺的理由，是啊，他就可以結束掉自己的生命。但一個人如果還繼續活著，就該好好的致力於生活。沒有比這更簡單的事了。」

「哈啊，」我大聲訕笑，「有這麼簡單就好了！我是那麼努力的在生活，上帝為證，但根本沒用。自殺也許很難，我不清楚，但活著真的更加、更加的困難！天曉得活著有多麼困難！」

「不，你將見識到活著有多容易！我們已經起了個頭，你已經把眼鏡擦乾淨了，也吃了東西、喝了酒。走吧，我們去把你褲子上和鞋子上的灰塵稍微撢掉，這真的有必要。然後你再跟我去跳支西迷舞（Shimmy）。」

「您瞧，」我立刻大聲反駁，「我說得沒錯吧！我真的不想違逆您的命令，因為再沒比這更叫我難過的事了。但您現在的要求我真的辦不到。我根本不會跳西迷舞，另外像華爾滋，波爾卡（Polka），不管那些舞的名字叫什麼，總之我通通不會，我這輩子從沒學過跳舞。瞧，不是所有的一切都像您說的那麼簡單。」

美麗的女孩拉開她鮮紅色的唇露出微笑，並且用力的搖了搖她那梳理得服貼、整齊，像個男孩一樣的頭。我望著她，突然有種錯覺，她是我童年愛上的第一個小女孩羅莎．克萊斯勒（Rosa Kreisler），但羅莎的皮膚偏褐，髮色又深。不，不對，我不知道這個陌生女孩讓我想起了誰，我只知道她讓我想起了我的年少時期，亦即當我還是個小男孩的時候。

「慢點，」她提高音量，「慢點！所以你不會跳舞？完全不會？甚至連最簡單的一步舞（One-Step）都沒跳過？天啊，這樣你竟然敢吹噓你努力的生活過！你真是會說大話，小夥子，像你這樣的年紀不該再吹這種牛了。真是的，你這輩子連舞都不想要跳，還敢說自己努力的生活過！」

「我不會跳舞又怎麼樣！我又沒有學過！」

她聞言大笑。

「你學過閱讀和寫字，不是嗎？還有算數，甚至連拉丁文很可能都學過，還有法文，和其他諸如此類的外語，不是嗎？我敢打賭，你上學一直上到十或十二歲，很可能還讀了大學，甚至修完了博士，並且會說中文或西班牙文，我沒說錯吧？這就是了。但你竟然抽不出一點時間和金錢去上跳舞課！是這樣吧！」

「那是父母的決定，」我極力為自己辯護，「是他們讓我學拉丁文、希臘文，和其他所有的東西。但他們沒讓我學跳舞，我們住的地方不流行跳舞，我父母自己也沒跳過舞。」

她冷冷的瞅著我，一臉不屑，這表情讓我再次憶起年少的某些回憶。

「喔，所以全是你父母的錯囉！那麼你今晚來黑鷹有沒有問過他們，有沒有問他們可不可以？你問了嗎？你是不是想說，他們早就死了？那，好吧！你說你小時候因為服從，所以沒有學過跳舞——好，我接受！雖然我根本不認為你那時候會是個凡事聽話的模範生。但那之後呢——之後那麼多年，你都在幹嘛？」

「啊，」我只好坦承，「我自己也不清楚。我讀了大學，做過音樂，讀了些書，也寫了些書，去旅行過——」

「你對人生的看法真是奇特！你做的事總是困難又複雜，簡單的事卻完全沒學過，為什麼？沒時間？沒興趣？好吧，我同意。真是感謝上帝，感謝我不是你媽。你把自己說得好像已嘗試過生活的各種可能性，最後卻一無所獲，不行，你這樣真的不行！」

「別罵了！」我哀求她，「我知道，我根本是瘋了！」

「哈，胡說八道，別把自己說得那麼好聽！你絕對沒瘋，教授先生，我甚至覺得你的問題就在你太不夠瘋！你以一種非常愚蠢的方式在聰明，你給我的感覺就像你真的是個教授。來吧，再吃點麵包！吃完後繼續講。」

她又幫我點了一個小麵包，麵包來了之後她先在上面撒上一點鹽，又塗上一層薄薄的黃芥末，然後切下一小塊給自己，其餘的要我吃下。我乖乖的聽話吃下。無論她要我做什麼我都會去做，除了跳舞。這感覺真好，好得無與倫比，乖乖的聽從某個人的命令，就這麼坐在他身邊，任由他發問，任由他發號施令，任由他把自己一層層的剝開來。倘若幾小時前教授先生和他的妻子也這麼對待我，就能省下許多麻煩！不，不對，現在這樣比較好，倘若那樣我將錯過許多事！

「你到底叫什麼？」她突然問。

「哈利。」

「哈利？小男孩的名字！你確實是個小男孩，哈利，雖然你已經有幾撮白頭髮了，但你確實是個小男孩，你應該要找個人來照顧你。跳舞的事我就不提了。但你這個頭髮到底是怎麼回事！你沒有老婆？沒有情人？」

「我沒有老婆，我們離婚了。情人有一個，但不住在這裡，我們很少見面，我們相處得不怎麼融洽。」

她輕輕的吹了聲口哨。

「這麼說來，你似乎也不太好相處，沒有人願意留在你身邊。告訴我，今晚到底發生了什麼特別的事，搞得你這麼失魂落魄，要到處亂晃？跟人吵架了？賭錢賭輸了？」

這件事要講清楚相當困難。

「其實，」我開始敘述，「只是件微不足道的事。我受邀去朋友家作客，對方真的是個教授——我並不是。其實我根本不該去的，因為我已經不習慣跟人坐下來一起聊天，這樣的能力我已經喪失。踏進教授家我已經有預感，情況不會太順利。我脫下帽子讓傭人幫我掛起來時，心裡已經在想或許不久之後我又得戴上。唉，然後，我進到教授家，看到那裡有張桌子，桌上立著一幅畫，一幅愚蠢至極的畫，那幅畫讓我看了很生氣……」

「什麼畫啊？為什麼會讓你這麼生氣？」她打斷我。

「嗯，那是一幅歌德肖像，但根本是想像之作——歌德這個人您應該知道吧，就是那個詩人歌德。畫上的歌德根本不是歌德的真實模樣。因為我們無法實際知道他長怎麼樣，他已經去世一百年了。那一定是某個當代畫家根據自己的想像畫出來的，所以才會把歌德畫得那麼白淨整齊。那幅畫讓我很生氣，反感至極——我不知道您是否了解我在講什麼？」

「別擔心，我非常了解。繼續！」

「其實，在這之前我跟那個教授就已經有些意見相左；他像絕大多數的教授那樣，是個偉大的愛國者，戰爭期間也乖乖的配合政府欺騙了民眾——但當然是基於自身的崇高信念。然而我卻是個反戰者。唉，算了，這不重要，言歸正傳，我根本沒有必要去看那幅畫……」

「你確實沒必要。」

「但我忍不住為歌德抱屈，此其一，因為我個人非常、非常喜歡歌德。其次我油然而生這樣的想法——嗯，或者說感覺：坐在我身邊的這些人，我一直認為他們跟我是同一類人。在我的想法裡，他們熱愛歌德的程度應該跟我一樣，他們對歌德的看法也應該和我差不多，但他們竟然在家裡擺了一幅那麼沒有品味、不真實，又過分美化歌德的畫像，甚至認為那幅畫很美，卻絲毫沒有察覺：那幅畫根本完全違背了歌德的精神。他們覺得那幅畫好棒。好吧，我可以同意，他們要這麼想也行——但我對他們的所有信任，所有情誼，所有聯繫感和歸屬感就這麼一下子全沒了，全消失了。況且我們之間的友情本來就不夠深厚。總之，我感到憤怒又傷心，我突然覺得自己好孤單，沒有人了解我。您懂我的意思嗎？」

「懂，我完全懂，然後呢？你直接拿起那幅畫砸向他們的頭？」

「不，沒有，我慷慨激昂的說了一番話之後，便怒不可遏的離開了，我想回家，但——」

「家裡已經找不到那個會安慰你或責備你的母親了。真是的，哈利，我忍不住要同情你，沒有像你這麼孩子氣的。」

沒錯，我很清楚自己是副什麼德行。她又幫我倒了杯酒。她待我的方式真像是位母親。但偶而我轉頭瞥見她，又會發現她其實既美麗又年輕。

「所以說，」她再次開口，「整件事就是這樣：歌德先生一百年前就死了，但哈利非常喜歡他，所以他對歌德有他自己很棒的想像，因此認定歌德應該是什麼樣子。哈利確實有權利這樣，不是嗎？但那個同樣醉心歌德的畫家，他依照自己的想法畫了一幅歌德像，卻沒有這樣的權利，另外你那個教授朋友也沒有，任何人都沒有這樣的權利，因為那不符哈利的想法，會讓哈利覺得忍無可忍，會讓他破口大罵後憤而離席！其實如果哈利夠聰明的話，他應該要對畫家和教授的想法一笑置之，或者如果他夠瘋的話，他應該要把那幅畫直接砸向主人的臉。可惜，哈利只是個小男孩，他只想趕快回家，只想乾脆自殺算了——。哈利，我非常了解你的遭遇。但這件事真的很好笑。我忍不住想笑。慢點，別喝得這麼猛！勃根地葡萄酒得慢慢喝，不然會太烈。唉，小男孩，你怎麼事事都得人提醒，都要人操心，都要人耳提面命！」

她板起臉，目光嚴厲、充滿訓示意味，像個高齡六十的女家教。

「太好了，」我滿心歡喜的央求，「儘管對我耳提面命吧！」

「我要對你耳提面命些什麼呀？」

「什麼都好，您高興跟我說什麼就跟我說什麼。」

「那好，首先讓我告訴你，這一個小時以來，你聽得清清楚楚，我都是用『你』來稱呼你，你卻總是用『您』來稱呼我。你說話老是咬文嚼字得像在講拉丁文或希臘文，總喜歡把一切搞得很複雜！如果有女孩子親切的用『你』稱呼你，並且明顯的表現出不討厭你，你就應該也用『你』來稱呼她。怎麼樣，又學到東西了吧！第二件事，我知道你叫哈利已經半小時了。我之所以知道你叫哈利是因為我主動問了你。難道你不想知道我的名字？」

「喔，不，我當然想知道！」

「來不及了，小傢伙！如果我們下次還有機會見面，你再問我吧！我今天不想告訴你了。就這樣，我現在要去跳舞了。」

她作勢要起，我的心情一下子盪到谷底，我好害怕她真的會走，會把我單獨留下，那不是一切又要回到先前的狀態。就像短暫消失的牙疼突然又捲土重來，也像失火了，所有害怕和恐懼又要瞬間襲來。喔，天啊，我該怎麼樣才能忘記蟄伏在我身邊要我好看的這一切？難道這一切真的無法改變？

「別，」我大聲央求，「您——你別走！你要跳舞當然可以，要怎麼跳都行，但別離開太久，一定要回來，一定要回來！」

她笑著站起來。原本我以為她站起來會很高。她雖苗條，但個子卻不高。她再次讓我想起了某人——但，是誰呢？我怎麼也想不起來是誰。

「你還會回來吧？」

「會回來，但需要點時間，半小時或一整個小時。聽我說，把眼睛閉上，稍微睡一下。你現在最需要的就是睡一下。」

我挪了挪身體，讓她過去。她的短裙輕拂過我的膝蓋。她邊走邊掏出一個隨身攜帶的小圓鏡，看了看自己，眉一挑，拿出一個小小的粉撲往下巴補了補粉，旋即消失在舞池中。我環顧四周：一張張陌生的臉孔，抽著菸的男人，被啤酒濺濕的大理石桌面，充斥耳邊的叫喊聲與喧囂聲，還有隔壁廳傳來的樂聲。她剛才說我應該睡一下。啊，好傢伙，她竟能看穿我的睡眠，看穿睡眠陰險狡猾得像隻黃鼠狼！所以，我該在這個吵得像年貨市集的地方偷睡一下，就在這桌邊，在啤酒杯此起彼落的碰撞聲中，稍微偷睡一下。我輕啜一口酒，又從口袋裡掏出一根雪茄，四下張望著想找火柴。但我心裡其實並不想抽菸，我把雪茄放在桌面上。剛才她對我說：「把眼睛閉上。」天啊，這女孩哪來的這種嗓音！略顯低沉卻無比美好的嗓音，像母親一樣的嗓音。只要照著這聲音說的話去做就能感覺到美好，真的，我親身經歷過。我順從的閉上眼，把頭靠在牆壁上，聆聽著身邊千百種噪音在喧囂，嘴角忍不住上揚：在這裡睡覺？這想法讓我不覺莞爾。我決定朝通往隔壁廳的那扇門走去，我想看一眼舞池裡的情況——我一定要看看那個美麗女孩的跳舞身影。我剛想移動椅子下的腳，卻立刻意識到：經過幾小時的亂逛，我疲憊已極。我唯一能做的就是繼續坐著。不一會兒我已經睡著，像個聽母親話的孩子沉沉酣睡。我滿心感激，並且開始作夢，夢境清晰而美好，我好久沒有做這麼清晰而美好的夢了。我夢見：

我坐在一間老式的接待前廳裡，正在等候。一開始我只知道我是來拜會某位內閣大臣，接著我才想起：對了，是歌德先生，要接見我的人正是他。可惜我不是以私人身分來見他，而是雜誌社的特派記者，這一點讓我深感困擾。但不管我怎麼絞盡腦汁還是想不明白，這到底是怎麼回事？是哪個惡魔陷我於如此境地？除此之外，還有一隻蠍子也搞得我心神不寧。我剛剛還看到牠，牠正沿著我的腳試圖往上爬。雖然我有嘗試要驅趕這隻黑壓壓的蟲子，甚至用力的抖了抖腳，但此刻卻不知牠躲哪裡去了，因此我不敢隨便往身上亂抓。

此外，我還擔心通報的人會不會因為一時疏忽而搞錯，我要拜見的是歌德，他們會不會將我通報給馬提松（Matthisson）[17]？不過，夢境裡我自己又把馬提松跟畢爾格（Bürger）[18]給搞混了，誤以為那首獻給莫莉（Molly）[19]的詩是馬提松寫的。我的確非常渴望見到莫莉，因為在我的想像中她是個非常美麗、溫柔、懂音樂，又充滿夜之氣息的女人。倘若我不是受該死的編輯部委託就好了！我的不滿情緒越來越嚴重，並且不由自主的把一切都遷怒在歌德身上，甚至把所有猜疑和責難的矛頭全指向了歌德。不過這次的拜會也有可能非常美好！那隻蠍子，即便牠看起來很危險，而且很有可能還藏匿在我周圍，但牠或許沒有那麼可怕。我忽然覺得牠很有可能代表的是一種善意，牠很可能與莫莉有關，是莫莉要向我傳達某種訊息，也有可能那隻蠍子正是代表莫莉的徽章，是一種標誌，莫莉想用蠍子這種既美麗又危險的動物來代表女性化與罪惡。但這隻蠍子會不會也有可能叫做芙爾琵烏斯（Vulpius）[20]？我想到這裡，僕人突然把門打開，我隨即站起，並往內走。

門內站著歌德，蒼老、矮小，肢體非常僵硬。這位古典派作家的胸前同樣別了一枚沉甸甸的徽章。他看起來像依舊在治理著一切，依舊隨時要接見來訪的貴賓，他像坐鎮在威瑪博物館內掌控著世界大局。他瞧都還沒瞧我一眼，就已經像隻老烏鴉般縮起脖子不斷點頭，並且鄭重其事的說：「所以，你們這些年輕人，你們對我們和我們曾經做過的種種努力難以苟同？」

「的確如此，」我回答，他那充滿威嚴的首長眼神令我膽怯。「老先生，我們這些年輕人確實無法苟同您們的作為。對我們而言，您太過嚴肅，太過優越，太自負，太自以為了不起了，而且還不夠坦誠。最後這一點尤其重要：真的太不坦誠了。」

我眼前這個蒼老、矮小的男人將他那顆嚴肅的腦袋往前一伸，臉上那張頑固又充滿官威的嘴突然舒展成一記淺淺的笑，他整個人頓時顯得充滿活力。眼前的這一幕令我心頭為之一震，因為我想到《暮色漸漸罩下》（Dämmerung senkte sich von oben）這首詩，詩中那些優美的文字全源自於眼前這個男人和他的這張嘴。瞬間我在心裡已經棄械投降，已經徹底臣服，我簡直想立刻跪倒在他面前。但事實上我只是直挺挺的杵在那兒，動也不動的聽著那張帶著笑容的嘴說：「喔，所以你是在指責我不夠坦誠？這是什麼話！你不進一步作解釋嗎？」

我很願意，甚至樂意之至。

「歌德先生，您就像所有偉大的思想家一樣，都明白的看出並感受到人類生命的充滿疑問與絕望：比方說剎那的美好和可怕的隨即消逝。比方說美妙而激烈的情感高峰總是以被禁錮在沉悶的日常生活中為代價。我們一方面熱切的嚮往著崇高的精神國度，一方面卻又同樣熱切且虔誠的眷戀著逐漸失去的天真本性，並導致二者永遠處於你死我活的衝突中。我們在落空與不確定中面對可怕的搖擺，我們命中註定是短暫而易逝的，註定絕不可能臻至完美，註定永遠只能處於嘗試的階段，只能是半吊子——總而言之，人類的處境根本是毫無希望，是荒謬至極，是如烈火燃燒般的焦躁、絕望。您看出了這一切，並且隨著歲月增長您對這一切的體會更是越來越深刻，即便如此，您一輩子宣揚的卻與此相反的道理，您總是滿口信

17 譯註：全名為弗里德里希．馮．馬提松（Friedrich von Matthisson），1761-1831，與歌德同時代的德國詩人。
18 譯註：全名為戈特弗里德．奧古斯特．畢爾格（Gottfried August Bürger），1747-1794，與歌德同時代的德國詩人。
19 譯註：畢爾格的第二任妻子。
20 譯註：歌德的妻子。

仰與樂觀，人前人後，對人對己，您總是佯裝得像人類精神上的戮力追求真有其意義，真能長久。對於那些識得痛苦深淵的人和說出絕望真相的聲音，您不但不肯承認他們，還壓抑他們，您對自己如此，對劇作家克萊斯特和音樂家貝多芬也是如此。數十年來您累積知識與各種收藏，勤於寫信與收集信件，還有您晚年在威瑪所締造的功勳，您把這一切做得就像藉此您真能化剎那為永恆——但其實您只是打造了一尊木乃伊——即便您做得就像您真能把本性提昇為精神性——但其實您只是塑造了一張虛有其表的面具。這就是不坦誠，這就是我們想要指責您的地方。」

年邁的樞密大臣若有所思的直視我的眼睛，嘴上一直還掛著微笑。

突然他提出一個令我非常驚訝的問題：「這麼說，你一定很討厭莫札特的《魔笛》囉？」

我正想反駁，他又逕自往下說了：「魔笛呈現出來的生命宛如一首甜美的謳歌。它盛讚我們的各種感受就像盛讚永恆及神性，即便感受是短暫而易逝的。魔笛既不認同克萊斯特也不贊成貝多芬。它宣揚的是樂觀與信仰。」

「知道，我知道！」我氣急敗壞地大喊，「天啊，您怎麼剛好就提到了魔笛，魔笛可是我在這世上最愛的一齣歌劇！但莫札特不像您足足活了八十二歲，在他短暫的人生裡他從不追求長久、秩序，與虛偽的榮耀，他不像您！他沒有把自己變得位高權重！他雖譜出了無數神聖的樂章，卻很窮，而且死得很早，窮又不被理解——」

我說得上氣不接下氣。千頭萬緒必須濃縮在十句話裡講清楚，我急得額頭冒汗。

歌德跟著開口，語氣卻異常和善：「我整整活了八十二年，這件事我的確難辭其咎。

但我因此獲得的快樂卻遠比你想像的少。你說得沒錯：我確實一直在追求長壽，也一直很害怕死亡，並且一直在對抗死亡。但我相信，對抗死亡，以及一定要活下去的頑固意願是每個傑出人士之所以願意行動、願意投入生活的重要動機。至於，人生終究免不了一死，這件事的意義跟求生剛好相反。年輕人，不管我是活到八十二歲才死，或年紀輕輕是個小學生就死了，我都能萬無一失的證明人終將一死。對於我的長壽，倘若容我辯解，我想說：就我的本性而言，我天生就很孩子氣，既好奇又好玩，而且很愛浪費時間。所以，我確實需要比較多的時間才能對自己說：好了，現在你終於玩夠了。」

說這番話時，歌德臉上的笑容變得有點狡猾，甚至稱得上奸詐。突然他整個人開始變得高大，先前的肢體僵硬和傲慢表情也全都不見了。我們周遭開始樂聲大作，典型的歌德名曲。我很清楚的聽見了莫札特譜曲的《紫羅蘭》[21]（Veilchen）和舒伯特作曲的《再次灑滿樹叢與山谷》[22]（Füllest wieder Busch und Tal）。歌德的臉突然變得白裡透紅又年輕，他放聲大笑，並且一下子變得像莫札特，一下子變得像舒伯特，跟他們簡直就是雙胞胎，他胸前的星形徽章突然化成一叢小花，中間那朵黃色的櫻草花綻放得尤其歡喜與大朵。

這讓我非常不滿：老先生竟然想用這種嘻皮笑臉、開玩笑的方式來規避我的問題和指

21 譯註：原是歌德的詩作，一七八五年經莫札特譜寫為歌曲。

22 譯註：這首歌正式的名稱為《致月亮》《An dem Mond》，「再次灑滿樹叢與山谷」是這首歌的第一句，連接第二句後完整的意思是「你悄悄的將朦朧的月光再次灑滿樹叢與山谷」，原是歌德的詩作，一八一五年經舒伯特譜曲後成為歌謠。

責，我狠狠的怒視他。但他卻俯身向前，把業已恢復成孩童般模樣的嘴湊近我的耳朵，小聲的對我說起悄悄話：「年輕人，你跟歌德老先生說話的態度太嚴肅，太一本正經了。像他這種業已死亡的老人家，你根本不必嚴肅看待，如果你太一本正經的話，對他們很不公平喔。其實，像我們這種不朽者，一點都不喜歡人家嚴肅的對待我們，我們喜歡開玩笑。年輕人，嚴肅其實跟時間有關。讓我偷偷的告訴你，人之所以會嚴肅都是因為太過看重和高估時間了。我也曾經以為時間非常重要，大大的高估了它的價值，並因此希望自己長命百歲。但你想，永恆之中根本沒有時間；永恆不過是一霎那，剛好夠我們享受一下樂趣。」

接下來誰都沒辦法跟這個男人好好的說話了，因為他開始心花怒放的跳起舞來，他前前後後、上上下下，靈活的扭動身軀，胸前的櫻草花更瞬間幻化成火箭，並且從徽章上射了出去，隨即變小，接著消失。跳起舞來的他顯得整個人容光煥發，此情此景讓我不由得感概：至少這男人學會了跳舞！而且他跳得真好！這時我忽然想起了那隻蠍子，或者說莫莉，總之我大聲的問：「您能不能告訴我，莫莉在這兒嗎？」

歌德聞言大笑，接著走向書桌，拉開抽屜，拿出一只很珍貴，看似皮製，又像絨布做的盒子。他打開盒子，放到我面前。黑絲絨上竟擱著一條迷你版的女腿，小巧精緻、無瑕、閃閃發亮，一條令人心蕩神馳的女腿，膝蓋處略微彎曲，修長的腳向下延伸，結束於秀氣的腳趾。

我忍不住伸手，想拿起那隻令我深深著迷、嬌小細緻的腿。就在我的二根手指即將碰到那條女腿時，狀似玩具的那東西竟然微微的抽搐了一下，瞬間我憶起：這東西很可能就是那隻蠍子。歌德似乎看穿了我的心思，這似乎正是他要的結果，是他精心布下的局。他就是要看我陷入這樣的窘境，就是要叫我在渴望與恐懼中進退兩難。他把這隻充滿魅力的蠍子擺在我面前，然後要看我難以自持，看我心懷恐懼，他似乎覺得這樣非常有趣。就在他用這隻迷人又危險的小東西捉弄我時，突然他又變得好蒼老，老到不可思議，像有一千歲那麼老，而且滿頭白髮。他那張蒼老而枯槁的臉開始無聲大笑，完全聽不見聲音的笑。他張狂而劇烈的往內笑，帶著一種老人特有的陰險幽默。

醒來後我隨即忘了作夢的內容，不過後來又有再想起。我整整睡了大概一小時，在嘈雜的樂聲和熙來攘往的人群中，我就這麼在酒館的桌面上睡著了，不可思議到連我自己都不敢相信。我睜開眼，看見美麗的女孩站在我面前，甚至一隻手搭在我肩上。

「給我二、三馬克吧，」她說，「我在前面吃了點東西。」

我掏出錢包，遞給她。她拿著錢包離開，不一會兒又回來。

「嗯，我可以跟你再坐一會兒，然後就得離開，因為我還有約。」

我聞言大感震驚，立刻追問：「跟誰？」

「跟一個男的啊，小哈利，那個男的邀我去劇場酒吧（Odeon-bar）。」

「啊，我還以為你不會扔下我。」

「那你得開口約我啊。可惜在你之前已經有人約我了。不過這樣也好，你可以省下大把鈔票。你去過劇場酒吧嗎？那裡一過午夜只有香檳，除此之外，那裡還有好舒服的俱樂部沙發和黑人樂隊，棒透了。」

我沒有想到會是這樣。

「但是，」我一臉哀求，「你還是答應我吧！當然要答應我的邀請，我們已經是朋友了。請讓我邀請你，無論你想去哪兒都行，拜託！」

「謝謝你的好意。但是，說話要算話，我已經答應別人了，所以一定要去。至於你嘛，別浪費唇舌了！來，再喝點酒，這瓶酒還沒喝完呢。你把酒喝完，然後乖乖的回家睡覺。答應我！」

「不行啊，我不能回家。」

「天啊，還在想那些老掉牙的事！歌德那件事還沒完嗎？（這時我突然想起我剛才做的有關歌德的夢）不過，如果你真的不敢回家，那就留在這裡吧，這裡有客房。需要我幫你跟他們要一間嗎？」

我接受了這樣的安排，並且問她：以後要上哪兒才能找到她？她住在哪裡？可惜她不肯告訴我。但她說，只要我稍微找一下，一定能找到她。

「那以後我可以邀請你嗎？」

「你想邀請我去哪兒？」

「都好，隨便你想去就去哪兒，都好，而且你想什麼時候去，我們就什麼時候去。」

「好啊。那我們約星期二晚上，在『老方濟會修士』（Der Alte Franziskaner）餐廳吃晚餐，二樓，就這樣囉，再見！」

說完她把手伸向我，我這才注意到她有隻跟她的聲音非常搭的手。那雙手漂亮、飽滿、聰明，又親切。我牽起她的手輕輕一吻，她笑得一臉促狹。

她要走了，卻又回頭對我說：「關於歌德，其實我有些話想對你說。嗯，你知道嗎，就像你對歌德，你無法忍受他的那張畫像，同樣的情況我也遭遇過，我無法忍受那些聖像？」

「聖像？哇，你很虔誠？」

「不，我不虔誠。但我虔誠過，以後也可能會再次虔誠。但現在真的沒有時間虔誠。」

「沒時間？虔誠還需要時間？」

「當然囉。虔誠當然需要時間，不僅如此，甚至得擺脫時間！因為當你真的非常虔誠時，你不可能同時生活在現實中，不可能認真的看待現實生活，我所謂的現實生活，比方說：時間、金錢、劇場酒吧，等等，這所有的一切。」

「我懂。但你剛才提到的聖像是怎麼一回事？」

「這個嘛，有些聖徒，我個人非常喜歡，比方說：聖史蒂芬，聖方濟，還有其他的。有時候我會看到一些他們的畫像，或者耶穌和聖母的畫像，那些畫像愚蠢至極，根本是欺騙，是偽造，我完全受不了那樣的畫像，就像你受不了那幅歌德畫像。我每次看到那種愚蠢而甜美的耶穌像或聖方濟像，目睹其他人認為那種畫像很美，甚至高談闊論自己深受啟迪，我就會覺得那根本是在侮辱真正的耶穌，並且忍不住想：唉，既然一幅這麼愚蠢的畫像就能讓世人如此心滿意足，那耶穌幹嘛要那樣活，要歷經和忍受那麼多可怕的折磨！不過我也知道：出現在我心裡的耶穌形象、聖方濟形象，充其量也不過是我根據人類的模樣想像出來的，絕非祂們真正的樣子。是啊，我知道，對耶穌而言，我想像出來的耶穌同樣是那麼愚蠢，那麼的充滿缺失，就像我對那些甜美仿作的觀感。我跟你說這些並不是要讓你自覺有權對那幅歌德畫像心生不滿或大發脾氣，不，不是，你沒有權利那麼做。我跟你說這些只是想讓你知道，我懂你的感受。你們這些學者和藝術家，你們全都一個樣，滿腦子自以為具有獨特想法，但事實上，你們也是人，跟別人沒有什麼兩樣。我們這些人也有我們滿腦子的想像和劇情。其實剛才我也注意到，學者先生，在你跟我描述歌德那件事的時候，你顯得有點侷促不安——因為你得絞盡腦汁的努力表達，你認為這樣或許才有機會讓我這個頭腦簡單的小女生聽懂你那充滿理想性的遭遇。好啦，現在讓我告訴你，其實你根本不必這麼大費周章和絞盡腦汁。因為我本來就能聽懂。就這樣，結束！現在你該好好的睡一覺！」

她離開後，一名上了年紀的侍者領我往上走了二層樓——其實早該問了，但他到了上面才問：行李呢？一聽說沒有行李，他立刻要求我先付錢，先付——沿用他的說法——「睡覺的錢」。接著又他領我穿過一道又舊又暗的樓梯間，往上去到一個小房間，然後留下我獨自一人。房裡擺著一張單薄的木板床，又短又硬，牆上掛著一把軍刀和一幅義大利民族英雄加里波底（Garibaldi）的彩色畫像，另外還有一個應該是某次社團歡聚時留下的枯萎花環。倘若我向他要睡衣，肯定又得付好多錢。幸好房裡有水和一條小毛巾，我簡單的梳洗後和衣躺下，沒有熄燈，我想利用時間想想事情。歌德的事我已經釋懷了。真好，他剛才竟然入夢來！還有那個神奇的女孩——要是知道她的名字就好了！竟然出現了這麼一個人，一個活生生的人，輕而一舉的就擊潰了壟罩著我的了無生趣，並且向我伸出了手，一隻又善良又美好又溫暖的手！突然間，我又有了在乎的事，只要想到這件事我就能高興，能擔心，能懷抱既緊張又期待的心情！一扇門突然為我而開啟，生命再次走向了我！也許我又能好好的活著，又能好好的當個人。我那沉睡在冰冷之中，幾乎已經結凍的靈魂突然又能呼吸，又開始在朦朧的睡意中輕輕的震動著它小小的一對翅膀。我不但見到了歌德，還遇見了一個女孩，她命令我吃東西、喝酒、睡覺，待我親切又友善，懂得取笑我，甚至稱我為愚蠢的小男孩。她，我新認識的這個棒透了的朋友，竟然告訴了我有關聖像的事，她讓我知道了我的那些不可思議至極的偏執行為並非特例，並非難以理解，我並不是個有病的異類，相反的，世上有許多我的兄弟姊妹，他們可以理解我。但我還能再見到那個女孩嗎？能，一定能，她是個可靠的人，她說過：「說話要算話。」

想到這兒我再次沉沉入睡，並且足足睡了四、五個小時。十點過後，腦子裡雖然還留有某種屬於昨日的厭煩，但整體而言，腦袋又變得充滿活力、希望，與種種美好的想法。回家的路上我不再心存恐懼，不像昨天那樣了。

上樓時，我在南洋杉上面的樓梯間巧遇「姑媽」，也就是我的女房東。我對她的親切和藹非常有好感，但我們其實很少真的見到面。這次的巧遇令人尷尬，畢竟我看起來有點邋遢，熬夜讓我一臉倦容，加上頭沒梳，鬍子也沒刮。我一打完招呼就想趕快離開。女房東平時對我的酷好獨處和不喜歡被人關注都非常尊重。但今天，把我和外界隔起來的那層紗似乎消失了，圍牆也崩塌了——女房東笑容可掬的站在那兒，駐足不動。

「上街去了吧，哈利先生，整晚沒上床，肯定累壞了！」

「是啊，」我邊回答邊跟著拉開笑容，「昨晚特別精力充沛，因為不想破壞您屋裡的氣氛，所以留在旅社裡小睡了一會兒。我一向珍惜您屋裡的寧靜與互重，不想破壞。唉，有時候我真覺得自己體內像是住了一個陌生人。」

「別開玩笑了，哈利先生！」

「喔，我只開我自己的玩笑。」

「正是，您不該這樣開自己的玩笑。住在我這兒，千萬別覺得自己像個『陌生人』。您高興怎麼過日子就怎麼過日子，喜歡做什麼就做什麼。我有過好幾位非常、非常懂得尊重別人的房客，他們真是這世上難得一見的懂得尊重二字的好房客，但他們再怎麼懂得尊重，也沒有像您這樣安靜，這樣從未打擾過我們。嗯——一起喝杯茶？」

我沒有婉拒。我們在她那間美麗的，掛滿祖傳圖畫和擺滿祖傳家具的客廳裡坐定，她為我端上茶，我們開始閒聊。女房東，這位親切和藹的女士，其實沒有直接向我開問，卻已經足以讓我侃侃而談，並且一五一十的告訴她我的生活點滴和種種想法。她聽得專注，卻又懂得像個母親般不把我的話當真，何其聰明的一位女士啊，她完全理解男人的臭脾氣和彆扭。我們還聊到了她的姪子，她甚至向我展示了近日來她姪子下班後熱衷的休閒活動：放在隔壁的一台收音機。夜裡，年輕人總是坐在那兒勤奮的組裝著這台收音機，並且醉心於「無線」的概念，他虔誠的祈求科技之神保佑他。可惜這個神在人類存在幾千年之後才終於讓人發明出某些東西，並且充其量只能不甚完善的把這些東西做出來。但其實，這些東西人類的思想家早就知道了，甚至能應用得更為高明。我們在這個話題上稍微多聊了一下，因為姑媽信仰得還算虔誠，對宗教話題也不無興趣。我告訴她，目前大家所使用的各種最新的動力與技術，其實古印度人早就知道了，現今科技藉收音機所展現出來的成果，不過是那些古老智慧的極小部分，換言之，現今科技對此，嗯，對音波，能做到的只是讓我們製造出效果極差的接收器和發送器。至於古老知識最重要的核心部分：時間的非真實性，科技至今並沒有注意到。不過，當然囉，這件事終有一天也會被科技「發現」，並成為勤勞工程師們致力的對象。人們將「發現」，甚至很快就會「發現」，不只有現在的、短暫的影像和事件會不停的在我們身邊川流，嗯，比方說身在法蘭克福或蘇黎世的人此刻可以聽見來自巴黎或柏林的音樂演奏，不只如此，而是所有曾經發生過的事通通都會被記錄下來，會繼續存在。終有一天我們將以有線或無線的方式，在伴隨著雜音或毫無雜音的狀況下，親耳聽見所羅門王或德國中世紀詩人福格爾魏德（Walther von der Vogelweide）的說話聲。而這所有的科技，正如目前剛剛問世的收音機一樣，對人的作用都僅止於：讓我們得以逃避自己真正的目標，讓我們越來越嚴重的陷在一張由精神渙散和無用活動交織成的密密麻麻的網中。不過在跟姑媽聊這些事情的時候，我並沒有像平常那樣，在否定時間和否定科技時總愛尖酸刻薄和極盡嘲諷之能事。相反的，這次我說得詼諧有趣，盡可能的像在開玩笑。姑媽聽得笑顏逐開，我們邊喝茶邊聊天，坐了整整一個小時才心滿意足的起身。

我和那個在黑鷹酒吧認識的女孩約好星期二晚上見面，我要請她吃飯，但要熬到約定時間對我而言真不是件容易的事。星期二終於到來，我也終於震驚的認清：原來我那麼在乎和看重自己和那個陌生女孩的關係。我滿腦子想的都是她，我對她有太多太多的期待，我義無反顧、滿腔赤誠的只想為她付出，只想臣服於她，但又完全不是因為愛上了她。光是想像她可能反悔，或忘了我們的約會，我就徹底明白自己的處境了：世界將再次變得空洞，生活將日復一日的盡是灰暗與毫無價值，我將再度被徹底的籠罩在可怕的寂靜與槁木死灰中，能助我擺脫這死寂地獄的就只有刮鬍刀了。這幾天來最受我眷顧的無疑就是刮鬍刀，它依舊令我害怕，威脅性絲毫未減。這也正是最令我深惡痛絕的一點：拿起刮鬍刀劃過自己的咽喉，這件事竟然還是讓我非常恐懼。我害怕死亡，且一心反抗，拚了命的頑強反抗，我傾全力的抗拒死亡到彷彿我是個身體非常健康的人，是個人生快樂到像活在天堂裡的人。我非常清楚的意識到自己的處境，我意識到：我因求生不能、求死不得而變得緊張不安，正是這份令人難以忍受的緊張不安讓那個陌生女孩，那個我在黑鷹酒吧認識的年輕、美麗的跳舞女郎，對我變得如此重要。她是我所處的恐懼黑洞裡的一扇窗，一個能讓微光透進來的孔。她是救贖，是我通往自由的管道。她將教導我生，或者教導我死。是她那隻堅定而美麗的手再次喚醒了我業已僵化的心，但這顆再次被生命喚醒的心雖有可能就此綻放，卻也可能就此灰飛煙滅。她為什麼具有這些能力？她何來這樣的魔法？到底是哪些神祕的原因讓她對我具有如此深刻的意義？這所有的一切我想不明白，不過也無所謂，因為我根本不想知道。現在我最不在乎的就是知識和觀點，是啊，我已應餵養了自己過多的知識與理解，就是這些知識與理解帶給了我尖銳又諷刺的痛苦及恥辱，它們讓我看清了自己的處境，再明白不過的意識到自己的處境。是啊，我看見了那傢伙，那頭野蠻的荒野之狼，他出現在我面前，像一隻身陷蜘蛛網的蒼蠅，我眼睜睜的看著命運迫使他做出決定，我看著他身陷困境，無能為力的掛在蜘蛛網上，眼見蜘蛛就要朝他咬下，一隻救援的手卻及時出現，現在蜘蛛跟那隻手距離他一樣近。針對我的痛苦，我的精神疾病，我的猶如被詛咒，我的精神官能症，針對這些我輕而易舉的就能給出最睿智、最具洞見的解釋，並藉此說明當中的種種關聯性與前因後果，換言之，存在於當中的必然性我自己再清楚不過。但我迫切需要的，義無反顧且滿心渴望的並非知識與理解，而是去經歷，去抉擇，去衝撞，和去跨越。

約定日期來臨前的那幾天，等待中的我雖未曾懷疑過新朋友會不信守承諾，但即便如此，赴約的前一天我還是非常心浮氣躁且不安。我這輩子從沒有這樣過，為了期待某個夜晚的來臨變得如此沒耐性。但就在我緊張和煩躁到自己快受不了時，我發現這種狀態所帶來的奇妙之處：這真是一種不可思議、美好，又嶄新的經驗。對我這個極為理智的人而言，世上早已沒有什麼可以期待，可以欣喜盼望的事了——所以這真是太奇妙了，我竟然又能整天被心浮氣躁，被惶惶不安，被滿心期待給搞得七上八下，並且不斷的幻想著明晚兩人見面時的情況：我們會聊什麼？見完面會有什麼結果？我甚至為了見她特地刮了鬍子，特地穿戴整齊（堪稱精心打扮，新的襯衫，新的領結，新的鞋帶）。不管那個聰穎、神祕的女孩是一個怎麼樣的人，不管她在我面前想扮演的是什麼樣的角色，她和我會發展出哪種關係，無論是這種或那種關係，我都不在乎了，唯一重要的是：她這個人出現了，奇蹟發生了，我又能像個人一樣，我又重新找回了對生命的興趣與關注！現在唯一重要的是：我必須讓這種情況持續，我得把自己交給這股吸引力，得繼續接受這顆明星的指引。

再次見到她的那一刻，令人永生難忘！我坐在一間舒適愜意的老餐館裡，面前是一張不大的餐桌，這間餐廳我甚至不必事前定位。坐定後我開始翻閱菜單，水杯裡插著兩隻我特地為了新朋友而買的美麗蘭花。她讓我等了好一會兒，但在等待的過程中，我一直堅信她會來，心情篤定到完全不再焦躁不安。她終於來了，一開始只是站在入口處的衣帽間，用她那雙淺灰色的眼睛注視著我，她的眼神中透著審視。我則心存疑慮的觀察著她和侍者間之的互動。幸好，不是我想像的那樣，他們之間並不特別熟，而是保持著一定的分際。侍者舉止合宜，彬彬有禮。但他們顯然認識，她直接喊他「埃米爾」（Emil）。

我把蘭花送給她，她高興的接過，忍不住笑顏逐開。「我很感謝你的心意，哈利。見面時你想送我禮物，對吧，卻又不知道該送什麼。你甚至不太有把握自己這樣貿然送我禮物恰不恰當，不曉得我會不會因此感到被冒犯，於是你就買了蘭花，雖然只是花，卻非常貴。無論如何，很謝謝你。但現在我要當面告訴你：我不需要你送我禮物。我的確靠男人生活，但我不想靠你生活。哇，看看你，你完全變了！我簡直快認不出你來了，前不久你還看起來像快沒命了一樣，現在卻光鮮亮麗，人模人樣。對了，你有乖乖聽我的話嗎？」

「聽你什麼話？」

「這麼快就忘了？你學會狐步舞了嗎？上次你不是親口跟我說，你最渴望的就是聽從我的命令，你最想要的就是乖乖的聽我的話。是你說的啊，不記得了嗎？」

「記得，以後也一樣！我說那些話是認真的。」

「那你怎麼還沒有學會跳舞？」

「跳舞——能這麼快就學會嗎？才幾天就學會？」

「當然啊！狐步舞一小時就能學會，華爾滋二小時。探戈需要比較長的時間，但你用不著學。」

「現在最重要的是，讓我先知道你的名字！」

她定睛瞧我，沉默了好一會兒。

「也許，你自己就能猜到。如果你能猜到我的名字，我會非常開心。聽我說，現在你仔細看看我！注意到了嗎？我有時候看起來簡直像個小男孩，比方說現在，不是嗎？」

沒錯，我仔細端詳她的臉，不得不承認她說得沒錯，這的確是一張男孩子的臉。看了足足一分鐘後，這張臉開始自己對我說話了：它讓我想起了我的童年，以及兒時那個名叫「赫爾曼」（Hermann）的玩伴。突然間她變成了赫爾曼。

「倘若你是個男孩，」我目瞪口呆的說，「你一定叫做赫爾曼。」

「誰曉得，也許我真是個男孩，只是喬裝打扮成女孩，」她一臉促狹的說。

「你的名字是赫爾米娜（Hermine）[23]嗎？」

她一臉欣喜的猛點頭，非常高興我猜對了。這時湯來了，我們開始用餐，她享用美食的模樣活像個小孩。不過，我在她身上看到的、最吸引我的一點是——這一點真是棒透了又極為獨特：她總能突如其來又迅速的在嚴肅和嘻笑之間轉換，不論是從嚴肅到嘻笑，或反過

23 譯注：「赫爾曼」（Hermann）和「赫爾米娜」（Hermine）是一對同義的德文名，前者是男性名，後者是女性名。作者赫曼．赫塞（Hermann Hesse）在此巧妙的借用了自己的名字。其實「赫曼」就是「赫爾曼」，翻譯成「赫爾曼」更能顯示此名在中文發音上與「赫爾米娜」的相似性，不過一般而言台灣習慣將「赫爾曼」翻譯成「赫曼」。

來，都行，而且態度完全沒變，絲毫不覺得彆扭，渾然天成到簡直像個天賦異稟的孩子。眼下她正在開玩笑，正在嘲笑我不會跳狐步舞，她甚至踢了我一腳，接著一個勁的誇獎食物好吃，同時不忘發表高見：她認為我這次雖然在穿著打扮上用心了，但我的外表仍有許多有待加強的地方。

談話空檔我趁機問她：「你到底是怎麼辦到的？你怎麼能突然就讓自己看起來像個男孩，並藉此引導我一下子就猜出你的名字？」

「喔，這其實是你自己的功勞。你還沒搞懂嗎？博學多聞的學者先生：你之所以喜歡我，之所以看重我，完全是因為我就像是你的一面鏡子，因為在我之中有你想要的答案，你得以被理解。其實，人和人之間彼此都是對方的鏡子，所有的人都是，大家都是彼此的答案，都在彼此呼應，只有像你這樣的怪人才會對此感到驚訝，並一再輕易的錯失經歷魔法的機會，才會在別人眼中什麼也看不見，什麼也不讀到，終至魔法在你身上完全沒有發揮效果的機會。但是，像你這樣的人，一旦有一天被你發現了一張臉，這張臉突如其來的凝視你，它讓你在它之中看到了答案，讓你感覺到了相似性，在這樣的情況下，你會比任何人都喜出望外。」

「天啊，你真的什麼都懂，赫爾米娜，」我忍不住驚呼，「真的就像你講的這樣。但你跟我是如此的南轅北轍，完全不一樣！你和我是徹底相反；你擁有一切我所缺乏的特質。」

「你這樣覺得，」她簡潔有力的說，「那很好。」

接著她臉色一沉——這張臉對我而言確實猶如一面魔鏡——面色凝重猶如罩上一層陰

影。她的整張臉突然只剩下嚴肅，剩下悲傷，她的眼神，猶如面具上的眼睛，空洞得像無底洞。她開始說話卻說得非常慢，就像得用力掙扎才能把話逐字逐句的說出來：

「你別忘了你跟我說過的話！你說我可以命令你，你說服從我的命令會讓你感到高興。別忘了你自己說過的話！你要知道，小哈利，這麼說吧，我所帶給你的，比方說，你能在我臉上讀到答案，我身上的某些特質非常吸引你，我能帶給你信賴感——其實我對你也有相同的感覺。上次在黑鷹，我看見你走進來，疲憊不堪，失魂落魄，簡直像個不存在於這個世界的遊魂，當時我就已經感覺到：這傢伙會聽我的話，他會由衷渴望我對他發號施令！而我也確實想這麼做，所以我才會主動跟你說話，我們倆才會變成朋友。」

她說得無比嚴肅，彷彿精神承受著極大的壓力。我一時沒搞清楚狀況，還試圖安撫她和轉移話題。但她眉一挑，完全不為所動，只是眼神強悍的瞪著我，語氣更加堅定的往下講：「你必須說話算話，小傢伙，讓我告訴你：否則你一定會後悔。我會對你下達許多命令，你必須服從這些命令，一些很棒的命令，令人愉快的命令，聽從我的命令能帶給你快樂。但是，哈利，有一天你必須執行我的最後命令。」

「我會的，」我愣愣的回答，「但你的最後命令是什麼？」天啊，不知何故，我心底其實已經知道。

她身體突然微微一震，彷彿打了個冷顫。瞬間她身上那股沉重感，那種全然沉浸在自我之中的狀態，似乎開始消褪，她慢慢的清醒了，但她依舊凝視著我，眼神甚至比剛才更可怕。

「不告訴你，或許才是比較明智的做法。但我現在不想明智，哈利，這次我不打算明智。我要徹底改變做法。你仔細聽好！我會告訴你，但你會忘記，並且在我告訴你之後，你將為此而笑，為此而哭。仔細聽好，小男孩！我要跟你玩一場關乎生死的遊戲，我的兄弟，我要在我們的遊戲都還沒開始前，就對你亮牌，讓你看清楚我手中所有的牌。」

她說這番話時，整張臉好美，充滿靈性！她的眼睛冷靜而明亮，透著一抹因了然於胸而產生的悲傷，那雙眼彷彿早已歷過一切想像得到的痛苦，是啊，那雙眼已然道盡了一切。但真正負責說話的嘴卻開不了口，猶如困難重重，就像冰天雪地裡整張臉被凍僵了難以開口一樣。即便如此，在她雙唇間，在她嘴角上，甚至是難得一見的舌尖上，都明顯的流露出玩世不恭卻甜美的感性，以及心底深深的嚮往與欲望，但這樣的感性與欲望卻又與她的眼神、她的聲音互相牴觸。她光滑而平靜的額頭上垂下了一綹短短的捲髮；從那裡，從髮絲垂墜的那個額頭一角不斷的散發出一波波活躍的男孩氣息，雌雄同體的魔法正在一波波的發揮作用。我驚心動魄的聽著她說話，卻又聽得如癡如醉，聽得出神，聽得忘我。

「你喜歡我，」她繼續往下說，「基於哪些原因我剛才已經說過。我解除了你的孤單，我在地獄的門前將你救了下來，再次把你喚醒。但我要的不只是這樣，我要從你身上得到更多，更多。我要你愛上我。別，別反駁，讓我說完！我可以感覺到你非常喜歡我，而且你很感激我，但你並沒有愛上我。但我會讓你愛上我，這是我的專業，我以此維生，我的本領就是讓男人愛上我，我靠這個過活。不過，我希望你能明白，我要你愛上我並不是因為我覺得你很迷人，不，哈利，我同樣沒有愛上你，完全沒有，就像你對我的感覺一樣。但我需要你像你需要我。現在你需要我，就在眼前，因為你很絕望，你需要有人推你一把，把你推到水裡，讓你清醒，讓你再次活過來。你需要我，需要我教你跳舞，教你笑，教你怎麼活著。但我也需要你，雖然不是今天，是之後，但我需要你幫我做一件非常重要的事，一件極為美好的事。在你愛上我之後，我會向你下達我最後的命令，你必須服從我的命令，那樣做對你和對我都好。」

她將插在玻璃杯中的一支褐紫帶綠的蘭花略為抽起，俯身向前，把臉湊近，注視著花。「那件事要做並不容易，但你一定會做。你會照我的命令去做，去完成它。你會殺了我。就是這樣，別再多問！」

她不說話了，眼睛依舊盯著蘭花，但表情卻逐漸舒展，像一朵含苞待放的花朵正在掙扎著綻放。上一秒她的眼神仍略顯空洞和呆滯，下一秒一朵迷人的笑容已經在她的唇邊盛開。她用力的搖了搖她那顆男孩似的頭和短捲髮，又喝了一口水，突然看見眼前的食物，想起我們正在用餐，又興高采烈的開始大快朵頤。

她那番令人毛骨悚然的話，我逐字逐句聽得仔細，她的「最後命令」都還沒說出口，我已經猜到。所以當她說「你會殺了我」，我絲毫不感訝異。她說的每一句話聽在我耳裡都不容置疑又儼然命運，所以我只能默默的接受，完全不反抗，即便如此，我還是覺得這一切很不真實，叫人難以認真看待，雖然她說話的態度認真得可怕。我有一部份的靈魂吸收了她的話，並且信了這些話，但另一部分的靈魂只是很善解人意的站在一旁點頭，一副知之甚詳的模樣：即便聰明、健康、篤定如赫爾米娜，也有產生幻覺和精神恍惚的時候。她最後一句話都還沒說完，我已經覺得眼前的這一幕罩上了薄薄的一層不真實感，彷彿根本發揮不了作用。

可惜我不具備赫爾米娜那種高超的走鋼絲技巧，無法輕鬆的在可能性與真實性之間來去自如。

「所以，有一天我會殺了你？」我像剛做完夢那樣的喃喃自語，但她早已恢復笑容，認真的在切盤裡的鴨肉。

「當然，」她敷衍的點點頭，「好了，不說這個了，現在是用餐時間。哈利，拜託你，再幫我點些有綠色蔬菜的沙拉！你沒胃口嗎？你真的什麼事都得從頭學起，在別人身上理所當然的事你全得從頭學，甚至連開心的吃頓飯也得學。小傢伙，你瞧，這是塊鴨腿肉，有人把這麼棒又這麼漂亮的鴨肉從骨頭上卸下來，這是何等的盛宴呀，絕對令人胃口大開，滿心期待，且心存感激，就像一個陷入愛河的男孩第一次要幫他心愛的女孩脫掉外套。你懂我的意思嗎？不懂？你這隻大笨羊！這樣吧，讓你嘗一口我美味的鴨腿，你就會懂。來，把嘴巴張開！——天啊，你這個令人倒胃口的傢伙！竟然在偷瞥別人，一副深怕別人看見我用叉子餵你吃東西的模樣！別擔心，迷失的孩子，我不會害你丟臉的！如果你享樂還得看別人臉色，還得獲得別人的允許，那你就真的是個可憐的大傻瓜！」

此刻，剛才的那一幕顯得更不真實。但更叫人難以置信的是：這雙眼睛幾分鐘前還那麼嚴肅，那麼可怕。喔，是啊，赫爾米娜就像是人生：瞬息萬變，無法預料。眼下她正在吃東西，正在全心全意的認真對待鴨腿、沙拉、蛋糕和甜酒，她因為它們而開心，因它們而大發議論，聊的是這些食物，天馬行空編織的幻想也是針對這些食物。可一旦盤子被撤走，想必她又會立刻翻頁，重新開啟談話新章。這女人，這個幾乎把我看透的女人，這個看起來比任何智者都了解人生的女人，行為舉止卻像個孩子，卻又能技藝高超的在我面前表演人生瞬息萬變的小把戲，讓我立刻折服於她。這到底是一種上乘的智慧，或僅僅只是最單純的天真：她就只是一個懂得活在每個當下，每個剎那的人，懂得開心的珍視每朵路邊小花，珍惜每個看似微不足道、無需認真看待之瞬間的人，這種人——人生絕傷不了她。但是，我眼前這個正在興高采烈大塊朵頤的孩子，正肆無忌憚對美食大發議論的女子，有可能同時是個愛胡思亂想又歇斯底里，渴望被我殺死，嚮往死亡的女人嗎？又或者她就只是個心思縝密的心機女，她是故意的，她其實非常的冷靜理智，她正在用盡心機要讓我愛上她，要讓我成為她的奴隸？不，不可能。她不過是全心全意的沉浸在每個當下，真誠而坦率的在對待每個有趣的想法，在對待每個突然從靈魂深處冒出來、一閃而過的、駭人且晦暗的念頭，並且把它們活生生地呈現出來。

赫爾米娜，這個我加上今天才見過兩次面的女孩，竟對我瞭若指掌，我在她面前竟赤裸裸的像無法保有任何祕密。不過，對於我的精神生活，或許她就無法全然窺得了。她應該體會不了我跟音樂，跟歌德，跟諾瓦利斯，和波特萊爾之間的關係——但這一點也很值得懷疑，也許要理解這些對她而言根本輕而易舉。倘若真是這樣——那我的「精神生活」不就什麼都不是了？不就毫無價值了？一切將瞬間崩潰，將頓失意義，不是嗎？但好處是，這代表我的其他問題，那些極為私人的問題和願望，她也全部都能理解——其實我真的一點也不懷疑她能夠理解。這麼一來，我就可以跟她聊荒野之狼，聊那本小冊子，可以跟她無所不談，甚至可以把所有至今為止只有我自己知道、從沒告訴過別人的事，通通跟她說。想到這裡，我就忍不住立刻告訴她。

「赫爾米娜，」我說，「最近我遇到了一件奇怪的事。我從一個陌生人那裡得到了一本印刷品，一本小冊子，就是年貨市集裡常常可以見到的那種宣傳手冊，但那本小冊子裡寫的竟然是我的故事，所有發生在我身上的事，而且寫得鉅細靡遺。你說，這是不是很奇怪？」

「那本冊子的標題是什麼？」她隨口問道。

「《荒野之狼》。」

「噢，荒野之狼，很棒啊！但你是荒野之狼嗎？你能是荒野之狼嗎？」

「是啊，我是荒野之狼。我確實一半是人一半是狼，或者我把自己想像成是那樣了。」

她沉默不語，用審視的眼光打量著我，直視我的眼睛，接著又端詳我的手。她的眼神和表情再次變得像之前那樣嚴肅又悲傷。我自認為能猜出她的想法：她正在評估我，看我夠不夠像一匹狼，有沒有能力完成她的「最後命令」。

「這當然是你自己在幻想，」突然她又變得開朗，「或者，如果你不反對的話，也可以說那是你為自己編織的一首詩。總之，它肯定有它的意義。但至少今天你不是狼。那天，當你踏進黑鷹時，一副剛從月亮上掉了下來的模樣，走進大廳的你確實有點像匹野獸，但正因為那樣我才會對你產生好感。」

她話說到一半，突然想到了什麼似的，深有所感的說：「天啊，『野獸』或『掠食動物』，這種字眼聽起來真是愚蠢！實在不該用這種字眼來稱呼動物。牠們很多時候確實看起很可怕，但牠們其實比人真多了。」

「什麼叫做『真』？這是什麼意思？」

「這個嘛，你想想！不管是貓、狗、小鳥，或動物園裡的某隻漂亮的大型動物，比方說豹或長頸鹿，牠們就像你看到的一樣，每一隻都很真，沒有動物會尷尬不安，或不知道自己該做什麼，或不知道自己該怎麼行為舉止。牠們不會刻意的逢迎你，不會故意在你面前不可一世，不會裝模作樣，假惺惺。牠們總是如其所是，是怎麼就怎樣，跟石頭、跟花一樣，或者說跟天上的星星一樣。你懂我的意思嗎？」

我懂。

「其實動物大多很悲傷，」她繼續往下說，「唯有當一個人真的很悲傷時，我指的不是那種因牙痛或丟錢而悲傷，而是那種因為在某一刻突然對所有一切有所領悟，對整個人生有所領悟，因此感到非常難過的那種悲傷，這時候人看起來就會有點像動物——雖悲傷，卻又比平時還要更純真，更美麗。真的，的確是這樣。我第一次看見你的時候，你就是那樣——荒野之狼。」

「赫爾米娜，關於那本簡直像在描述我的書，你有什麼看法？」

「啊，你知道，我不喜歡一直思考。這件事下次再說吧。下次你可以把那本小冊子拿來給我看。喔，不，下次我們見面時，如果真要讀點東西的話，不如拿一本你寫的書給我看。」

她說她想喝咖啡，並露出一副無法專心又精神不濟的模樣，可是不一會兒她又顯得精神抖擻，整個人容光煥發，像低落的思緒又突然找到了新的方向和目標。

「嘿，」她歡天喜地的說，「我想到了！」

「想到什麼？」

「學狐步舞的事啊！我一直惦記著這件事。快告訴我：你的房間可以讓我們偶爾在那裡跳一小時舞嗎？房間小沒關係，只要樓下別住那種天花板一震動就會上來罵人且罵得像發生了什麼慘案一樣的傢伙就行。沒錯，就這樣，好極了！這麼一來你就可以在家裡學跳舞了！」

「是這樣，沒錯，」我略顯猶豫的說，「這樣的確很好。但學跳舞不是還需要音樂嗎？」

「當然需要。你聽我說，音樂可以買，你幫自己買，費用頂多跟上跳舞課一樣，但我就是你的跳舞老師，跳舞老師的錢你已經省了。買了音樂我們就有音樂啦，而且愛聽幾遍就聽幾遍，加上我們又有自己的留聲機。」

「留聲機？」

「當然囉。你買台小的就可以了，然後再買些唱片……」

「太好了，」我歡呼道，「如果你真能教會我跳舞，留聲機就送給你，當作你的酬勞。一言為定？」

我說得興高采烈，但其實心口不一。我根本無法想像在我那間擺滿了書、專門用來做學問的斗室裡，擺上一台我根本沒什麼好感的留聲機，加上我實在排斥跳舞。不過，雖然自知又老又硬，簡直沒有學會跳舞的可能，偶而我還是會告訴自己「試試吧！」可是現在，突然接二連三的要我做這做那，對我而言真的太急、太快了，我僅覺自己滿心排斥。像我這樣一個上了年紀又養尊處優的音樂行家實在受不了留聲機、爵士樂，和時髦的舞曲。要我在我的書房裡，在諾瓦利斯和讓．保羅的著作旁，在我的沉思祕境，在我的避風港內播放美國的流行舞曲，然後跟著跳，這簡直是太超過，任何人都不能這樣要求我。但這樣要求我的不是「任何人」，而是赫爾米娜，她有權對我下令。我必需服從。我當然得要服從。

隔天下午我們約在一家咖啡店見面。我到的時候赫爾米娜已經在裡頭喝茶了，她笑著要我看一份上頭有我名字的報紙。那是一份來自我故鄉的報紙，堪稱反動派的宣傳報，報上的文章總極盡煽動和鼓吹之能事。這份報紙每隔一段時間就會刊出對我嚴加撻伐的文章。因為我在戰爭期間曾公開反戰，不僅如此，戰後我更進一步呼籲大家要冷靜，要沉著，要有耐性，要尊重人性，要自我反省，尤有甚者我還挺身而出批評越來越尖銳，越來越愚蠢，越來越失控的國家主義狂熱現象。如今報上又出現了一篇這種攻擊我的文章，寫得很糟，看得出一半是編輯自己寫的，一半是抄襲自立場相近之同行的類似文章。不言自喻，除了這批矢志捍衛過時意識形態的反動分子之外沒有人能寫出這麼爛的文章，除了他們之外，沒有人能把事情做得這麼骯髒齷齪，這麼無所不用其極。但赫爾米娜竟然看到了這樣的一篇文章，並因此得知：哈利原來是隻害群之馬，是個背棄祖國的無恥之徒，倘若繼續容忍哈利這種人和這種思想存在，國家就會繼續受到危害，年輕人也會被教壞，也會不切實際的耽溺在浪漫的人道思想之中，而非挺身而出投入對抗敵人的復仇之戰。

「這是在說你嗎？」赫爾米娜指著我的名字問，「哇，哈利，你真是幫自己製造了不少敵人。他們這樣寫你，你生氣嗎？」

我稍微讀了幾行，全是老調重彈。他們罵我的那些話全都是些陳腔濫調，這幾年我早就讀膩了。

「不，」我回答，「不生氣，我早就習慣了。我曾經發表過幾次這樣的言論：我認為身為一個國家的人民，甚至單單只是身為一個人，我們都該別再自欺欺人的把責任全推給政治上的『究責』，然後便自覺可以高枕無憂了。我們不該這麼做，我們應該反躬自省：戰爭的發生及世上的其他慘事，到底有多少是因為我的錯誤、我的疏忽，和種種惡習而造成的？這樣的自我反省或許才是避免再次發生戰爭的唯一方法。但這樣的言論卻冒犯了所有人，他們不肯原諒我，因為他們怎麼可能有錯？當然沒有，完全沒錯：無論是皇帝、將領、大企業家、政治家，或各大報紙——沒有人覺得自己應該受到苛責，沒有人覺得自己有錯！對呀，他們的確可以說世界其實無比美好，只不過有數百萬微不足道的人在地球的某個角落戰死罷了。你知道嗎？赫爾米娜，在這些極盡詆毀與謾罵之能事的文章再也不能惹怒我之後，它們有時候只讓我感到悲傷。我的同胞，全國有三分之二的人，每天早上，每天晚上，都在閱讀這種報紙，這種論調，他們天天受這些看法的影響、恐嚇、挑撥，和煽動，因此心生不滿及憤怒，而這一切最終的目的和結果便是再次挑起戰爭。而且後面的戰爭總比前一次更醜陋，更可鄙。如此簡單明瞭的事，任何人只要肯花一個鐘頭的時間便能看清楚其中的道理，便能得出跟我一樣的結論。但沒有人願意了解，沒有人想要避免戰爭，沒有人想幫自己、幫子孫省掉動輒百萬人死傷的戰爭。其實再沒有比這更便宜的方法了，只要花一個小時思考，靜下心來想想，捫心自問：這世間的混亂與悲慘，有多少得歸咎於我的參與，我得為此負多大的責任？——但你瞧，根本沒有人願意自省！所以，事情當然不會有所改變，情況當然還會繼續這樣下去。日復一日，依舊有成千上萬的人在那裡推波助瀾，唯恐下一場戰爭不會趕快到來。在我看清楚這一切之後，我感到無能為力，感到心灰意冷，我再也不認同我的『祖國』了，我再也沒有所謂的理想了，因為那全是統治者用來自我粉飾的花言巧語，他們只想藉此籌備和發動下一場戰爭。所以，以人性的角度來思考，來發言，來寫作根本是毫無意義，試圖用正直的思想來影響其他人同樣是白費力氣——即便有兩、三個人真的被你所影響，但成千上萬的報章雜誌，各種發言，公開的、私下的討論及會議，都在往相反的方向導，往相反的方向鼓吹，而他們也確實達到了他們的目的。」

赫爾米娜感同身受的聽著我講。

「是啊，」她說，「你說的沒錯。但不需要看報紙也能知道，下一場戰爭一定會來。這一點確實令人傷心，不過，這其實一點都不值得傷心。因為就像一個人不管怎麼努力的對抗死亡，總有一天都會死，這一點確實令人悲傷。但，親愛的哈利，對抗死亡，這件事本身其實就是一件非常美好、高貴，又棒又了不起的事，對抗戰爭也一樣。不過話說回來，這兩件事的確都脫不了唐吉軻德式的徒勞無功。」

「或許是這樣吧，」我激動的說，「但如果我們基於『每個人早晚都會死』的事實，就覺得凡事都無所謂了，都可以不在乎了，那我們的人生將變得平庸而愚蠢。好吧，所以我們真該把一切拋諸腦後，放棄所有精神上的追求，不再努力，不再珍惜人性的可貴。我們該任憑野心和金錢繼續統治這個世界，我們只需叫杯啤酒，好整以暇的等著下一次的戰爭和動員，你的意思是這樣嗎？」

赫爾米娜的眼神異乎尋常；她看著我，眼中滿是促狹，滿是嘲諷和譏笑，卻同時又像個夥伴那樣的對我充滿了同理心。那雙眼既心情沉重又對一切了然於心，甚至無比認真嚴肅！

「沒有人叫你這樣，」她的語氣突然像個母親一樣，「縱使知道自己的努力與對抗終將徒勞無功，你的人生也不會因此淪為平庸和愚蠢。哈利啊，真正的平庸是，那些被你視之為善，視之為理想的事，你為了它們而奮鬥，並執意一定要讓它們實現，這才叫平庸。理想是用來實現的嗎？生而為人，我們活著是為了要對抗死亡的嗎？不，不是，我們活著首先是為了要恐懼死亡，然後是為了要懂得愛惜死亡。正因為我們會死，所以我們那微不足道的人生才會在某些時刻綻放出一個小時的璀璨與美好。你不過是個孩子，哈利，乖，聽話，跟隨我的腳步，今天我們還有好多事要做。現在別再煩惱什麼戰爭或報紙的事了，好嗎？」

天啊，太好了，我正想這樣。

於是我們去了一家樂器行——這是我們第一次一起進城，並且開始挑選留聲機，我們一連看了好幾台，一下子打開一下子闔上，並請店員試放音樂給我們聽。最後我們終於找到了一台又好又適合，而且物美價廉的留聲機。我決定立刻買下，但赫爾米娜不同意這麼快就做決定。她阻止我，並要求我跟她再到另一家去逛逛。到了另一家我們把各類型和各種大小的留聲機，從最貴的到最便宜的全都看過且試過，然後她終於同意折回第一家，去買剛才看中的那一台。

「你看吧，」我說，「剛才直接買下就好了。」

「你真的這樣想？萬一明天我們在另一家樂器行的櫥窗裡看見同樣的留聲機卻足足便宜了二十法朗，那怎麼辦？除此之外，上街購物本來就是很好玩的事，既然是好玩的事就該盡情的去享受它。哈利，你真的還有很多事得學。」

在樂器行一名夥計的協助下，我們將留聲機帶回了我的住處。

赫爾米娜一進我的房間就開始仔細的打量每個角落，她讚美了壁爐和躺椅，還試坐了另一把椅子，並且把書拿起來翻閱，然後停留在我情人的照片前好一會兒。我們在堆滿書的五斗櫃上清出了一隅放留聲機的空間。我的舞蹈課程正式開始。她放了一段狐步舞的音樂，並示範最基礎的舞步給我看。接著她拉起我的手開始引導我移動。我順從的跟隨著她的步伐，不小心撞到椅子，認真的聽從她的指示，但聽了卻沒有懂，於是踩到了她的腳，我表現得既笨拙又急切。試了兩次之後，她倒在躺椅上，笑得像個孩子。

「天啊，你怎麼這麼僵硬！你必須像散步一樣，就這麼跨出去！完全不必刻意。我想，你汗流浹背了吧？嗯，我們休息五分鐘！你看，對於會跳舞的人而言，跳舞就像你在思考一樣簡單，其實跳舞比思考簡單多了。所以，你現在應該要對大家的不願意思考，不習慣思考，因此把哈利先生說成是叛國賊，並且寧願眼睜睜看著下一場戰爭爆發等行徑，比較能釋懷了吧！」

一個小時後她離開了，離開前一再向我保證，下次我的情況絕對會有改善。但我並不這麼認為，我對自己的笨手笨腳和遲鈍感到失望，我覺得這一小時我什麼也沒學會，且沮喪的認定下次也不可能改善。不可能，因為我完全不具備那些學跳舞所必須具有的能力：懂得開心，願意純真和率性，並充滿熱情。所以，我早就知道自己不可能學會跳舞。

但是，下一次的情況竟真的改善了，我甚至跳出了樂趣，上完一小時課後，赫爾米娜下了這樣的結論：我已經會跳狐步舞了。但她接下來的決定——明天我必須跟她一起去一家餐廳跳舞——令我大吃一驚，並拚命拒絕。但她冷冷的提醒我，我承諾過凡事都會聽從她的命令，她表示她已經決定明天要帶我去貝倫斯（Balances）飯店喝茶了。

那晚我枯坐家中，想閱讀卻完全讀不下去。我為了明天擔心不已。光想到我這個又老又害羞又敏感的異類竟然要踏進那個空洞浮誇，專門給人喝茶和跳舞，並且有爵士樂演奏的時髦地方，我就擔心不已。但最令我害怕的還在於我必須在陌生人面前跳舞，但我根本不會跳舞。我承認，夜裡當我獨自一人在寂靜的書房裡打開留聲機，任由音樂流瀉，然後穿著襪子躡手躡腳的反覆練習我的狐步舞時，我不僅覺得自己可笑，還覺得很可恥。

隔天我們來到貝倫斯飯店，一支小型樂隊正在演奏，我們點了茶和威士忌。我試圖轉移赫爾米娜的注意力，一下子請她吃蛋糕，一下子提議叫瓶好酒來喝，但她完全不為所動。

「你今天不是來大快朵頤的，是來上跳舞課的。」

我被迫跟她跳了二、三次舞，中間她還介紹了樂隊的薩克斯風手給我認識，那人皮膚黝黑，英俊又年輕，看起來像是西班牙裔或具南美血統。赫爾米娜說他會玩所有的樂器，且精通各國語言。赫爾米娜跟這個人似乎很熟，甚至是朋友。那傢伙在自己面前擺著二把不同大小的薩克斯風，不時輪流吹奏。他一邊演奏一邊用他那雙炯炯有神的黑眼珠打量並饒富興味的觀察那些跳舞的人。我驚訝的發現自己對這個無傷大雅且帥氣的樂手心存忌妒，不是那種因愛而生的忌妒，畢竟我和赫爾米娜之間並非愛情。我覺得我對他的醋意更像是一種精神層面上的、友情的忌妒。因為我覺得赫爾米娜對他的重視和肯定——或者說推崇，和他本人很不相襯。我悻悻然的在心底抱怨：幹嘛要我認識這種奇怪的人。

不斷有人來邀請赫爾米娜跳舞，我獨自一人留在座位上喝茶，並聆聽音樂——這種音樂以往我一直認為無法忍受。我忍不住想：親愛的神啊，所以，現在我必須被引領至此，我必須要熟悉這種環境，熟悉這種我一向陌生又深覺可鄙的地方，這種地方一直以來我都小心翼翼地避免接觸，因為我鄙視它，瞧不起它，這是一個屬於遊手好閒者和耽於逸樂者的世界，一個擺滿大理石小桌，充斥著爵士樂，屬於蕩婦，屬於販夫走卒，既膚淺又庸俗的世界！我一邊心不在焉的喝著茶，一邊注視著看似優雅的人們。我的目光被二名美麗的女孩所吸引，她們二個都非常會跳舞，我忍不住既羨慕又讚嘆的盯著她們。她們的舞步不但靈活，而且好美，好開心，又充滿自信。

赫爾米娜再度回到座位上，並對我大感不滿。她抱怨我根本心不在焉，不然怎麼會垮著一張臉，怎麼會槁木死灰的坐在這裡喝茶，她說我應該要鼓起勇氣去跳舞。但要怎麼跳，我半個人也不認識？赫爾米娜說這根本不重要。她問我，難道我沒有看中意任何一個女孩？

我指了指那個站在我們附近，長得相當漂亮，身穿美麗絨布短裙，頭髮剪得又短又有個性的金髮女孩，她的兩隻臂膀豐滿而女性化，非常迷人。赫爾米娜命我過去邀請她跳舞。我驚慌失措的拚命推諉。

「我真的沒辦法！」我一臉哀求：「是啊，假如我是個年輕英俊的小夥子就好了！可惜我是個又老又硬，完全不會跳舞的笨蛋──我過去邀舞的話一定會被她笑！」

赫爾米娜擺出一臉的不屑。

「那我呢？你就不在乎被我笑？你這個懦夫！任何一個想接近女孩子的男人都得承擔被笑的風險。這本來就是一場賭注。哈利，鼓起勇氣去冒險，再嚴重也不過就是被笑──如果你不去試，我就再也不相信你會乖乖的服從我的命令。」

赫爾米娜完全不肯讓步。我惴惴不安的站起來，緩緩的走向那個美麗的女孩，此時樂聲再度響起。

「我其實有舞伴，」女孩用她水汪汪的大眼睛好奇的打量著我並且說，「不過我的舞伴似乎正流連在酒吧那邊不想回來。好吧，我跟你跳！」

我挽著她開始移動舞步，但滿腦子還在驚訝：她怎麼沒有拒絕我？她隨即發現我不太會跳舞，於是開始主動引導。她跳得好棒，並且一路帶領我跳。好一會兒我忘了所有跳舞時該肩負的責任和遵守的規則，只是亦步亦趨的跟著我的舞伴滿場飛舞，一心一意的感受著她臀部移動的勁道，和靈活的雙膝快速變換的方向。我望著她容光煥發的年輕臉龐，向她坦承今天是我這輩子第一次在舞池裡跳舞。她對著我拉開微笑，露出一臉的鼓勵，甚至完美而靈活的回應著我炙熱的眼神和恭維的話語；她不是用語言回答我，而是以輕巧又迷人的肢體動作回應我，那些動作和舞步完美的拉近了我們之間的距離，心曠神怡的將我們結合在一起。我的右手緊搭在她的腰上，我整個人快樂而迫不及待的追隨著她的腳步、她的臂膀、她的肩，我滿心詫異的注意到：我竟然一次也沒有踩到她的腳。音樂嘎然而止，我們停下腳步，跟著大家一起鼓掌。音樂再次響起，我的心也再次急切的，像熱戀一般的，極為虔誠的，再一次投入這場儀式中。

舞曲結束，我僅覺結束得未免太快。穿著絨布短裙的美麗女孩重新回到座位。剛才一直在旁邊看著我們跳舞的赫爾米娜突然出現在我身邊。

「有沒有發現什麼呀？」她一臉嘉許的笑道：「你難道沒發現女人的腳跟桌子的腳不一樣？太棒了，你跳得真是太棒了！感謝上帝，你終於會狐步舞了，明天開始我們來學華爾滋，三個禮拜後環球舞廳有場面具舞會。」

中場休息，我們回到座位上。年輕、英俊的帕布羅（Pablo）先生，也就是那個吹薩克斯風的，朝我們走來，簡短的點頭致意後，他在赫爾米娜的身邊坐下。他們倆似乎是非常要好的朋友。但第一次和這個人相處，我必須承認，我完全不喜歡他。無可否認，他長得很英俊，身材棒，臉也帥，但除此之外我實在找不出什麼其他優點。他所謂的會說多國語言，其實一點也不難，因為他根本什麼也沒講，他吐出來只是些單字，比方說「請」、「謝謝」、「沒錯」、「對」、「嗨」，或類似的簡單字眼，這些字他確實知道很多個國家的說法。所以，我們這位帕布羅先生，根本什麼都沒講。除了言之無物外，這位美男子似乎也不太喜歡思考。他的職業是在爵士樂隊裡演奏薩克斯風，對於自己的工作他顯得充滿熱情與喜愛，但有時候音樂演奏到一半他又會突然暫停，舉起手來鼓掌，或者任由自己隨性的想怎樣就怎樣，比方說突然高喊：「喔、喔、喔、喔，哈、哈，大家好！」他活在這世上唯一的目的似乎是為了帥，為了展現英俊，為了招蜂引蝶，為了迷倒女性，為了穿戴最新流行、最時髦的領子和領結，為了雙手戴滿戒指。他跟人聊天的方式僅止於：坐在那裡望著我們微笑，時不時低頭看一下手錶，或轉動一下手上的香菸，我不得不說他轉動香菸的手勢和技巧確實純熟。但在他那雙美麗的南美裔深色眼眸中，在他黑色的捲髮下，真的沒有隱藏什麼浪漫情懷，或值得探索的問題和思想——進一步觀察你會發現，這個充滿異國情調的美男子不過是個懂得表現彬彬有禮，但實則玩世不恭又有點驕縱的毛頭小子，除此之外他什麼都不會。我試著跟他聊他的樂器，聊爵士樂特有的音色，我想讓他知道坐在他面前的可是個對音樂真正有深厚涵養的老樂迷和音樂專家。但他竟然完全不領情，就在我基於禮貌——為了向他，尤其是向赫爾米娜展現善意——而拚命的為爵士樂尋找樂理上的依據時，他竟然一副事不關己的模樣，只是望著我微笑，任由我辛苦的唱獨角戲。我因此嚴重的懷疑他除了爵士樂之外，根本不知道世上還有其他音樂。他看起來很和善，和善又有禮貌，他那雙空洞的大眼笑起來時確實很帥。但他跟我似乎完全沒有共通點——對他而言重要而神聖的事，對我而言完全無足輕重。我們就像來自徹底相反的兩個極端世界，沒有任何共通的語言。（但後來赫爾米娜跟我說了一件很奇怪的事。她說：帕布羅在和我聊過天後對她說，她應該要多關心我，因為我是一個非常不快樂的人。赫爾米娜聞言反問他，他是根據什麼下此結論的，帕布羅回答：「可憐人，他真的是個可憐人。你沒看見他的眼睛嗎？他甚至不懂得怎麼笑。」）

黑眼珠的帕布羅起身致意後，離開。不久樂聲再次奏起。赫爾米娜也站了起來：「哈利，再跟我跳一支舞吧！還是你不想跳了？」

這次，連跟赫爾米娜，我都能跳得比較輕鬆、歡喜，和開心。即便沒有像剛才那樣，剛才跟那個女孩跳舞確實毫無顧忌又渾然忘我。赫爾米娜把自己交給了我，由我主導，她溫柔、輕盈得猶如一片花瓣，傍著我翩翩起舞。這次我在她身上同樣發現到和感受到那一下子襲來，一下子又消失的美好氛圍，她身上同樣散發出濃濃的女性氣息和愛意，她流暢的舞姿猶如一首隱隱唱起，緩緩流瀉，既可愛又迷人的異性之歌——但我卻無法敞開心胸，愉悅的呼應她，我無法完全忘掉自己，無法全心全意的投入。因為我跟赫爾米娜太親，她就像我的同伴，我的親姊妹，她和我是一樣的，她等同於我自己，等同於我兒時的摯友赫爾曼，她同樣是個狂熱分子，是位詩人，是我所有精神活動與放縱行徑最棒的同路人。

「我懂，」跳完舞之後，我跟她聊起我的這些感受，她說，「我完全能理解。雖然我終將讓你愛上我，但這件事不急。現在我們先當朋友。我們就是兩個彼此渴望成為朋友的人，因為我們互相了解，我們深知對方。我們想要互相學習，想要一起玩。我將讓你見識到我的人生小劇場，我的種種表演，我將教你跳舞，教你如何獲得些許人生樂趣，如何變得傻一點。如同你將告訴我、讓我見識到你的種種想法和各種知識。」

「啊，赫爾米娜，我還有能力告訴你什麼呢？我還能讓你見識到什麼呢？你所知、所懂的遠超過我。小女孩，你真是個奇特的人！你完全而徹底的理解我，甚至比我自己更了解我。在這樣的情況下，我對你還有什麼意義呢？你是不是覺得我很無趣？」

她忽然目光陰鬱的望著地板。

「我不喜歡聽你講這樣的話。還記得那晚嗎？你因為痛苦，因為寂寞，失魂落魄且絕望至極的來到我的面前，我們還因此結成了朋友！為什麼會這樣？難道你認為我當時就已經看透你了？就已經完全了解你了？」

「對呀，為什麼會這樣？赫爾米娜，告訴我！」

「因為當時我的情況跟你完全一樣。我也覺得自己好孤獨，我跟你一樣，我也對生活，對周遭的人，對自己全都不再熱愛，不再覺得有意思。是啊，世上的確有一些這樣的人，他們對生活的要求很高，他們對自己的愚蠢和野蠻完全無法忍受。」

「你看，你看！」我欣喜若狂的驚呼，「我了解你的感受，好友，沒有人能像我這樣了解你的感受。我雖然了解，但你對我而言還是像謎一樣。你的生活方式就像在遊戲，你活得非常輕鬆自在。你珍惜和看重任何微不足道的小東西和小享受，你根本就是個生活藝術家。像你這樣的人，生活中哪裡會有痛苦？哪裡會有絕望？」

「我確實未曾感受到絕望，但哈利，我也飽嘗了生活中的痛苦——是啊，我有過許多痛苦的經驗。你一定覺得奇怪，我既會跳舞，又那麼懂得享受膚淺的世俗生活，我怎麼還會不快樂？但親愛的好友，我也同樣覺得你很奇怪，你終日與世上最美、最深刻的事情為伍，你整天沉浸在精神領域裡，在藝術中，思想裡，你怎麼還會對人生感到失望？我們倆就是因為這樣才互相吸引，才自覺親如手足。你將從我身上學會如何跳舞，如何玩樂，如何歡笑，但縱使這樣你也不會滿足。我將從你身上學到如何思考，如何認知，但縱使這樣我也不會滿足。你知道嗎？那是因為我們倆是魔鬼之子。」

「沒錯，我們倆是魔鬼之子。魔鬼就是精神，我們倆是它不幸的孩子。我們從自然中誕生，卻脫離了本性，自甘依附於空洞虛無。不過這就讓我想到：之前我跟你提到過的《荒野之狼》，那本小冊子說，如果哈利認為自己只有一個或兩個靈魂，並且只具一種或兩種人格，那麼他就錯了，因為那全是他自己幻想出來的。事實上每個人都有十個、百個，甚至上千個靈魂。」

「我喜歡這種說法，」赫爾米娜欣喜道，「就說你吧，你在精神上具有高度涵養，但所有與生活藝術有關的雕蟲小技你卻完全不擅長。就此意義下，思想家哈利可說是百歲人瑞，但舞者哈利卻是才剛出生半天的嬰兒，所以讓我們來鍛鍊這個嬰兒吧，還有鍛鍊他所有嗷嗷待哺的兄弟姊妹，這些兄弟姊妹就跟舞者哈利一樣，都還很稚嫩，很笨拙，都是還沒長大的幼兒。」

她面帶微笑的看著我，突然壓低音量並改變語氣的問：

「你對瑪麗亞的印象怎麼樣？」

「瑪麗亞？誰是瑪麗亞？」

「就是那個跟你跳舞的女孩呀。很漂亮的一個女孩，甚至稱得上極為美麗。我看得出，你有點喜歡她。」

「你們認識？」

「對啊，我們很熟。她讓你覺得非常心動，對吧？」

「我確實很喜歡她，而且我好高興她在跳舞時對我那麼細心體貼。」

「既然這樣，真是太好！哈利，你應該主動向她獻獻殷勤，她又漂亮又會跳舞，而且你又那麼喜歡她，我相信你如果追求她一定會成功。」

「哈，這方面的成功我不感興趣。」

「你這麼說就太不誠實了。我知道你有個情人正在世上的某個角落，你每半年和她見一次面，但見面時總是吵架。如果你執意自己必須忠於那個奇怪的女人，我只能說，你真的好了不起。不過請原諒我，我真的沒辦法認真看待你的這份癡情！說真的，我很懷疑你是不是把愛情看得太嚴重、太認真了。或許你真是這樣吧，你是用非常理想化的方式在談戀愛。如果你想這樣，那是你的事，我不予置評，也與我無關。但與我有關的是，我必須教導你，讓你對生活中那些微不足道的、簡單的藝術和遊戲開始變得比較擅長。這方面我是你的老師，而且是一個比你那位理想情人更優秀、更稱職的老師，這點你大可放心！現在，荒野之狼，你最需要的就是：再度跟漂亮的女孩上床。」

「赫爾米娜，」我又窘又急的喊，「你仔細看看，我已經是個老男人了！」

「你只是個小男孩。而且，你一直任由自己過得太舒服、太懶散，以至於無法學會跳舞，以至於延誤至今差點就要學不成跳舞。同樣的，你就是因為活得太舒服、太懶散，才會沒辦法學會戀愛。不過，我親愛的朋友，那種充滿理想性、充滿悲劇性的愛情你倒是非常在行，這點我絲毫不懷疑，哈，你真是太了不起了！但現在你必須開始學習用比較普通、比較一般人的方式去愛。我們已經成功的為此拉開了序幕，你已經有資格參加舞會了。不過，在此之前你還得先學會華爾滋，我們明天就開始。明天三點我去找你。對了，你喜歡這裡的音樂嗎？」

「非常棒。」

「瞧，你已經進步了，已經在用心學習了。以前你完全受不了這些舞曲或爵士樂，你覺得它們不夠嚴謹，不夠有深度，但現在你已經懂得不要用這種標準來衡量與看待這些音樂，你瞧，它們即便不夠嚴謹，不夠有深度，也無損於它們的好聽與迷人。對了，順便告訴你，帕布羅可是這個樂隊的靈魂人物，沒有他樂隊就什麼都不是了。能帶領整個樂隊的只有他，能鼓舞士氣、營造氣氛的也是他。」

一如留聲機嚴重的破壞了我書房裡的苦行精神與氣氛，那些美國舞曲對我一向珍惜與推崇的音樂世界同樣帶來了陌生的衝擊與干擾。是啊，甚至可說造成了具毀滅性的入侵，不僅如此，我至今為止為，界線分明且徹底封閉的生活也面臨了全面性的入侵，被新事物、可怕的事物、具瓦解性的事物全面入侵。那本荒野之狼的小冊子和赫爾米娜，他們都認為人有上千個靈魂，這樣的見解真是沒錯，現在的我，每天除了原本有的那些靈魂，總能在自己身上見識到其他新的靈魂，它們對我有各式各樣的要求，它們喧嘩而吵鬧，卻也讓我具體的看清了至今為止我對自己這個人的看法其實只是一種幻想。我的某些能力和嘗試，偶然的表現得非常出色，於是我便認定這就是我了，並根據這些特色來勾勒出哈利的形象，然後過起所謂屬於哈利的生活。但這個哈利其實只是個在文學上、音樂上，和哲學上稍有鑽研和特殊長才的人——但我卻因此把自己的其他部分，混雜著各種能力、欲望、傾向的其他部分，通通當作是缺點，通通歸咎於荒野之狼。

不過，改變以往對自己的虛妄幻想，取消自己固有的個性，這絕非一場愉快而有趣的冒險。恰恰相反，此過程經常痛苦萬分，甚至令人難以忍受。例如，留聲機裡流洩出來的音樂常讓我覺得驚駭，因為它與周遭的一切是如此的格格不入。還有，當我偶而去到那些時髦餐廳，置身於花花公子與裝模作樣的人群之中，跟著大家一起跳一步舞時，我就會油然而生一股背叛的感覺，我背叛了所有在以往人生中被我珍惜、景仰，甚至視為神聖的東西。只要和赫爾米娜分開八天，我相信自己一定能迅速擺脫掉這場辛苦的、可笑的，把自己變成一個花花公子的嘗試。但赫爾米娜總是在我身邊。雖然我們不是每天見面，但我總覺得她一直在看著我，帶領我，監督我，評判我——並且面帶微笑的把我的焦躁憤怒，我的反抗心態，和逃跑念頭全看在眼裡。

以往被我視之為個人特質的東西持續崩潰中，與此同時我卻真正開始了解到，何以我會在那麼走投無路，絕望至極的情況下依舊怕死怕得要命。原來恐懼死亡這種卑鄙無恥的行為，實屬於我過去的市民階級式虛偽生存方式的一部分。從前那個哈勒先生，那個有才氣的作家，那個莫札特和歌德專家，那個對於藝術形上學，對於天才與悲劇，對於人性，發表過諸多珍貴見解的作者，那個鬱鬱寡歡，隱居斗室，隱居於書堆中的離群索居者，他即將面對的是一波波的自我批判，他即將徹底的無所適從。這個既有天賦又有趣的哈勒先生雖然一再宣揚理性與人性，雖然反對野蠻的戰爭，但戰爭期間卻沒有言行合一的真正挺身而出，為實踐自己的理念而死而後已，反而是選擇了某種程度的妥協，不過，當然囉，他的妥協是既有分寸又高尚的，但總之他妥協了。除此之外，他也反對權力與剝削，但在為此大聲疾呼的同時，卻又在銀行裡持有許多工業集團的有價證券，並且完全不受良心譴責的享受著這些大企業所發放的股利。整體而言他的情況就是這樣。哈利．哈勒雖然成功的把自己包裝成理想主義者和不屑世俗的獨善其身者，包裝成悲傷的隱士和發聾振聵的先知，但實際上他只是個不折不扣的小市民階級。跟赫爾米娜過一樣的生活讓他覺得有罪惡感，他氣自己在時髦餐廳裡浪費了無數個夜晚，氣自己為此白白的浪費了好多錢，他因此良心不安。但縱使這樣，他真心嚮往的也絕非解脫與徹底結束，不，剛好相反，他最渴望的其實是重返美好時光，亦即重返那段他的精神活動和各種把戲還能為他帶來快樂與名聲的美好時光。就像那些被他瞧不起和嘲諷的報紙讀者一樣，那些人也渴望重返戰前的那段理想時光，因為那時候的日子過得比較舒坦，完全不必從痛苦中學習。呸，去他的，這個哈勒先生，真是個噁心的傢伙！但儘管如此，我還是緊抓著他不放，緊抓著他業已開始瓦解的軀殼不放，緊抓著他看似充滿精神性的虛有其表不放，並且緊緊的追隨他的那種極為市民階級式的對失序與偶然（包含死亡）的恐懼。相較之下，逐漸成形的新哈利則是個有點害羞，有點可笑的半吊子舞者，他既不屑又羨慕從前那個虛偽卻完美的哈利形象，並且在這個形象中清楚的看見了那幅他在教授家見到的歌德版畫，看見了那幅畫上的種種令人厭惡的庸俗特色。原來他自己，亦即從前的那個哈利，跟市民階級眼中理想的歌德形象並無二致：一個目光高傲的大思想家，全身散發著崇高的、充滿精神性與人性的光輝，亮到簡直像頭上塗滿了髮油，而且靈魂還高貴到連自己都快被自己給感動死了！去他的，這個美好的形象早就千瘡百孔了！可憐啊，這個理想而完美的哈勒先生眼看就要垮台了！他像透了上街遭遇搶匪的大人物，被打得衣破褲爛，狼狽不堪。但如果他夠聰明的話，就該懂得這其實是他學習扮演落難者的大好時機：即便一身狼狽，也要裝得像動章仍在身，含淚挺胸的繼續捍衛業已丟失的尊嚴。

我經常有機會遇到那個薩克斯風樂手帕布羅，但我個人對他的評價因為赫爾米娜而不得不有所保留，因為赫爾米娜非常喜歡他，總想跟他在一起。在我的想法裡，帕布羅不過是個英俊的草包，一個年輕、有點自負的花花公子，一個好玩又不諳世事的孩子，換言之，就是那種會跟朋友一起到年貨市集上去吹奏喇叭，只要幾句讚美和一點巧克力就足以使喚他的孩子。不過帕布羅一點也不在乎我對他的評價。不管是我對他的評價或我對音樂所抱持的理論，總之他通通不在乎。他總是很有禮貌又友善的聽我講，並且面帶微笑，卻從來沒有真的給過我回應。不過對於我這個人他應該是感興趣的，我看得出他很努力的想贏得我的好感，總是一再的向我表達善意。有一次我又被這種毫無結果的談話給惹怒了，甚至差一點要做出無禮舉動，這時他驚訝而難過的看著我，繼而牽起我的左手，輕輕安撫，並拿出一個金色的小瓶子要我用鼻子吸一下，他說這對我會有好處。我用目光詢問了一下赫爾米娜，她朝我點點頭。於是我接過瓶子，吸了一下。沒錯，吸完後我立刻神清氣爽，精神抖擻。我猜瓶裡的粉末應該摻有古柯鹼。赫爾米娜告訴我，帕布羅有不少這種東西，那是他透過特殊管道取得的，有時候他會拿出來招待朋友。帕布羅是調配這種東西的大師，劑量拿捏尤其精準：有的可舒解疼痛，有的具安眠作用，有的可為人製造美夢，有的能令人快樂，有的能讓人產生戀愛的感覺。

有一次我在街上和帕布羅不期而遇，那次是在碼頭，他不加思索的就與我結伴同行。這讓我有機會好好的跟他聊天。

「帕布羅先生，」我率先開口，他手裡拿著一根細細的、黑色和銀色相間的手杖在把玩。「您跟赫爾米娜是朋友，因為這樣我才會這麼在意您。但是，我實在不得不說，每次跟您聊天都讓我很困擾。我試過好幾次跟您聊音樂——每次我都很期待聽到您的意見，反駁或批判。但您每次總是選擇迴避，完全沒給我任何回應。」

他一臉誠懇的看著我並拉開笑容，這次他不再迴避我的問題，但卻回答得滿不在乎：「其實，要我說的話，我覺得音樂根本就不值得聊。我從來不談音樂。況且您說出來的話總是那麼睿智和正確，我哪還需要再針對您的話給些什麼意見？是啊，您說出來的每一句話都非常的正確。不過，正如您所見，我只是個樂手，不是學者，所以就我來講，音樂正不正確一點也不重要。其實，正確、品味，或學識教養，諸如此類的東西通通跟音樂無關。」

「好吧，請問音樂到底跟什麼有關？」

「唯一跟音樂有關的是：把它演奏出來。哈勒先生，我們應該要盡可能的把音樂美好的、大量的、頻繁的演奏出來！如此而已。哈勒先生。縱使我能把莫札特和海頓所有的作品都記在腦子裡倒背如流，並且針對那些作品發表高論，即便如此，也無法真的讓任何人受惠於音樂。但只要我拿起我的吹管，吹奏一首輕快、流暢的西迷舞曲，不管這首舞曲本身好不好，它都能為人帶來歡樂，能讓人手舞足蹈，熱血澎湃。這才是唯一重點。下次去舞廳時，你一定要仔細的觀察中場休息後，音樂再度響起時，大家那一瞬間的臉——眼睛瞬間發亮，一雙腳完全按捺不住，整張臉頓時笑了開來！就為了這個，我們就是為了這個而演奏。」

「說得真好，帕布羅先生。但音樂關係到的不只是感官逸樂，還有精神層面的東西。世上的音樂並非只有正在被我們演奏的音樂才算音樂。有些音樂是不朽的，是會繼續流傳的，這種音樂即使沒有正在我們面前演出也依舊存在。舉個例子，比方說有個人獨自躺在床上，腦中突然浮現《魔笛》或《馬太受難曲》的旋律，樂聲開始流洩，根本不需要真的有人在吹笛子或拉小提琴。」

「您說得沒錯，哈勒先生。但新式的狐步舞曲『渴慕（Yearning）』和充滿拉丁情調的西班牙舞曲『瓦倫西亞』（Valencia），同樣每晚都被無數寂寞的、愛幻想的人們所哼唱。是啊，即便是貧窮的打字少女，回到工作地點，她們也會一邊工作一邊回味著最後一支一步舞的旋律，然後意猶未盡的照著舞曲的節奏敲打著鍵盤。我同意您的看法，我樂見每個寂寞的人默默哼唱他喜歡的音樂，無論他喜歡的是渴慕舞曲、《魔笛》，或瓦倫西亞舞曲！不過，請問這些人要從哪裡認識這些能幫助他排遣寂寞的音樂呢？得從我們這些人身上啊，從樂手的身上。這些人得先聽過我們演奏，並且把這些音樂聽進他的血液裡，回到家中才能在自己的房裡回味它們，夢想它們。」

「我同意。」我態度冷冷的說，「但無論如何，把莫札特和時髦的狐步舞曲看做是同等級的東西，並且放在一起講就是不恰當的。為人演奏神聖的、永恆的樂章和為人演奏沒什麼價值的流行樂，這完全是兩碼子事。」

帕布羅注意到我的聲音裡透著激動，隨即露出一臉和善，甚至親暱的撫摸我的臂膀。再開口時他的語氣無比溫柔。

「啊，親愛的哈勒先生，等級這件事您說得一點都沒錯。您想要怎麼劃分莫札特、海頓，和瓦倫西亞樂曲的等級我完全同意！但對我而言它們通通一樣，我根本無法分辨它們的等級，而且也沒有人會問我這件事。莫札特的音樂或許會被繼續傳唱數百年，瓦倫西亞舞曲也許二年後就銷聲匿跡了——但這件事就交給親愛的上帝去決定吧。上帝是公平的，萬事萬物的壽命都掌握在祂手中，不管是華爾滋或狐步舞，能流傳多久全由祂做主，祂肯定會做出最正確的決定。至於我們這些樂手，我們只需要把我們該做的事做好就行了，只需謹守本分與職責，換言之，客人想聽什麼我們就演奏什麼，並且盡我們所能的把它演奏得美好、動聽，且扣人心弦。」

我嘆了口氣決定放棄：這傢伙真是無法溝通。

有時候從前與嶄新，痛苦與渴望，害怕與快樂會莫名其妙的交織在一起。害得我一下子如置身天堂，一下子又深陷地獄，不過大多時候天堂與地獄是同時存在的。從前的那個哈利和嶄新的這個哈利常常一下子水火不容，一下子又相安無事。有時候從前的那個哈利就像徹徹底底的死了，逝去了，被埋葬了一樣，但忽然他又會活蹦亂跳的出現，開始發號施令，專制獨斷，自以什麼都比別人厲害。此時嶄新的、弱小的、年輕的哈利就會深感自卑，不但不敢出聲，還任由自己被逼到牆角。但某些時候年輕的哈利又會掐住老哈利的咽喉，用力的壓制住他，只見老哈利又開始不停的呻吟，又開始奮力的跟死亡搏鬥，並且滿腦子拿起刮鬍刀自殺的念頭。

但更常發生的是痛苦與快樂一起朝我襲捲而來。其中一次發生在我第一次公開跳舞後幾天。那天晚上我踏進臥室，隨即被眼前的這一幕給震懾住，既驚訝又意外，卻也忍不住陶醉：美麗的瑪麗亞竟躺在我的床上！

赫爾米娜至今為止為我帶來的不可思議真是以此為最。我想都不必想就能確定這是她的傑作。這隻天堂鳥一定是她派來的。那一晚我剛好沒像平常那樣跟赫爾米娜在一起，我去了明斯特（Münster），去聽一場水準很高的教堂音樂演奏會——那晚堪稱是一次美好又感傷的舊地重遊。我彷彿回到了我過去的生活，回到了年少，回到了那個完美哈勒所轄的領地。在高聳的哥德式教堂內，網狀結構的美麗拱頂在為數不多的幾盞燈光映照下，光影晃盪得恍如魅影來回穿梭，我聆聽了作曲家布克斯特胡德（Buxtehude）、帕赫貝爾（Pachelbel）、巴哈，和海頓的作品，再次行經我從前最愛穿過的那幾條巷弄，並且再一次聆聽到那位專攻巴哈的傑出女聲樂家天籟般的美聲。我跟這名女聲樂家曾是很好的朋友，曾一同參加過無數美好的音樂會。古老的教堂音樂，那無比莊嚴與神聖的旋律讓我聽得激動莫名，如癡如醉，再次喚醒了我年少時的熱情與鼓舞。我悲傷而忘我的端坐在教堂前排，這一個鐘頭裡我是這個高貴、幸福世界裡的客人，但這裡其實曾是我的故鄉。在欣賞海頓的一首二重奏時，我突然熱淚盈眶，我沒有聽完整場演奏會，也沒有到後台去找那位女聲樂家（啊，有多少個璀璨的夜晚，我總是在演奏會結束後，跟著一大群藝術家一同狂歡！），這次我只是落荒而逃，狼狽地逃離了明斯特，我疲憊不堪的在暗夜的巷弄中疾行，途中偶經餐廳，窗戶後面想必有爵士樂團正在演奏，那些樂曲才是我如今的人生主調。喔，天啊，我的生活怎麼變得如此混亂不堪！

那晚我邊走邊思索著自己與音樂之間的奇妙關係，想了很久，並且不得不再一次意識到，我與音樂之間的關係，無論是令人感動或令人厭惡的關係，其實都反映著整個德國知識界的命運。主宰著德國精神的其實是母權，一種藉由「以音樂為尊」的方式呈現出來的崇尚自然，這在其他民族的身上從未看到過。面對這樣的現象，我們這些知識分子非但沒有像個男人一樣挺身而出加以反抗，沒有肩負起服膺精神、理性，及文字的責任，沒有致力於把話說出來，反而是同流合汙的夢想著一種無須文字的語言，一種據說能把無法用文字表達出來的東西表達出來，能把無法被具體呈現出來的東西具體呈現出來的語言。德國的知識分子非但沒有忠於自己的工具，沒有把此工具打造成一把可以用話語表達出來的工具，反而加入了反對文字、反對理性的陣營，前仆後繼的對著音樂獻媚。德國精神就這麼白白的浪費在音樂上，浪費在無比令人迷醉的旋律上，浪費在極其美好卻又永遠無須成為現實的感覺和氣氛上，並因此怠忽了自己大部分的責任。我們這些知識分子的確不切實際，我們全都不愛活在現實中，現實對我們而言既陌生又討厭，職是之故，精神層面的東西才會在德國人的現實生活中，在我們的歷史、政治，和媒體上，變得如此無足輕重和可悲。是啊，這樣的想法時常縈繞在我心頭，導致我有時候會強烈的渴望投入現實生活中去為現實貢獻一己之力，而不要是整天搞美學，搞貌似極富精神性的藝術創作，而是認真的、有責任感的去實際做點事。只可惜，即使我真的去做了，也總是因為遇到困難就放棄、就屈服，而落得最後無疾而終。就像將軍大人或工業家們常說的，唉，他們說得真是沒錯：我們這些「知識分子」真的什麼用處也沒有，我們只是一群可有可無、不切實際、沒有責任感，卻自恃聰明的空談者。這樣的知識分子，我呸，去死吧！拿起刮鬍刀去自裁吧！

我就這樣滿腦子想法、滿腦子餘音繚繞，既悲傷又滿心嚮往的回到了家——我嚮往現實生活，嚮往實際，嚮往感受，嚮往一切一去不復返和業已失去的東西。上樓後我打開客廳的燈，想讀一點書卻看不下去，想起明天的約會，想起自己將被迫去到塞西爾酒吧（Cecil）喝酒和跳舞，我越想越懊惱，越想越氣自己，也越氣赫爾米娜。無論赫爾米娜有多好，有多麼真心且充滿熱誠，不管她是個多棒的可人兒——我都寧願她那天沒有理我，就那麼讓我走掉，好過把我拉進這個混亂、陌生，又曖昧的遊戲世界裡讓我向下沉淪，並且永遠只能當個陌生人，只能眼睜睜的看著自己最珍貴的部份持續凋零和瓦解！

我悲傷的把燈關掉，悲傷的走向臥室，悲傷的開始脫衣服，忽然我被一股不該出現的香味給嚇到——像是淡淡的香水味。我四下查看，發現美麗的瑪麗亞正躺在我的床上。她面帶微笑，藍色的大眼睛裡隱隱閃著不安。

「瑪麗亞！」我驚呼，心裡第一個想到的卻是：如果女房東知道瑪麗亞在這裡一定會事先通知我。

「我沒說一聲就來，」她囁嚅道，「您會不會不高興？」

「不，不會。我知道，一定是赫爾米娜給您的鑰匙。那，就這樣吧。」

「天呀，您真的生氣了。那我立刻走。」

「不，瑪麗亞，美麗的瑪麗亞，請留下！只是我今晚心情非常不好，沒辦法跟您談笑風生，明天，也許我明天心情就能好轉。」

我朝她低下頭去，她立刻用她那雙又大又厚實的手捧住我的臉，並且把我拉向她，親吻我，長長的吻我。我在她身旁坐下，握住她的手，拜託她說話務必小聲，因為不能讓別人聽見她在我這裡。我定睛瞧她那張又美又飽滿的臉，這張臉猶如一朵花，但這朵花竟突兀、陌生，又美好、奇妙的出現在我的枕頭上。她慢慢的將我的手拉向她的唇，拉向被底，放在她溫暖又氣息沉穩的胸前。

「你不需要跟我談笑風生，」她說，「赫爾米娜已經跟我說了，她說你心情很不好。這種事誰都能理解。你還一樣喜歡我嗎？上次跳舞的時候，你似乎很喜歡我。」

我開始親吻她的眼，她的唇，然後沿著脖子，一路吻到胸前。剛才我還一心埋怨赫爾米娜，現在我卻捧著她送來的禮物，滿心感激。瑪麗亞的溫柔撫觸根本無損我今晚聽到的美妙音樂，不，不僅無損，反而讓它更具意義，讓它的意義得以具體呈現。我一寸一寸的掀開這美麗女人身上的被子，直到我的吻最後落在她的腳上。當我終於躺到瑪麗亞的身邊時，她笑靨如花的臉上滿是理解與溫柔。

這一晚在瑪麗亞身邊，我睡得斷斷續續，雖然每次都睡得不長，卻睡得又香又甜又沉，像個孩子。中間醒來時，我總是酣暢的呼吸著她身上美好而愉悅的青春氣息，並且從我們壓低聲量的交談中得知不少極有價值的事，一些關於她，關於赫爾米娜的生活瑣事。以往我對她們這種人和她們的生活所知甚少，只有去劇院的時候才有機會遇到像她們這樣的人，男女皆有，這些人橫跨在現實生活與藝術界之間，半是藝術家，半是浮華世界裡的俊男美女。不過這次我卻有機會實際一窺這種純真到難以理解又墮落到不可思議的生活。這些女孩通常出生貧寒，卻長得太聰明，太漂亮，所以不甘心只為糊口就把自己的人生全耗在一份薪資微薄又痛苦的工作上。於是她們有時靠打零工維生，有時又靠天生的美貌與迷人的魅力生活。有時候，或許幾個月，她們會去當打字女工，但另外一些時候她們卻是有錢大爺的情婦，能拿到優渥的零用錢和豐厚的禮物，身穿皮衣，坐名車，出入豪華飯店。相反的，有時她們只能窩在自己寒酸的閣樓裡。至於結婚，雖然某些情況下還是有女孩得以用很好的條件把自己風光的嫁出去，但一般而言她們並不奢望結婚。她們當中有些人對愛情完全不嚮往，不過有時候還是會為了謀個好價錢，違背自己的真實意願對男人裝出一副濃情蜜意的模樣。但是，她們當中確實有一些人，例如瑪麗亞就是其中之一，卻極富戀愛天分，並且離不開愛情，這種人通常有雙性戀的傾向。她們堪稱為愛而活，所以除了檯面上能為她們提供金錢的男友外，通常她們還有其他情人。這些女孩雖認真勤奮卻也庸庸碌碌，她們心思細膩卻又率真冒失，她們聰明絕頂卻常常不加思索，這些花蝴蝶一方面活得像個孩子，一方面卻又高雅細緻。她們獨立自主，不是用錢就可以買得到，她們每天盼著快樂，盼著好天氣。她們熱愛生活，卻不像市民階級那樣受制於生活。她們隨時想要像童話故事般投入白馬王子的懷抱，卻又隱隱自知終將面臨沉重而悲傷的結局。

瑪麗亞教會了我許多事——在那個美妙的夜晚和之後的日子裡——她不僅讓我認識到許多美好的、嶄新的感官遊戲和享受，還讓我獲得了無數全新的理解、觀點，和愛。比方說，舞廳、遊樂場、電影院、酒吧，和飯店裡喝茶的大廳，這些場所對我而言，對我這個孤芳自賞的隱士和美學家而言，一直以來都是有點被我瞧不起，甚至被我視為不該去的不良場所，或去了會很丟臉的地方。但是對瑪麗亞和赫爾米娜，以及她們那幫姊妹而言，這些地方並沒有所謂的好壞，既不值得嚮往，也無須排斥討厭，她們在那個世界裡盡情的揮灑她們短暫而充滿嚮往的生命，並得以在那裡找到歸屬感，體驗人生。她們熱愛那些地方的香檳，她們熱愛燒烤屋裡的某份特餐，就像我們這些人熱愛某位作曲家或詩人一樣。她們醉心某首全新舞曲或某位爵士歌手演唱的深情且感傷的歌曲，其歡欣鼓舞，其情緒激動，其感動莫名一點也不亞於我們看到哲學家尼采或文學家漢姆生的傑作。瑪麗亞還跟我提到了英俊瀟灑的薩克斯風樂手帕布羅，以及他唱給她們聽的一首美國歌。瑪莉亞說得一臉陶醉，一臉崇拜和愛慕，那一刻瑪麗亞帶給我的感動與衝擊，竟遠超過任何一個高級知識分子在高談闊論他發現的某場高尚的藝術饗宴時所帶給我的感動。聽完瑪麗亞的描述，不管她說的那首歌是什麼樣的歌，我都已經心馳神往，無比陶醉了。瑪莉亞那充滿愛意的語言，她那因渴慕而閃閃發亮的眼睛，再再劇烈的撕裂我原有的美學觀點。是啊，我原先喜歡的東西的確很美，少數幾個甚至美得既珍貴又難為得一見，那種美毫無爭議且無庸置疑，其中最首屈一指的當屬莫札特。不過，美的界線到底何在？我們這些自詡為專家和評論家的人，我們年輕時不也有過這樣的經驗：瘋狂的迷戀某些藝術作品或藝術家，但如今回顧卻覺得那些作品或藝術家其實大有問題或非常糟糕，不是嗎？這樣的經驗難道沒有發生在我們對李斯特，對華格納的看法上，或發生在許多人對貝多芬的看法上？瑪麗亞對那首美國歌曲所表現出來的激烈的赤子之情，她因藝術而感受到的那些純粹、美好，與無庸置疑，與某位中學教師對華格納歌劇裡的英雄崔斯坦（Tristan）的心馳神往，或某位指揮家在指揮演奏貝多芬第九號交響曲時的熱情澎湃有何不同？此外，瑪麗亞帶給我的這些感受，竟奇妙的呼應著帕布羅之前對音樂的看法，甚至印證了他是對的。

那個帕布羅，那個英俊的小夥子，瑪麗亞似乎非常喜歡他！

「帕布羅長得很英俊，」我說，「我也很喜歡他。可是，瑪麗亞，請告訴我，在你喜歡他的同時，怎麼還有辦法喜歡我？我是個無聊的老傢伙，長得不帥，又滿頭白髮，加上我又不會吹薩克斯風，又不會唱英文情歌。」

「你怎麼把自己說得這麼糟！」她語帶責備的說，「這一切本來就很自然啊！我喜歡你，因為你也有你的英俊，你的可愛，和你的獨到之處。你要是別的模樣，那就不是你了！況且這種事真的沒辦法講，不是能秤斤論兩的。當你親吻我的脖子、我的耳朵時，我就能清楚的感覺到你要我，你喜歡我。加上你親吻我的方式，怎麼說呢，嗯，有點害羞，那樣的吻讓我知道：這男人是真心喜歡我，他甚至因為我的美麗而對我心存感激。你的這些特質我真的非常、非常喜歡。不過別的男人吸引我、令我著迷的原因很可能正好跟你的特質完全相反：他可能讓我覺得自己一無是處，甚至讓我覺得他吻我像是對我施了莫大的恩惠。」

不久我們雙雙入睡。中間每次醒來，我都忍不住緊緊的擁抱她，擁抱住我的美人，我的花朵。

整個情況其實很詭異！——這朵美麗的花其實是赫爾米娜刻意送來給我的禮物！赫爾米娜一直隱身在這朵花的背後，這朵花像面具般嚴實的遮掩著赫爾米娜！這時我突然想到艾莉卡，我那遠在天邊的可惡情人，我那個可憐的女友。她雖然不像瑪麗亞這般明艷動人，這麼令人銷魂，也不懂得那些高超的愛情技巧和小手段，但她的美貌其實不輸瑪麗亞。想到這裡，艾莉卡的影像突然出現在我面前，清晰而痛苦，她因為愛而與我的命運深刻的交織在一起。不一會兒她的影像又消失了，消失在我的睡意中，遺忘中，消失在透著淡淡哀愁的遠方。

這一晚，這個美麗而溫柔的夜晚，存在於我生命中的無數影像就這麼突然冒出來，又消失。這一晚不似長久以來的夜總是那麼的空洞、貧乏，從未有任何影像出現過。此刻，在愛神的指引下，影像之泉源源不斷的從深處豐沛的冒出，我僅覺心跳暫停，因為我好驚訝，好傷心：原來存在我生命中的影像是如此豐富，原來可憐的荒野之狼在其靈魂深處存在著如此之多高貴的、雋永的星辰與星辰影像。我看見了自己的兒時，看見了母親，他們看起來既溫柔又美好，猶如一隅遙遠的、藍色的、不斷向後綿延的山巒。我聽見夥伴、朋友清晰且鏗鏘有力的說話聲，此起彼落得宛如合聲，為首的是赫爾米娜靈魂上的孿生兄弟，亦即那個充滿傳奇色彩的赫爾曼。猶如出水芙蓉，無數女子的影像芬芳而脫俗的環繞在我身邊，她們都是我曾經愛過，曾經渴慕過、歌頌過的女子，只有少數幾個真的被我追到，或者我曾經嘗試追求過。最後，連我的妻子也出現了，我們曾一起生活過好多年，是她教會了我伴侶關係、衝突和放棄。生活上我們雖有許多不合或匱乏，但在那些日子裡我還是深深的信任她。但後來，她在又瘋又病的情況下，竟突然瘋狂的排斥我，並像逃難似的離開了我——她離開時我才知道自己有多愛她，曾對她有多深的信任，正因為如此，所以我對她的背叛才會更感沉痛，我的人生才會受到如此大的衝擊。

這些影像——成百上千，有的叫得出名字、有的叫不出名字——全都再次歷歷在目。在這個充滿愛意的夜晚，過去的種種影像竟再次粉墨登場，它們顯得年輕又鮮明。它們讓我再次意識到一件在我悲慘人生中業已淡忘的事，那就是：我的這些如星辰般永恆的經歷，是它們賦予了我的人生內容與價值，它們將永不毀滅的繼續存在。這些事雖會被我遺忘，卻不會因此而毀損或消失。這些事一樁樁、一件件都是我生命中的傳說，它們耀眼得宛如星辰，賦予我人生永不毀滅的價值。我的人生雖辛苦、混亂，且不幸，甚至經歷過許多最後不得不放棄或被否定的事，但它們體現的卻是人類命運萬般痛苦的真實滋味，雖痛苦卻豐富——光榮而豐富，並且讓我在悲慘中依舊擁有如王者般的人生。即便這一小段人生之路，直到最終殞落，我都只能悲慘的虛度，但生命的核心卻是高貴的，因為它自有其樣貌，自有其血統，這一切無關乎金錢，只關乎永恆與璀璨的星辰。

那一晚就這麼過去了，這陣子又發生了好多事，許多情況都已經改變了，我對那晚的記憶逐漸模糊，只記得部分細節，記得我們之間的某些對話，記得某些充滿愛意的表情和動作，記得精疲力竭的做完愛之後沉沉睡去，以及中間偶而醒來的那些如星辰般明亮的時刻。但那晚卻是個轉折，是自從我人生開始走下坡後，生命第一次用它閃閃發亮的眼睛再次凝視我，並且讓我得以再次認清：偶然其實是命定，我人生中的雜沓混亂其實是零星而片段的神蹟。於是我的靈魂又可以呼吸，我的眼睛又可以觀看了，霎那間我感到無比歡欣鼓舞：原來我只需把渙散的影像世界聚攏，只需要把哈利．哈勒式的荒野之狼人生整個當作影像來看，只要進入影像的世界我就能不朽！其實，這就是人生的目標了，不是嗎？有了這樣的目標，我們的人生就有了衝刺與努力的方向，不是嗎？

隔天一早，我和瑪麗亞一同分享我的早餐。餐畢我偷偷的將瑪麗亞送出去，幸好沒被任何人看見。當天我隨即在同一個城區，亦即在不遠的地方，為她和我租了一個小房間。此後這個房間便是我和她幽會的地方。

我的舞蹈老師赫爾米娜依舊盡忠職守的按時現身，現在起我要學的是華爾滋。她既嚴格又不講情面，完全不准我缺課，因為她已經決定了，我必須跟她一起出席這次的面具舞會。她請我給她購買舞會服裝的錢，口風卻極緊，完全不肯透露那套服裝的任何細節。另外，她也完全不讓我去她住的地方，甚至不讓我知道她住在哪裡。

面具舞會前的這段時間，大約三星期，日子過得異常甜美。跟我以前所有的情人相比，瑪麗亞彷彿是我第一個真正愛上的女人。以前我對自己愛的女人非常挑剔，總是只肯選在智能上和教養上深具素養的女人，完全忽略了：那些為我所愛的女人中，即便最具智能，行為最端莊的女人，也從來無法真正回應我的內在思想與邏輯，甚至有與之牴觸之勢。以前我總想讓我的女人了解我的問題和想法，我完全無法想像自己會愛上一個幾乎沒讀過書，甚至不知道閱讀為何物，且傻傻分不清楚柴可夫斯基和貝多芬的的女孩，這樣的女孩我絕無法愛她超過一小時。但瑪麗亞沒受過什麼教育，她完全不會那些拐彎抹角的事，也不懂那些代替真實世界的概念，她所有的想法和問題都直接來自感官。她用她與生俱來的各種感官能力，用她獨特的身體、顏色、頭髮、聲音、皮膚，和活力，在極盡所能的贏得感官快樂與愛情帶來的幸福感，她所展現出來的各種能力，各種弧度，她身體的各種細微擺動，都在施展魅力，都在尋求愛人給予回應，給予理解，給予她最熱烈與最快樂的互動，這便是她這個人獨到的藝術和任務。在我第一次怯生生的和她跳舞時，就已經察覺，已經嗅到這股獨特的、迷人的、極具文化涵養的感性所散發出來的芬芳，且深深的拜倒在她的魅力下。所以，或許赫爾米娜——這個對我無所不知的女孩——之所以選中瑪麗亞，將她送來我身邊，並非偶然。瑪麗亞，她的芬芳，她整個人所散發出來的訊息是如此的充滿夏日氛圍，如此的宛若玫瑰。

我無幸成為瑪麗亞唯一的或最喜歡的情人，我只是她無數情人中的一個。她經常沒有時間見我，她有時候只給我下午的一個鐘頭時間，或少數情況下會和我共渡整晚。她不肯拿我的錢，背後的原因顯然是赫爾米娜。幸好她很喜歡收我的禮物，比方說有一次我送了她一個紅色的漆皮小錢包，我在裡面偷偷放了二、三個金幣。不過，因為那個紅色的小錢包，我也被她好好的取笑了一頓！那個錢包雖然很漂亮，卻已經是賣不出去的舊貨，是過時的式樣了。其實，這方面的事，一直以來我都很少接觸，也不懂，它們對我而言陌生的就像愛斯基摩語，但認識瑪麗亞之後我學到了好多。尤其重要的是我學到了：這些小玩意兒，這些時髦的、流行的、奢侈的物品，其實並非只是沒價值的或庸俗的東西，並非只是視財如命、貪婪的工廠老闆或貿易商的發明，而是真有其必要，是美好，是多采多姿的，它們其實自成一個由物品所組成的小世界——或者更貼切的說法——大世界。存在於這個世界裡的所有東西都只有一個目的，那就是：服務愛情，提昇感官，讓死氣沉沉的環境變得生氣盎然，並且一再用推陳出新的愛情配件，從蜜粉到香水、舞鞋，從戒指到香菸盒，從皮帶扣環到手提包，藉由這些愛情配件對環境施以魔法，讓它變得令人心醉神馳。所以袋子不只是袋子，錢包不只是錢包，花不只是花，扇子也不只是扇子，原來這一切都是塑造愛情，施展魔法，和營造魅力的材料，是訊息，是檯面下的運作，是武器，是戰場上的先聲奪人。

但我常在想，到底瑪麗亞真正愛的是誰？我猜最有可能是那個年輕的薩克斯風樂手帕布羅，那傢伙一雙黑色眼睛目光迷茫，潔白的手十指修長，而且隱隱流露出高貴又憂鬱的氣質。我原本認為在愛情上，帕布羅應該比較像是被寵壞的小孩既懶散又被動，但瑪麗亞卻信誓旦旦的說：帕布羅只是比較慢熱而已，一旦熱起來，他可是比任何拳擊手或賽馬選手更加積極，更強悍，更有男子氣概的，而且還勇於挑戰。我就這樣從瑪麗亞的口中得知了越來越多的祕密，關於這個爵士樂手的祕密，還有某些演員、某些女人，以及我們身邊無數男男女女的祕密。我知道了各式各樣的祕密，並且逐漸搞清楚隱藏在外表下的各種錯綜複雜的牽連，與暗潮洶湧的敵對關係。慢慢的，我（這個原本在世上跟誰都沒有關係的陌生人）越來越熟悉這一切，也涉入得越來越深。當然，我同時知道了許多關於赫爾米娜的事。更值得一提的是我變得很常跟帕布羅在一起，畢竟瑪麗亞非常迷戀他。加上瑪麗亞有時候會需要吸食帕布羅特別調製的神祕粉末，她不僅自己吸，還帶著我一起享用，在這件事情上帕布羅似乎對我特別殷勤。有一次他甚至直接了當的跟我說：「您看起來非常不快樂，這樣不好，人不應該這樣。我為您感到難過。我建議您不妨抽一些薄一點的鴉片煙。」帕布羅真是個開心、聰明、孩子氣，卻又令人覺得莫測高深的人，相處之後我對他的看法持續改變中。經過這段時間的相處我跟他已經成為了朋友，現在我也常吸食他調配的神祕粉末。至於我對瑪麗亞的迷戀，針對這一點帕布羅總是有點像看好戲似的冷眼旁觀。有一次他特地在他家為我們籌辦了一場「盛宴」。他把房子租在郊區一間旅館的閣樓裡。由於他房裡只有一把椅子，所以不得已的情況下我和瑪莉亞只好坐到他的床上去。他先請我們喝酒，把三瓶不同的蒸餾酒加在一起，調配出一種既神祕又風味絕佳的酒。隨著美酒持續下肚，我的心情也越來越好，帕布羅見狀眼睛發亮的提議：讓我們三個來場性愛狂歡吧！我一聽立刻拒絕，我不可能做這種事。拒絕的同時我忍不住偷瞥了瑪麗亞一眼，我想知道她的態度，想知道她是不是也覺得應該拒絕。但我看見的卻是熱烈又期盼的目光，對於我的拒絕她顯得有些遺憾。帕布羅雖也失望，卻不以為意，「可惜了，」他說，「哈利的道德感太強。那只好這樣囉，沒辦法！其實那是很美的，真的，美極了！幸好我還有其他的替代方案！」他為我們各自準備了一管鴉片菸。我們動也不動的靜靜坐著，睜著眼開始經歷帕布羅為我們三人精心策畫的迷幻場景，瑪麗亞甚至陶醉到、興奮到微微顫抖。抽完鴉片菸，我感到有些不適，於是在帕布羅的床上合衣躺下，帕布羅見狀隨即讓我服下了幾滴藥水。我閉目養神正想靜靜躺個幾分鐘，沒想到二記親吻飛快的落在我的眼皮上。我假裝沒事，任由他吻，並且一副錯以為是瑪麗亞正在吻我的模樣。其實我心知肚明，吻我的人是帕布羅。

之後有天晚上，帕布羅的行徑更叫我吃驚。他突然來到我的住處，他說他需要二十法朗，請我借給他。他還說，作為報償那天晚上我可以取代他跟瑪麗亞過夜。

「帕布羅，」我大為吃驚，「您知不知道自己在講什麼？為了錢把自己的女人讓給別人，這對我們德國人而言是最無恥、最要不得的事。帕布羅，我就當作自己沒聽見。」

結果反而是他一臉同情的看著我，「哈勒先生，您不肯，那好吧。您老喜歡把事情想得太複雜。今晚您不肯跟瑪麗亞睡，您寧願這樣，那就這樣吧。但請您一定要把錢借給我，我會還您的。我現在真的亟需這筆錢。」

「為什麼？」

「因為阿哥斯提諾（Agostino）——就是那個個子不高的第二小提琴手。他已經病了八天，沒錢又沒有人照顧他，但我身上的錢現在剛好用完了。」

我半出於好奇半出於自責的跟著帕布羅去探望阿哥斯提諾。帕布羅買了牛奶和藥帶去給他。阿哥斯提諾住在一間環境極差的閣樓裡，帕布羅一到那裡就先把被單抖鬆，床重新鋪好，接著又讓房裡的空氣流通，再整整齊齊的摺好冰敷的毛巾，將它平整的擱在病人發燒的額頭上。他的動作迅速確實，又輕巧溫柔，專業得簡直像個一流的好護士。那一晚我們又碰面了，他在城市酒吧（City-Bar）裡有演奏，我們在那裡一直待到清晨。

我經常和赫爾米娜聊起瑪麗亞，聊的內容很廣，也聊得很就事論事。我們聊她的手，她的肩，她的腰和臀，聊她笑的方式，聊她接吻的方式，和跳舞的方式。

「你見識過了嗎？」有一次赫爾米娜提到瑪麗亞接吻時獨到的舌上功夫。我立刻要求她親自為我示範，赫爾米娜嚴正的拒絕我。「以後再說吧，」她回答，「現在我還不是你的情人。」

我好奇的問她，她怎麼知道瑪麗亞擁有高超的接吻技巧，怎麼知道那些只有瑪麗亞的男人才會知道的有關瑪麗亞的隱私和癖好。

「哦，」她朗聲笑道，「我跟瑪麗亞是好朋友啊。難道你以為我跟瑪麗亞之間還有祕密？我們經常在一起睡覺，在一起玩耍。說起來你還真是幸運，你遇到的這個美麗女孩，她會的事比其他女孩多很多！」

「不過，赫爾米娜，我相信你們之間還是有祕密的。或者——你跟她講了所有有關我的事？」

「沒有，因為那不一樣，你的有些事不是她能懂的。瑪麗亞真的很棒，遇到她是你的幸運。但你跟我之間的有些事她無法理解。當然，我跟她說過很多關於你的事，我對你的描述甚至比真實的你還可愛，而且可愛很多——不然的話怎麼有辦法讓她對你產生興趣！不過，你必須了解，我親愛的好友，不管是瑪麗亞或其他女人，世上沒有任何人能像我這樣了解你。確實，我的確有從瑪麗亞那裡又多知道了一些關於你的事，換言之，瑪莉亞在你身上經驗到的那些事。所以，我對你的了解——尤其是某些方面的了解，就像我已經跟你上過無數次床了一樣。」

再次跟瑪麗亞見面時，我既驚訝又覺得無比神祕的從她口中得知：她愛赫爾米娜的心就像她愛我一樣，而且她也像對我一樣會去感受、親吻、享受，和探索赫爾米娜的身體、頭髮，和肌膚。突然間各種全新的、間接的、複雜的關係和連結在我面前展開，各種嶄新的愛情和生命的可能性也跟著呈現，這就讓我想到了《荒野之狼》那本小冊子裡提到的人有千百種靈魂。

從認識瑪麗亞到參加面具舞會，這段日子其實沒有很長，我過得相當快樂，卻也清楚的知道，自己並非已經得到救贖，並非已經獲得幸福圓滿。不，我很明白，這一切不過是前奏，是預演，事情才正要加快腳步的向前發展，真正的重頭戲才正要登場。

我已經學會了很多跳舞技巧，也已經自覺有能力參加舞會了，最近我們的聊天話題越來越常繞著舞會打轉。赫爾米娜表現得非常神祕，她打定主意不告訴我舞會那天她要穿什麼服裝和戴什麼面具。她說，她相信我一定能認出她，倘若到時候我真的沒有認出她，她自會幫我，但現在，舞會前，她什麼都不打算讓我知道。除此之外，她對於我要做怎麼樣的打扮也完全不好奇。其實我已經決定以真面目示人，完全不變裝。當我邀請瑪麗亞和我共赴舞會時，她告訴我已經有位紳士邀請她了，而且她也已經拿到入場券了。聽完她的回答我感到有點失望，看來我得自己單獨赴會了。這場變裝舞會乃本城盛事，每年會在環球舞廳舉行，由藝術界的名人負責籌劃。

那段日子我跟赫爾米娜見面的機會反而少了。舞會的前一天她來我的住處找我，跟我待了好一會兒——她主要是來取票的，因為舞會的入場券由我負責購買——她心平氣和的跟我坐在房間裡，但接下來的聊天內容卻讓我覺得奇特並印象深刻。

「你現在應該過得很不錯，」她說，「你已經會跳舞了。你認識的人，假如四個禮拜沒見過你，現在大概會認不出你來了。」

「是啊，」我深表同感，「我已經好多年沒有過得這麼愉快了，這一切都是拜你所賜，赫爾米娜。」

「喔，不是拜你美麗的瑪麗亞所賜？」

「不是，連她都是你送給我的。瑪麗亞真的好棒。」

「是啊，荒野之狼，她正是你最需要的那種情人。美麗、年輕、脾氣好，在愛情上非常聰明，而且不是天天都能在一起。如果你不必跟別人一起分享她，如果她來見你不是一下子就得走，那麼你們的關係就不會如此美好。」

是啊，她說得沒錯，這些我必須承認。

「所以，現在你已經得到你所需要的一切了？」

「不，赫爾米娜，不是這樣的。雖然我的確覺得這一切很美好，很迷人，帶給我很多快樂，是很甜美的慰藉。我真的覺得自己很幸福……」

「這樣不就夠了！你還想怎麼樣？」

「我想要更多。幸福並不能讓我滿足，我活著並不是為了幸福，那不是我人生的使命。我人生的使命或許剛好相反。」

「那是不幸囉？天啊，你擁有的不幸還不夠多嗎？想想那時候，你因為刮鬍刀嚇得不敢回家，你擁有的不幸已經夠多了！」

「不，赫爾米娜，不是這樣的。我承認，那時候我真的非常不幸，非常的不快樂。但那是一種愚蠢的不幸，一種貧乏的不幸。」

「什麼意思？」

「那不是我要的不幸，否則我不會那麼害怕死亡；死亡應該是我由衷渴望的才對！我真正需要和渴望的是另一種不幸。那種不幸應該要能讓我帶著滿心嚮往的去痛苦，帶著滿心狂喜的去赴死。這才是我衷心期盼的不幸，或者說幸福。」

「其實我懂。因為我們倆在心性上是真正的同胞手足。不過，你因為瑪麗亞而獲得的幸福，對此幸福你還有什麼不滿意？你怎麼會沒有因此而感到心滿意足？」

「我沒有不滿意，真的，我好喜歡這份幸福，甚至因此滿心感激。這種幸福美得就像是夏日漫長的雨季裡突然出現的一個豔陽高照的大晴天。只是我很明白：這樣的日子，這樣的幸福不會長久。這種幸福其實是貧乏的。這種幸福雖能為人帶來滿足，但這種滿足卻不是我要的。這種幸福的確能令荒野之狼陶醉，能令他獲得飽足感。但他不可能為了這種幸福而慷慨赴死。」

「總之就是非死不可，對吧，荒野之狼？」

「是的，我認為非死不可！我對於目前的幸福非常滿意，我相信自己應該還能忍受這種幸福好一陣子。但是，只要這種幸福給我一小時的空檔，我就有機會覺醒，就有機會嚮往，就會發現：原來我滿心渴望的並不是持續擁有這種幸福，而是離開它，而是再次陷入痛苦，只不過這次我的痛苦會比以前的更美好，更不貧乏。我真心嚮往痛苦，唯有痛苦能令我充滿決心的慷慨赴死。」

赫爾米娜眼底滿是溫柔的看著我，但目光卻陰鬱而晦暗，如此可怕的眼神總能瞬間出現在她眼底。這真是雙既美好又可怕的眼睛！她字斟句酌，一字一句慢慢的吐出——但聲音卻好小，小到我不得不豎起耳朵來聽：

「今天我要告訴你一些其實我早就知道，你應該也早就知道，但可能從未告訴過自己的話。我要告訴你的是關於我，關於你，關於我們命運的事。哈利，你曾是個藝術家、思想家，是個擁有滿滿的快樂與信念的人，你一直在追求偉大與不朽，美好與渺小從來就滿足不了你。但生命帶給你的覺醒越多，你越回歸於己，你所面對的危機就越大，痛苦就越深，焦慮不安與徬徨絕望就越嚴重，直到你簡直受不了，因為曾經被你視為美好與神聖的，曾經為你所愛，為你所崇拜的所有一切，以及曾經為你所相信的，你對人的信念，對人類崇高使命的信念，這所有一切都已經幫不了你了，都已變得毫無價值了，它們業已凋零，業已逝去。你的信念再也呼吸不到空氣。窒息是一場艱辛的死亡。是這樣對吧，哈利？這就是你一直以來的命運，對吧？」

我一連點了三次頭。

「在你心裡對人生自有想像，你有信念，有奮鬥的目標，你決心要為人生去做，去受苦，去犧牲——可惜你漸漸的發現，這世界根本就不要求你去做，去犧牲，去從事任何諸如此類的事，人生並非一部歷史著作，根本不需要英雄或類似的角色，人生不過是凡夫俗子的一處安樂窩，只要有吃有喝，有咖啡，有毛襪，有撲克牌可打，有收音機裡的音樂可聽就足以令人滿意了。若不想這樣過活，若心中仍懷有英雄夢，仍渴望美好，仍崇拜大詩人，崇拜聖者，這樣的人就是傻瓜，就無異於唐吉軻德。是啊，的確如此，但好友，你知道嗎？我自己就是這樣的一個傻瓜！我天生就是個資質聰穎的女孩，我天生就想效法崇高的典範，就想挑戰自我，想成就人生的光榮使命。我自覺命運不同凡響，自覺終將成為皇后，或成為偉大革命家的情人，或天才的姊妹，或烈士的母親。豈知人生只允許我成為一名高級妓女，一名痛苦的擁有卓越品味的高級妓女——這曾令我難受至極！這就是我的人生經歷。有段時間我曾絕望至極，甚至長時間的自責，我喜歡把問題歸咎於自己。我認為人生絕對自有其道理，人生不可能有錯，倘若人生辜負了我的美好夢想，一定是因為我的夢想太愚蠢，一定是我的夢想錯了。可惜這麼想一點幫助也沒有。加上我實在太耳聰目明，太有好奇心，所以總能仔細的觀察到所謂的人生，觀察到親朋好友或鄰居的人生，我徹底見識過的人和命運絕對超過五十個，哈利，我終於看清：我的夢想根本沒有錯，一如你的夢想，都再正確不過。真正錯的，真正沒道理的是人生，是現實生活。像我這樣的女人根本別無選擇，要嘛只能當個打字員，在賺錢養家的責任中庸庸碌碌的任憑年華老去，人生落得又窮又毫無意義，或者只能為了錢去嫁給一個同樣庸庸碌碌只會賺錢養家的男人，或者成為某種類型的妓女，無論如何，像我這樣的人，我的生活絕沒有比你這種寂寞、膽小，絕望到幾乎要拿起刮鬍刀自殺的人正確。我所遭遇的悲慘是比較傾向於物質和道德面的，你所面臨的悲慘則是傾向於精神面的——即便如此，我們所行經的路其實是一樣的。你以為我不了解你學跳狐步舞時的恐懼嗎？不懂你對酒吧、舞廳的厭惡嗎？不了解你對爵士樂的反感？你以為我無法理解你對最近所發生的這些大大小小的事的感受嗎？其實我再清楚不過，就像我完全能體會你對政治的不屑，對政黨和媒體的憂心，對他們的空口白話、不負責任和裝腔作勢感到悲傷，我完全能體會你對戰爭，對過去，對未來的絕望，對人們如今的思考方式、閱讀方式、建築方式、音樂創作方式、歡祝方式，以及教育方式感到絕望！是啊，你是對的，荒野之狼，而且何其正確呀，即便如此你還是得必須毀滅。因為對當前這個簡單、舒適，只要獲得丁點成就便能滿足的世界而言，你真的要求得太多、太貪心了，所以這個世界容不下你，對這個世界而言你是異類，你硬是比別人多了一個面向，多了一個維度（eine Dimension zuviel）。當今之世，誰要想活得開心，就不能像你我一樣。一個人倘若捨靡靡之音而追求真正的音樂，倘若捨享受而追求真正的快樂，倘若捨金錢而追求靈性，捨交易而從事真正有意義的工作，捨遊戲人間而投入真正能揮灑熱情的活動中，那麼對這個人而言，這個可愛的世界注定不是他能安居的故鄉……」

她望著地板若有所思。

「赫爾米娜，」我溫柔的喚她，「我親愛的姊妹，妳的觀察力真強！即便洞悉一切，妳卻還願意教我跳狐步舞！不過，妳當真認為，像我們這種比別人多了一個面向，多了一個維度的人無法安居於現世？這到底是為什麼？我們所面臨的問題究竟是只發生在我們這個時代，還是從古至今一直就是如此？」

「我也不知道。但為了維護這個世界的尊嚴與榮譽，我寧願相信，這問題只發生在我們這個時代，只是我們這個時代的一種病，一種短時間的不幸。國家領袖正意志堅定且成效卓著的籌畫著下一場戰爭，至於我們其他人則繼續大跳我們的狐步舞，繼續賺我們的錢，繼續吃我們的巧克力夾心糖——身處這樣的一個時代，世界看起來的確極為可鄙。但願別的時代真的能比較好，或者重新變得比較好，比較富裕，比較遼闊，更具深度。可惜那同樣幫助不了我們，同樣改變不了我們此刻的處境。但也有可能從古至今世界一直就是這樣，不曾也不會有所改變……」

「一直就是這樣？跟現在一樣？一個完然服膺於政治家、黑心商人、奴才，與紈褲子弟的世界？一個幾乎要令人窒息的世界？」

「唉呀，我不知道啦，沒有人知道。反正無所謂。不過，說到這裡，我倒是想起了一個你最心愛的人，你曾經跟我聊過他，甚至唸過他的信給我聽——我說的是莫札特。你認為他活著的時候，當時的情況會是怎麼樣？誰在他那個時代統治著世界？誰真的掌握了優勢？誰真的具有發言權？誰真的對當時的世界具有影響力？是莫札特還是他那個時代的商人？是莫札特還是那些平凡無奇的普通人？你想想，莫札特是怎麼死的？是怎麼被葬的？其實事情就是這樣啊，我的意思是，世界一直就是這樣，未來也許還是會繼續這樣。學校裡所謂的『世界史』，每個受過教育的人都必須熟背的世界史，裡頭有無數英雄與天才，記載著無數豐功偉業與慷慨激昂——其實裡頭寫的全是謊言，是老師為了教學，為了讓孩子們在規定的修業年限裡有東西可學，有事可做而杜撰出來的。過去如此，未來還是如此：時代與世界，金錢與權力永遠只屬於渺小且平庸者，至於其他人——那些真正的人——沒有東西是屬於他們的，他們唯一擁有的是死亡。」

「除死之外，什麼也沒有？」

「不，還有一樣，那就是永恆。」

「你指的是留名？為後世留下名聲的意思嗎？」

「不，小狼仔，當然不是名聲——名聲有價值嗎？你當真認為那些真正活過，生命真正飽滿的人，他們全都會變得有名？會被後人所記住？」

「不，我當然不這麼認為。」

「所以囉，我說的並不是名聲。名聲只是為了教育所需，是學校老師才會關心和在意的事。我說的不是名聲，不，不是！我說的是永恆。虔誠的信徒稱之為上帝的國度。我常在想：我們這些人，我們這些對生命有高度要求，有嚮往，比別人多了一個維度的人，倘若除了人世間的空氣外，沒有別種空氣可供我們呼吸，倘若除了有限的時間外沒有永恆的存在，沒有一個真實不滅的國度存在，那我們這種人一定活不下去。莫札特的音樂，你那些偉大詩人的詩作，全都屬於那個真實不滅的國度；那些能為人世展現神蹟，能為理想壯烈犧牲，能為人類豎立偉大典範的聖徒們，也都屬於那個國度。但除了他們之外，其實人只要有真摯的作為，有真切的情感，其形象與力量都將長存在那個永恆的國度裡，即便未曾被人知曉，被人看見，被人記錄，被後世所流傳，還是會永遠存在。因為在永恆之中並沒有後世，只有一個萬物共存的世界。」

「你說得沒錯，」我為之讚嘆的說。

「虔誠的信徒，」赫爾米娜若有所思的繼續說，「大部分都知道這件事。所以才會推崇聖徒，推崇被他們稱之為『諸聖相通』（die Gemeinschsft der Heiligen）的聖徒群像。聖徒是真實不滅的人，是耶穌基督的弟弟們。我們一輩子追求的就是朝他們邁進，藉由一次次的行善，一次次的勇敢，和一次次的去愛，得以加入他們的行列。歷代畫家都曾描繪過聖徒群像，只見聖徒在金碧輝煌的天空中並列，耀眼、美麗，且無比安詳平靜——聖徒群像就是我所謂的『永恆』。永恆乃超脫了時間與現象之外的另一個國度。我們其實是屬於那裡的，那裡才是我們的故鄉，是吾心嚮往之處，荒野之狼啊，這就是我們為什麼總渴望死亡的原因。在那兒，你將再次見到你的歌德，你的諾瓦利斯和莫札特，我則能見到我的聖徒，我的聖克里斯多福（Christoffer），我的聖菲利浦．內里（Philipp von Neri），以及其他所有的聖徒。其實，許多聖徒都曾是十惡不赦的墮落者，但罪惡其實是成聖的必經之路，罪行與惡習皆是。你聽了可能會覺得好笑，但我經常在想，也許我的朋友帕布羅就是一個潛在的聖徒。啊，哈利，我們都必須經歷無數的骯髒污穢與了無意義，都必須在跌跌撞撞與持續摸索中向回家的路邁進！沒有人能給我們指引，我們唯一的指引是鄉愁。」

說這最後一段話時她的聲音變得好小，語畢屋內更是一片沉寂與寧靜，太陽已經要下山，一道道金碧輝煌的光芒灑在我的書封上，照得我的書房璀璨閃耀。我雙手捧起赫爾米娜的頭，親吻她的額，然後與她臉頰貼著臉頰，就這樣親如手足的靜靜相擁。我好想今晚就這麼跟她待著，不要出門了。但今晚，舞會前的最後一晚，瑪麗亞已經答應陪我。

赴約的路上我念茲在茲的卻不是瑪麗亞，而是赫爾米娜今天說過的話。我僅覺那番話並非出自赫爾米娜的想法，而是我的，是赫爾米娜看穿了我的心思，將它們吸收進去，然後再吐出來給我——於是我原本模糊的想法變成了具體的語言，重新呈現在我面前。我非常感謝她在這個時間點說了出「永恆」。我需要這個想法，少了這個想法我將活也活不下去，死也沒有死的勇氣。神聖的彼界乃超越時間的，一個具有永恆價值的世界，一個在本質上屬神的世界。我的摯友，我的舞蹈老師，今天竟將這個想法重新送給了我。這讓我想到那天我做的歌德的夢，那個充滿智慧的老人，夢中他笑得無比誇張，他揭示給我的正是不朽的樂趣。此刻我終於懂了歌德的笑，那種只屬於不朽者的笑。那是一種沒有對象的笑，那種笑——它只是光，是一種徹底通透的明亮，是一個真正的人在經歷了人世間所有的痛苦、墮落、錯誤、激情與誤解後，終於衝破了侷限，進入了永恆，進入了宇宙，之後他唯一擁有的便是那光。「永恆」其實無異於解脫，是從時間之中解脫出來，是重新返璞歸真，是再次與無垠空間合而為一。

我來到了我跟瑪麗亞每次約會時會先用晚餐的地方，她尚未抵達。這是一間氣氛沉靜的市郊酒吧，我坐在擺好餐具的餐桌前靜靜等待。此時我滿腦子想的仍是我和赫爾米娜的對話，我僅覺對話中的所有想法都異常熟悉，都是我原本就知道的，那些想法其實源自於我自己的神話，源自於我的幻像世界！生活在沒有時間的永恆空間中，不朽者渾然忘我，凝結成畫，他們宛如被穹蒼包覆，環繞著他們的是如水晶般透明的永恒，是一股源自於仙界，冰冷且璀燦如星的愉悅——為什麼這一切對我而言是如此熟悉？我忍不住一直想，突然一首首莫札特的《遣興曲》（Cassation）竄入腦海，接著是巴哈的《平均律鋼琴曲集》（das Wohltemperierte Klavier）。樂聲縈繞中，我看見的只有冷冽如星的明亮，它通透清澈的猶如太空。沒錯，就是這樣，音樂所揭示的正是凍結成空間的時間，一種超越人世的歡樂正無止盡的川流在時間之上，那是永恆的、屬神的笑聲。啊，這與我夢中的智者歌德正好不謀而合！霎時那種沒來由的笑聲再度縈繞耳際，我又聽見了不朽者在笑。我宛如著魔，著魔般的坐著，著魔般的往西裝口袋裡找筆，著魔般的拚命找紙。我看見墊在酒杯下的紙卡，趕緊翻面，將我靈光乍現的詩句寫在卡片背面。後來我竟忘了這首詩，幾天後才又在口袋裡發現，詩的內容是：

不朽者

無垠的大地上一次次陷落，深淵
生之急切朝我們蒸騰而上，襲來
狂野的迫切，醺醺然慷慨激昂，
千萬次處決，血腥味瀰漫，
扭曲的欲望，無止境的野心，
殺人犯的手，放高利貸者的人，祈禱者的手，
被恐懼所驅使、被欲望所驅策的人群，
散發出的氣息襖熱而腐朽，野生而溫暖，
人群呼吸著極樂，狂野的交配出高潮，
吞噬自我後，再次將自己吐出，
醞釀戰爭和種種討喜的藝術，
以顛倒妄想妝點慾火熊熊的妓院，

孩提世界裡的年貨市集，人群縱情逸樂於其中，
流連忘返，吃喝嫖賭，
即便破浪而出，再次昂揚於人潮之上，
每個人終將如浪崩塌，灰飛煙滅。

但我們卻尋獲了自己
在星光閃耀的冰冷中，於穹蒼
不知歲月，不曉時分，
我們既非男亦非女，不年輕也不蒼老。
你們的罪惡，你們的恐懼，
你們的殺人行徑，你們的縱情逸樂
如周而復始的太陽不斷上演，
對我們而言，每一天都是最長的一日。
我們默默的對著你們閃閃發亮的人生點頭，
靜靜的身處不停旋轉的星辰中旁觀
吸一口宇宙的冬之氣息，
與天上的龍為伍，
冷冽，亙古不變的是我們永恆的存在，

冷冽，明亮如星的是我們永恆的笑容。

後來瑪麗亞來了，我們愉快的用完餐，然後一起回到專屬於我們的房間。那晚她美得、熱情得、真心得前所未見，她讓我享受到無比倫比的溫柔與歡愉。但我竟有種感覺，她義無反顧就像今晚是我們最後一次繾綣。

「瑪麗亞，」我說，「你今天風情萬種得宛如女神。但我們不能把自己累壞，明天還有面具舞會！明天你想要什麼樣的男伴？我親愛的花朵，我唯恐童話故事裡的王子會出現，把你拐跑，你再也不會回到我身邊。你今天愛我的方式就像深愛彼此的戀人在道別，在最後一次纏綿。」

她將唇湊到我耳邊，輕聲道：「別說話，哈利！每一次都可能是最後一次。只要赫爾米娜接受了你，你就不會再來找我了。也許明天她就會接受你。」

那段日子所帶給我的獨特感，奇妙感，以及那種既甜蜜又痛苦的雙重滋味，從未像面具舞會前的那一晚一樣，讓我感受得如此強烈與深刻。那晚我首先感受到的是快樂，亦即瑪麗亞的美麗與熱情，我享受著、撫摸著、呼吸著千百種細膩、美好的感官經驗。可惜這一切我到了後來，亦即很老了之後，才真正了解其中涵義。這其實是一種如浪襲來的感官享受，它一波波的湧現，像浪濤拍打，輕柔而和緩，不過這只是表面，內在則充斥著各種意義、張力，與命運。當我充滿柔情蜜意的沉浸在情愛的各種甜蜜、動人的細節中，自覺獲得了巨大、和煦的幸福感時，我內心真正的感覺其實是：命運正在拚了命的伸長脖子向前張望，它瞻前顧後又步步為營的簡直像匹膽怯的馬，如臨深淵，正飽受墜崖的威脅，面對死亡它既恐懼又滿心嚮往，甚至有種義無反顧的感覺。這感覺就像不久前我膽怯又害怕的抗拒著感官之愛，抗拒著它所帶來的歡悅放縱，就像不久之前我對瑪麗亞的美，她那充滿笑意又決心奉獻的美深感恐懼。此刻面對死亡，我竟有同樣的感覺——但這種恐懼已經變成了一種了然於胸，因為我知道：恐懼即將變成義無反顧和解脫。

我們沉浸在愛情的例行遊戲中，一語不發卻比過去的任何一次都更能聆聽到對方的心聲。與此同時我的靈魂卻在向瑪麗亞道別，在向她帶給我的所有充滿意義的事道別。因為她，我得以在人生結束前再一次學習到如何率真的投入膚淺的世俗遊戲中，如何追求短暫的快樂，如何像個赤子及動物般純真的去享受性愛——這樣的狀態在我過去的人生中極為罕見，因為感官生活和性愛，對我而言，一直具有一種苦澀的罪惡感。禁果的滋味雖甜，卻也令人卻步，尤其是對我們這種知識分子，我們對禁果總是提防再三。但赫爾米娜和瑪麗亞卻讓我見識到這座花園的純真美好，我滿心感激的入園作客——但現在，是時候了，不久之後我將再次啟程，繼續前行，因為對我而言這座花園太過美麗，太過溫暖。我將繼續前行，為求生命的冠冕。我將繼續前行，為贖人生無盡的罪。這才是我的使命。如此輕鬆的一種生活，如此輕鬆的一種愛情，如此輕鬆的一種死法，這不是我要的。

經由兩位女孩的啟發，我決定明天在舞會上，或甚至在舞會後，讓自己好好的享受和放縱一下。或許眼前的這一切即將結束，瑪麗亞的預感或許是對的，今天將是我們最一次纏綿，明天也許命運又另有安排，誰曉得？我感覺自己滿心期待，熱切的嚮往著，但同時又害怕得要命。我狂野而忘我的和瑪麗亞交纏，再一次熱切而飢渴的奔跑在她這座樂園中，細細探索著每一條小徑和每一處灌木叢，再一次大口咬下伊甸園裡的甜美果實。

夜裡未曾好眠，一整個白天我都在睡覺。一早我先泡了個澡，然後回家，疲憊已極的我把臥室的窗簾全都拉上，在黝暗的房中寬衣，發現口袋裡的詩，但沒多想，隨即又忘了。我一心一意只想趕快睡覺，躺下後瑪麗亞、赫爾米娜和面具舞會全被我忘得一乾二淨。我睡了一整天，傍晚才醒，刮鬍子時驚覺：再過一個小時舞會就要開始，我得趕緊把搭配燕尾服的襯衫找出來。我心情極佳的完成裝扮，完成後立刻出發。我打算舞會前先去吃點東西。

這是我第一次真正參與面具舞會。從前，我雖然每隔一段時間就會出席一次這種場合，有段時間甚至覺得它很棒，但我從來沒有真正下場跳過舞，永遠只是旁觀者，每當大家興高彩烈且激動萬分的侃侃而談時，我雖也開心的跟著聽，但總有種格格不入的奇怪感覺。但今天不一樣，今天的這場舞會對我而言意義重大，我既期待又惴惴不安。由於我沒有自備女伴，所以我決定晚點進場，赫爾米娜也覺得這樣比較妥當。

小酒館「鋼盔」，這裡曾經是我的避難所，是意志消沉的男人們消磨夜晚時光，喝悶酒，和孤芳自賞的好地方。但這陣子我很少來，因為這地方和我現在的生活方式格格不入。今晚我又不由自主的來到這裡。此刻籠罩著我的是由命運和告別交織而成的既苦且甜的心情，這樣的心情讓我過往人生中所有值得紀念的事和地點再次變得鮮明而耀眼，再次綻放出既悲且美的光輝；這間煙霧迷漫的小酒館就是這樣一個值得紀念的地方。不久前我仍是這裡的常客，不久前酒館裡的一瓶在地葡萄酒便是我最佳的麻醉劑，能助我夜裡鑽進寂寞的被窩，助我隔天繼續忍受這千篇一律的人生。但後來我有了其他替代品，享受到了更強烈的刺激，甚至吸食到甜美的毒品。我面帶微笑的走進老酒館，迎接我的是老闆娘親切的問候和其他常客默默的點頭致意。老闆娘推薦的菜色是香煎嫩雞，菜上桌，倒進鄉下人慣用的厚實玻璃杯中的是清澈的阿爾薩斯新釀葡萄酒。面前一塵不染的白色木桌和老舊泛黃的牆壁也和藹可親的對著我行注視禮。我邊用餐邊喝酒，但心裡那股夾雜著感傷逝去和歡慶結束的感覺卻越來越強烈，這種又悲又甜的感覺一直還沒消失，此刻更是強烈到彷彿我過往人生的所有場景和事物都即將得到解答一樣。新派的「現代人」稱我此刻的情懷為多愁善感，他們不愛這種情懷，他們不追求神聖，不執著於愛自己的汽車，他們總想著趕快換輛牌子更好的車。這種新派的現代人作風大膽，處世精明，注重健康，冷靜理智又積極，這種人非常傑出，他們甚至希望藉下一場戰爭來證明自己的優秀。但他們關心的事我一點都不在乎，我既非新派的現代人，也不是過時的老古板，我是個超脫於時間之外的人，我追求的是臨近死亡，是朝死亡邁進。而且我一點也不反對多愁善感，只要枯槁的心還能有所感，我就又開心又感激了。

我整個人沉浸在對這間酒館的回憶中，深深的依戀著這些老舊且笨重的椅子，陶醉的吸呼著這裡的菸味和酒香，渾然忘我於那種依稀存在的習慣、溫暖，和彷彿回到故鄉的感覺。這些依稀存在的感覺便是我此刻僅剩的了。告別是美好的，帶著一股溫柔的情懷。我多麼喜歡我屁股底下的這張硬梆梆的椅子，和面前的這個質樸的酒杯，我多麼喜歡阿爾薩斯葡萄酒充滿果香的沁涼滋味，我喜歡這屋裡的每樣東西和每個人，和他們所帶給我的熟悉感，我喜歡窩在這裡的酒客們，喜歡他們那一張張失魂落魄、傷心絕望的臉，我有好長一段時間曾是他們其中的一員。我在這裡所感受的其實是一種市民階級式的多愁善感，一種源自於年少時期的氛圍，一種淡淡的、老派的酒館浪漫，這份情懷源自於那個菸、酒，和酒館都屬於違禁品，還被大家視為陌生、美妙之物的時代。那時候沒有荒野之狼會冒出來對著我呲牙裂嘴，沒有荒野之狼會把我的多愁善感狠狠咬碎。這一刻，我平靜的坐在酒館裡，往事一幕幕浮現，宛如一顆正在殞落的星辰綻放出最後的光芒。

一名街頭小販進到酒館裡兜售烤栗子，我向他買了一大把。一位賣花的老婦人來到我跟前，我向她買了幾支丁香花送給酒館的老闆娘。我準備要付錢離開時，習慣性的把手伸向西裝口袋，這才想起我今天穿的是燕尾服。天啊，面具舞會！赫爾米娜！

幸好時間還早，而且我還無法下定決心現在就踏進舞會所在的環球舞廳。想起原本生活的種種安逸，我突然油然而生一股抗拒和排斥，我不想踏進環球舞廳那些寬敞卻擠滿了人、無比嘈雜的房間。我像個青澀的男學生羞於接觸陌生環境，羞於進入花花公子的繁華世界，羞於跳舞。

我在街上亂逛，行經一家電影院，看見一道道耀眼的強光和五彩繽紛的巨型看板。我從電影院的門前走過，走沒幾步又折返，我決定進去。我可以在漆黑的電影院裡待到十一點。帶位的男孩提著小燈在前引導，我摸索著跟著他穿過厚重的布簾，進到漆黑的廳內，找到位置後，瞬間置身舊約全書中。這部電影就是那種據說不是為了賺錢，只是為了高尚的、神聖的目標而拍攝的電影，大製作大成本且細節考究，這種電影下午時段常會有學校的宗教課老師帶著學生前來觀賞。電影描述的是摩西和生活在埃及的以色列人的故事，場面非常浩大，動員了無數演員、馬匹、駱駝，並搭建了富麗堂皇的宮殿，在炎熱的沙漠中只見法老王的身影既偉大又盡顯尊貴，但猶太人卻生活得極其卑微與艱辛。螢幕上的摩西留著類似十九世紀美國詩人華特．惠特曼（Walt Whitman）的長鬍子，並且妝扮得像舞台劇演員般華麗，他手持長杖，以北歐戰神奧丁（Wotan）之姿，率領著一群猶太人，一臉焦急和憂慮的疾行於沙漠中。他在紅海邊向上帝祈求，不久海水分開，一條路漸漸出現——兩堵由海水形成的斷崖中開展出一條宛如山谷小徑的路（幕後人員是怎麼搭出這樣的場景的？這問題，由神父帶來觀看電影、年屆堅信禮的少年學子們想必有的吵了！）我看著先知摩西和他誠惶誠恐的族人迅速通過水中道路，不久駕著戰車的法老王率兵追來，埃及士兵在紅海邊看得目瞪口呆，一開始還不敢貿然前進，最後當他們終於鼓起勇氣追上去時，身穿華麗金色鎧甲的法老王和他所有的戰車及士兵瞬間被崩塌的海水擊潰。此情此景，我不禁聯想到韓德爾波瀾壯闊的低音提琴二重奏，那段音樂歌頌的正是此一事蹟。接著我看見摩西登上西奈山，一個滿臉風霜的英雄置身荒蕪的岩石中。我看見摩西在風雨交加、雷電大作的山上領受了耶和華示下的十誡，同時他無知的族人卻在山腳下打造金牛，不僅膜拜還縱情狂歡。我覺得稀奇，覺得不可思議，我竟能親眼見證這些過程，竟能目睹聖經上的情節，目睹這些英雄豪傑與神蹟。小時候，我們曾因這些故事而懵懵懂懂的意識到另一個世界的存在，一個凌駕於凡間的神界，此刻虔誠的觀眾——這些觀眾嘴裡正靜靜的嚼著自己帶進場的麵包——只要買張票就能看著這些情節活生生的在自己面前上演，啊，這不正是我們這個充斥著廉價品和熱中販賣文化的時代最佳的縮影嗎？天啊，倘若知道自己要捍衛的竟是這樣一文不值的東西，我想當時在紅海邊，不只埃及人，應該連猶太人，甚至所有其他的民族都寧願自己當場就死掉算了——在那樣的情況下至少還能死得轟轟烈烈，死得有尊嚴，不必像我們今天這樣，忍受著這種可怕的要死不活，忍受著這種凌遲般的慢慢腐朽。唉，但也只能是這樣了！

看完這部電影，受了它的啟發，我無法面對舞會的心理障礙，我不肯承認的膽小卻步，非但沒有改善，反而變得更嚴重。我要自己想著赫爾米娜，快下定決心搭車前往環球舞廳，並鼓起勇氣走進去。時間已經很晚，舞會早就開始，我覺得自己既清醒又膽怯。就在我仍然猶豫不決，不知道自己該不該走進擠滿了人的舞會場地時，已經有人熱情的推擠著要我進去了：幾個要去香檳廳喝酒的女孩邀請我同行，另外還有幾個舉止輕浮的傢伙直接拍著我的肩膀「你啊你的」衝著我喊，冒冒失失的要跟我稱兄道弟。但我誰也沒跟，只是擠過人群直搗衣帽間。拿到寄放衣服的號碼牌，我小心翼翼的收進口袋，心想：也許我很快又會用到它，也許等一下我就會受不了這裡的混亂和嘈雜了。

今晚這棟建築裡的每個房間都被布置成了狂歡會場。每個廳都有人在跳舞，連地下室，甚至走廊和樓梯間都擠滿了戴面具的人、跳舞的人，到處都是樂聲、笑聲，和追逐聲。我惴惴不安的穿過人群，行經黑人樂隊，繼續朝鄉村樂曲的方向走，穿過寬敞、巨大、亮晃晃的的主廳後，行經走道，樓梯，酒吧，接著是自助餐區，然後來到香檳廳。一路走來，牆上掛的絕大多數是年輕畫家們風格狂野、充滿情色意味的畫作。今晚所有人都聚集到了這裡，藝術家、記者、學者、商人，大家都來了，除此之外，本城的花花公子更是全員到齊。我看見帕布羅置身樂隊中，他正起勁的吹著他的薩克斯風。他一看見我立刻大聲的跟我打招呼。我在人群的推擠和簇擁下，行經一間又一間的房間，我跟著大家上樓，跟著大家下樓。地下室裡有段通道被藝術家們布置成地獄，一支打扮成惡魔的樂隊正在賣力狂奏。我開始用目光四處搜尋赫爾米娜和瑪麗亞的身影，我找得非常認真，甚至好幾次試圖擠回主廳，但不是動彈不得，就是被迎面而來的人潮又給擠了回來。接近午夜，她們倆我誰也沒有找到。雖然我還沒有跳舞，卻已經大汗淋漓並頭暈腦脹了。我就近找了張椅子坐下，旁邊擠滿喧嘩的陌生人，我向侍者要了一杯酒，懊惱的想：像我這樣的老男人真不該來參加這種如此吵鬧的聯歡舞會。我心灰意冷的喝著酒，呆望著女人赤裸的臂膀與美背，目送一堆可笑的肌肉男從我面前走過，忍受別人對我的不小心碰撞，並且沉默不語的打發掉好幾個女孩子——她們有的一屁股坐進我懷裡，有的想強拉我跳舞。其中一個喊我「糟老頭」，喊得好，喊得對。我想藉喝酒提高自己的勇氣和興致，但怎麼連酒也飲之無味，我連第二杯都不想喝。我覺得荒野之狼彷彿又出現在我背後，對著我吐舌頭。其實問題真的不在我，我只是來錯了地方。我滿心期待的來到這裡，抵達後卻高興不起來，因為這裡沸騰的歡樂氣氛，這裡的滿室笑語，這裡的所有荒誕不經全讓我覺得愚蠢又充滿壓迫感。

半夜一點，失望又懊惱的我悄悄折返衣帽間，我想取回外套，然後離開。我輸了，我又縮回荒野之狼裡面了，赫爾米娜一定不會原諒我。但我真的辦不到。擠過人群折返衣帽間的路上，我拚命的左顧右盼，希望能看到赫爾米娜或瑪麗亞。但根本看不到她們。我來到衣帽間的櫃台前，負責衣帽間的男子早已彬彬有禮的伸出手來要接我的號碼牌了。我摸向口袋，號碼牌竟然不見了！該死，怎麼會出這種紕漏！之前當我垂頭喪氣的遊走在各廳之間，當我心灰意冷的坐下來喝乏味的酒時，我都有伸手去摸那枚號碼牌，當時我猶豫不決，不知道自己該不該離開，但我一直都可以清楚的感覺到那枚又圓又平的號碼牌安穩的放在我的口袋裡。但現在，它竟然不見了。今天真是諸事不順。

「號碼牌不見了？」站在我身邊的一個非常矮小，打扮成惡魔，全身又紅又黃的男子用他極為尖銳的聲音對我說，「拿去吧，同伴，我的號碼牌給你。」話聲未落他已經把號碼牌舉到我面前。我失神的接過來，手指才剛握緊號碼牌，那個敏捷、矮小的男子已經不見了。

我將小小的圓形紙牌舉到面前，準備看它的號碼時，發現上面根本沒有號碼，只有一堆筆跡潦草的字。我請衣帽間的侍者稍等一下，我拿著號碼牌去到燈光下，仔細閱讀。上面的字好小好亂，實在很難閱讀，但內容大概是：

今夜四點於魔法劇場

——僅供瘋子觀賞——

入場費為理智。

非人人皆可入場。赫爾米娜在地獄。

宛如人偶的操縱者一時手滑，把線給掉了，導致人偶像死了一樣動也不動，毫無反應。但經過短暫的沉寂，線又拉起了，人偶又活了，又開始表演，又會跳舞，又有反應了。我就是這樣，在魔法絲線的再度拉扯下，我再次投入雜沓的人群中——剛剛我自覺疲憊得，無趣得，蒼老得只想趕快逃走——，重返喧嘩，這次我覺得自己充滿活力、年輕、渾身是勁。大概沒有任何一個縱情逸樂的墮落者，會像此刻的我一樣，如此急於投入地獄。剛才我還覺得那些亮晃晃的皮鞋令我有壓迫感，空氣中濃重的香水味令我厭惡，人群散發出的燠熱氣息令我疲憊，但現在我就像腳底裝了彈簧，踩著宛如一步舞的快速節奏，旋風似的跑過一個又一個的廳，目標地獄。空氣彷彿被施了魔法，我被一波波溫暖的氣息，一陣陣醉人的音樂，被行經的五光十色、女人香肩、如癡如醉的人們，被歡笑聲，被跳舞的節奏，被一雙雙炙熱的眼睛給托襯著，不停的往前推移。突然，一名打扮成西班牙舞者的女郎投入我的懷抱，她說：「和我跳舞！」又說「別走！」我回答她：「我必須到地獄去。但我願意帶著妳的香吻離去。」面具下的紅唇湊了上來，四唇交纏時我才認出她是瑪麗亞。我緊緊的抱住她，她豐滿的嘴唇綻放得宛如盛開的夏日玫瑰。我們邊吻邊跳舞，舞過帕布羅的身邊，只見他無限依戀的吹奏著他的薩克斯風，悠揚的樂聲持續溫柔流瀉。他那雙動物般的眼睛閃閃發亮，但眼神卻顯得迷濛，他默默的注視著我們。我緊擁著瑪麗亞歡舞，但連二十步都還沒有跳完，音樂卻中斷了，我極不情願的放開瑪麗亞的手。

「我好想再跟妳跳一支舞，」我陶醉在她的熱情之中，「再陪我走一小段路，瑪麗亞，我好捨不得離開妳美麗的臂膀，讓它再多陪我一會兒吧！妳聽，赫爾米娜在呼喚我，她人在地獄。」

「我想也是。保重了，哈利，我永遠愛你。」瑪麗亞向我道別。是時候道別了，秋季已臨，命運如此，夏日玫瑰盛開過後，徹底的吐露芬芳後，是時候該道別了。

我繼續往前走，穿過長長的走廊，輕鬆的擠過人群，下樓，進到地獄去。我看到漆黑的牆上，邪惡的燈光亮得宛如烈焰焚燒。惡魔樂團演奏得無比狂野。一名俊俏的少年坐在吧檯旁的高腳椅上，他身穿燕尾服，沒有戴面具。他看了我一眼，眼底滿是嘲笑。我被跳舞的人擠到牆邊，在這隅狹窄的空間裡竟擠了二十對跳舞的男女。我目光熱烈且著急的逐一巡禮過這裡的每個女人，但她們大多仍戴著面具。有的發現我在看她便衝著我笑，但她們之中沒有一個是赫爾米娜。高腳椅上的少年又看了我一眼，表情滿是捉弄。我心想，等一下中場休息，赫爾米娜一定會來找我。終於等到這支舞結束，但沒有人朝我走來。

我朝吧檯走去，吧檯位於這狹小又低窪的空間的一個小角落。我在那名少年的身邊坐下，並且像酒保要了一杯威士忌。喝酒時，我從側面瞥見少年的輪廓，啊，竟如此熟悉，如此的吸引我，我彷彿看見了一張多年前的舊照片，彷彿輕輕的穿過了那層靜靜遮蓋著往事的如塵薄紗。天啊，我嚇了好大一跳：這少年竟是赫爾曼，是我兒時的好友！

「赫爾曼！」我略顯遲疑的叫他。

他報以微笑，「哈利？被你找到了？」

是赫爾米娜。她只是換了髮型，畫了淡妝，但她那張聰慧的臉在時髦立領的烘托下更顯精緻和蒼白。她的兩隻手從燕尾服寬大的黑色柚子和襯衫白色的蕾絲邊延伸而出，顯得異常嬌小。穿著黑白條紋男襪的雙足則從黑色長褲中露出來，同樣顯得異常嬌小。

「赫爾米娜，這就是妳要讓我愛上妳的特殊打扮？」

「從剛才到現在，」她邊點頭邊說，「愛上我的只有女人。現在輪到你了。不過，在此之前先讓我們喝杯香檳吧。」

我們並肩坐在高腳椅上喝香檳，旁邊的人繼續跳著舞，樂團也繼續如火如荼的演奏著狂野的弦樂。我覺得赫爾米娜根本不必努力，我很快就會義無反顧的愛上她。她現在打扮成男孩，所以我無法與她共舞，無法感受她的溫柔，無法緊緊的擁她入懷。但正因為這的距離感與中性，讓戴著男性面具的她一舉手一投足，每一次回眸，每一句話都對我充滿了女性魅力。完全不必實際跟她接觸我就已經臣服在她的魅力之下了，而這股魅力實源自於她此刻所扮演的角色，亦即雌雄同體。女扮男裝的她跟我聊赫爾曼，跟我聊童年的種種，聊我的童年和她的童年，聊青春期之前的歲月，那段日子裡少男少女的愛並不只侷限於異性之愛，而是萬事萬物都能愛，既追求感官之愛，也追求精神之愛，並且對愛情的魅力與自身的神奇銳變能力皆充滿天分。不過，這樣的能力只有某些特別受上天眷顧的人或詩人在長大後仍偶而得以重溫。此刻赫爾米娜扮演的正是這樣的一位少年，她抽著菸，跟我聊得漫不經心又充滿智慧，時不時顯得玩世不恭，一臉嘲諷，卻又渾身散發著愛情的魅力，並且讓周遭的一切都對我充滿了感官誘惑。

我原本以為自己非常了解和懂得赫爾米娜，但今晚她讓我見識到了截然不同的另一面！她悄悄的、溫柔的將我網進了欲望之網中，遊戲似的、女妖般的餵我喝下了甜美的毒藥！

我們並肩坐著，一起聊天，一起喝香檳，一起到處閒逛，觀察廳裡的男男女女，我們像探險一樣，鎖定某一對情侶後便湊近偷聽，聽他們的談情說愛，看他們如何玩這場愛情遊戲。她找出特定的對象，要我去向那些女人邀舞，她傳授我追求女人的技巧和藝術，教我怎麼對付這個人女或討好那名女子。我們甚至假扮情敵：在同一時間向同一個女人獻殷勤，我們爭相邀她跳舞，比賽誰能贏得芳心。但這一切其實只是一場面具遊戲，只是我們之間的一場遊戲，這場遊戲讓我們的關係變得更加緊密，讓我們對彼此更加著迷。這所有的一切不過是童話故事，不過是為了賦予我們更豐富的人生面向，為了讓我們的生命更具意義，這一切不過是遊戲，不過是比喻和象徵。我們發現了一個非常美麗的年輕女子，她看上去一臉悲傷和埋怨，赫爾米娜走過去和她跳舞，並且逗得她心花怒放，不久她們朝香檳廳走去，消失了好一陣子。稍後赫爾米娜告訴我，她順利的征服了那名女子，但不是以男人的身分，而是以女人的身分，她對她施展了女同性戀者（蕾絲邊）的魔力。我漸漸覺得這棟——每個廳都被舞曲轟炸得震耳欲聾，每個角落都擠滿了戴著面具且如癡如醉的人們的——建築物，簡直像座極樂天堂，像座夢想樂園。我嗅聞著一朵又一朵的美麗鮮花，享受她們的芬芳，我雀躍的伸出試探的手把玩一個又一個的飽滿果實。意圖誘惑的蛇從樹影搖曳的綠葉中窺看我，一朵朵精神抖擻的蓮花在漆黑的沼澤上搖曳，神奇的魔法之鳥正蟄伏於樹梢上，眼前的這一切都在指引著我朝那個我嚮往已久的目標前進，都在召喚我帶著全新的渴望朝那個唯一的目標前進。期間我和一個陌生女孩跳了一支舞，我表現得熱情如火、萬般殷勤，我和她舞得如癡如醉，正當我們跳得渾然忘我時，她突然大笑著說：「你簡直像變了一個人。今晚剛見你時，你又呆又笨，無趣極了。」我想起來了，一兩個小時前這名女孩曾稱我為「糟老頭」。想必此刻她已經認為她擄獲了我，殊不知下一支舞我又會為了另一名女子神魂顛倒。我整整跳了二個鐘頭的舞，或者更久，總之，我每支舞都跳，連那些我不會跳的舞我也跳。少年赫爾曼不時出現在我身邊，面帶微笑的跟我點點頭，隨即又消失在人群中。

此刻我所經歷的一切，對我過去的五十年而言是陌生的，雖然這些幾乎是每個少年、少女，每個大學生都曾經歷過的事，但我卻是今晚，在這場舞會上，第一次體會到：原來大型聚會是這麼一回事，原來跟眾人一起歡聚並陶醉其中是這種感覺，原來人可以完全融入人群，渾然忘我到這種地步，這真是一種充滿奧祕的人我合一的快樂境界。這種經驗過去我常聽人提起，幾乎每個女僕都有過這樣的經驗，我常有機會聽到人們眼睛發亮的敘述這種大型聚會的事，但我總是既不屑又羨慕的一笑置之。心馳神往者和渾然忘我者的那種如癡如醉的發亮眼神，那種陶醉在集體歡樂中的笑容，和幾近瘋癲的忘我狀態——那種眼神、那種笑容，和那種狀態，其實我見識過千百遍，有高貴的例子也有可鄙的例子。我在喝醉酒的新兵和水手身上見到過，在偉大的藝術家身上也見到過（例如，當他們竭盡心力，投注所有熱情賣力演出時），另外在許多參戰的年輕軍人身上我也見到過。其實最近我就時常為這種神采飛揚，這種笑容，和這種因快樂而渾然忘我的狀態而感到震驚，感到讚嘆，這個令我又愛又恨，又羨慕又忌妒的人正是我的朋友帕布羅，每當他渾然忘我的在樂隊裡吹奏他的薩克斯風，徹底陶醉在音樂中時，他臉上就有這樣的神采和笑容。此外樂隊裡的指揮、鼓手，和那個彈奏班鳩琴的男人，我在他們臉上同樣看到了這樣的陶醉與狂熱。這種笑容，這種孩子般純真的神采飛揚，我曾以為只有在年輕人身上才看得到，或只有在特別沒有個性或獨特性的人身上才看得到。但今天，在這個充滿祝福的夜晚，我，荒野之狼哈利，竟然也笑得神采飛揚，竟然也徹底沉浸在這種既深刻又稚氣、簡直像童話故事般的快樂中。我吸呼著因群眾，因音樂，因節奏，因酒，因愛慾而產生的甜滋滋的夢幻感與陶醉感，從前每當我聽到大學生盛讚這種舞會的美妙氣氛時，總是一臉嘲諷，甚至可悲的充滿不屑。但此刻我再也不是從前的我了，我整個人，連同我從前的個性，就像鹽溶於水，徹底消融在這醉人的舞會氣氛中。我和一個又一個的女人跳舞，但不只有這些被我擁入懷中，被我輕撫秀髮，被我吸吮芬芳的女人是屬於我的，而是在場的所有女人，廳裡的每一個女人，只要跟我一樣正在跳舞，跟我一樣正陶醉在同一首樂曲中，或曾從我面前經過——她們那一張張神采飛揚的臉猶如一朵朵曼妙至極的花——這些女人，這所有的女人都屬於我，我也都屬於她們，我們彼此交織，互相擁有。連男人也一樣，我與他們合而為一，他們再也不是陌生人，他們的笑容裡有我，我的笑容裡有他們，他們的求愛行動中有我，我的求愛行動中有他們。

一款新式的舞曲，其實就是一種新的狐步舞，這個冬天風靡了全世界，大家統稱這種舞曲為「渴慕（Yearning）」。這種舞曲一再的被演奏，每個人都想一聽再聽，大家都聽得如癡如醉，並且熟到能跟著哼唱。我不停的跳舞，跟每個我遇到的女人，無論是稚嫩的少女，花樣年華的年輕女子，或飽滿如盛夏的熟女，甚至可憐的昨日黃花，我為她們每個人而傾倒，我不停的笑，我好快樂，我感覺自己容光煥發。之前帕布羅總認為我是個令人討厭的可憐傢伙，此刻他看見我神采飛揚，眼底閃過一抹驚喜，興高采烈的從演奏椅上站起來，用力的吹奏他手中的薩克斯風，甚至站到了椅子上。他吹得兩腮鼓漲，身體和樂器隨著舞曲的節奏不停搖擺，搖得狂野，搖得開心。我和我的舞伴也舉起手來不斷的向他拋送飛吻，並且大聲的跟著樂隊唱和。啊，我忍不住想，眼前的一切或許是天意吧，我竟然也能如此快樂，如此神采飛揚，我竟然也能擺脫掉自己，變成了帕布羅的兄弟，變成了一個孩子。

我失去了時間感，徹底陶醉在快樂中，不知道時間到底是過了幾小時，還是只過了一會兒。另外我也沒發現，在舞會氣氛越來越熱的同時，人其實已經越聚越攏，舞會使用的場地也越來越小，越來越集中了。大部分的人已經離去，走廊上早已靜悄悄，許多地方的燈熄了，樓梯間更是空無一人。在上面那些廳演奏的樂隊也一團接著一團的結束了表演並離開。只有最大的主廳和位於地下室的地獄仍在喧嘩，這兩個地方的氣氛越來越熱烈，多彩多姿的歡慶氣氛持續高漲。由於我不能和扮成男孩的赫爾米娜跳舞，所以我們總是趁舞曲之間的空檔稍微聚一下，並打個招呼。後來她不見了，徹底消失了，我不僅沒有看見她，甚至忘了她的存在，或者說我已經忘記要思考了，我徹徹底底的融化在舞得如癡如醉的人群中，並且被一波波的香味、樂聲、嘆息聲、說話聲輕撫過，被一雙雙陌生的眼睛招呼著，鼓舞著，我被陌生的臉龐、嘴唇、臉頰、手臂、胸膛，和膝蓋團團包圍，樂聲如浪，一波波簇擁著我跟著它的節奏來回游盪。

突然，我像醒了一樣，在最後留下的這些舞客中——現在只剩下幾間較小的廳仍有音樂演奏，並擠滿人群——我看見一個身穿黑色小丑服，臉完全塗白的女丑——一個清新潔淨的美麗女孩，她是現場唯一一個還戴著面具的人，她絕對是我今晚見到最迷人的一名舞客。由於時間已晚，所以大家早已舞得滿臉通紅，衣服也皺巴巴，更別提領子（或皺褶領）早已垂頭喪氣。但一身是黑的女丑卻顯得光鮮亮麗，面具下的白臉妝容整齊，服裝無一絲皺紋，脖子上的那圈皺褶領也堅挺抖擻，蕾絲袖子更是一絲不苟，髮型彷彿剛剛才梳整好。我不由自主的走向她，攬住她的腰，開始與她共舞。她脖子上的皺褶領輕搔著我的下巴，秀髮輕拂著我的臉龐，她年經緊緻的身軀，比今晚任何一個跟我跳過舞的女孩都還溫柔，還要懂得如何呼應我的搖擺，她時而迴避，時而逼近，她遊戲般的誘導著我們之間一次次身體碰觸。突然，我按捺不住的俯身向前，我的唇尋向她的唇，但她的那二片唇突然驕傲的笑了，一股異常熟悉的感覺，是啊，我認得這個緊實的下巴，我欣喜萬分的認出了眼前的肩膀，手肘，手掌，啊，赫爾米娜，她不再做赫爾曼的打扮了，她已經換過衣服，她顯得清新迷人，全身散發著淡淡的香水味，臉上也撲了粉。我們熱烈的四唇交纏，瞬間她整個人，從頭到腳，徹徹底底的緊貼著我，她熱情如火，渾身是慾望。但下一秒她的唇已經離開我，她開始跟我保持距離，跳舞時肢體動作也充滿迴避。音樂暫歇，我們仍輕擁著對方，我們旁邊一對對迷人的舞客開始鼓譟、拍手、叫囂、頓足，催促著精疲力竭的樂隊繼續演奏，他們要聽「渴慕」。與此同時，大家卻也驚覺清晨已至，透過窗簾已能隱約看見灰撲撲的晨曦，一夜的高昂興致眼看就要結束，大家彷彿能預見結束後的精疲力竭，於是更想趕緊把握此刻，更想盲目的、大笑的、絕望的再次盡情狂歡，再次沉醉在音樂中與五光十色中，更想繼續踩著舞步，一對挨著一對，繼續享受一波波如浪襲來的歡愉。樂聲再度響起，跳這支舞時，赫爾米娜不再顯得高傲，她臉上也見不到半點嘲諷與拒人於千里之外了——她很清楚，我已經愛上她了，她無須再對我故作姿態。我已經完全屬於她。她熱情的回應著我，用她的舞姿，她的目光，她的吻，和她的笑。所有在這個熱情如火的夜晚和我跳過舞的女人，所有令我著迷和為我著迷的女人，所有我曾獻上殷勤，曾滿心嚮往且與她緊緊相擁的女人，所有被我投以愛慕眼光，被我久久追尋的女人，此刻全融合成了唯一一個女人，融合成我懷中的這個笑靨如花的女人。

這場婚禮之舞，這場高潮之舞，持續很久。音樂三番兩次的接近尾聲，吹管樂手放下手中的樂器，鋼琴樂手從椅子上站起來，首席小提琴手一臉無奈的猛搖頭，每當他們想停止演奏，留到最後的這群舞客就會苦苦哀求，樂手們終究還是拗不過他們，還是被他們打動，於是又開始演奏，並且演奏得更賣力，速度更快，節奏更狂野了。突然，鋼琴蓋「碰」一聲重重闔上。貪戀最後一支舞的我們跟著停下腳步，雖與舞伴仍彼此相擁，氣喘吁吁，但下一秒我們已經像吹管樂手、小提琴手一樣，疲憊至極的垂下了手。長笛樂手迅速的把長笛收進匣子裡，門開啟，冷風灌入，侍者立刻送上外套，酒保迅速把燈熄滅。大夥兒如鬼魅般一哄而散，剛才還熱情如火、神采飛揚的舞客紛紛在寒風中瑟縮，套上大衣後立刻豎起衣領。赫爾米娜站在原地，一臉蒼白卻面帶微笑。她慢慢舉起手來將頭髮往後攏，她汗濕的腋窩在燈光下顯得閃閃發亮，一道細細長長、淡淡的陰影從她的腋窩一直延伸到被衣服遮住的胸前，不知為什麼這道並不明顯的陰影，竟像她的笑容一樣，對我充滿了吸引力，彷彿她美麗軀體的各種表現方式和可能性全匯聚在這一道陰影上。

我們站在原地，彼此凝視。我們是廳中僅剩的兩個人，是整棟屋子裡的最後兩名舞客。我聽到下面有關門的聲音，還有玻璃摔破的聲音，有人在竊笑，除此之外還有憤怒、暴躁的汽車引擎聲。接著我聽見，遠遠的，在某個高處，有笑聲響起，那笑聲無比開朗，無比開心，同時卻又令人不寒而慄，令人陌生，那種笑彷彿來自晶體，來自冰塊，它明亮而閃耀，卻也冰冷而無情。但我怎麼覺得這奇怪的笑聲如此熟悉？我想不起來了。

我們站在原地，彼此凝視。有那麼一瞬間我自覺清醒又理智，可怕的疲憊感從背後襲來，我的衣服徹底汗濕，又黏又膩的掛在我身上。沾滿了汗、皺巴巴的蕾絲袖口外是我又紅又腫的雙手。但這份清醒隨即被赫爾米娜的眼神給瓦解了。現實世界，連同我對她的最真實的情欲渴望，全消失在赫爾米娜的眼神中。看著我的雖然是她，但我卻覺得是我自己的靈魂在凝視我。我們如同被施了魔法互相凝視，我可憐的靈魂正在凝視我。

「你準備好了嗎？」赫爾米娜問，她臉上的笑容消失了，一如胸前的那道詭異的陰影也消失了。遠處不知名的房間裡持續傳來高亢的奇特笑聲。

我點點頭。是的，沒錯，我已經準備好了。

這時樂手帕布羅突然出現在門邊，他目光炯炯卻愉悅的看著我們；那雙眼根本是動物的眼。但動物的眼神應該是嚴肅而認真的，他的眼神卻永遠帶著一抹笑，這抹笑讓他那雙動物的眼睛變成了人類的眼。帕布羅熱情無比的朝我們招手。他穿著一件彩色的睡袍，睡袍艷紅的大領子上露出的是他汗濕了的襯衫領，他疲憊已極的臉顯得異常枯槁、蒼白，幸好炯炯有神的黑眼珠彌補了這一切。不僅如此，那雙眼睛甚至把現實世界整個抹去了，那雙眼彷彿會施魔法。

服從他的手勢，我們乖乖的朝著他走過去。來到門邊他輕聲的對我說：「我的兄弟，哈利，我想邀請你觀賞一個小小的節目。只有瘋子才能入場，觀賞的費用是理智。你願意嗎？」我再次點頭。

真是個討人喜歡的傢伙！帕布羅敞開雙臂溫柔而細心的搭在我們肩上。赫爾米娜在右，我在左，他就這麼左擁右抱的攬著我們往上走，爬了一段樓梯後，我們來到一個小小的圓形房間。房間的上方設有藍色燈光，整個房間顯得空蕩蕩的，裡頭只有一個圓型小桌子和三張沙發椅，我們三人依序入座。

我們到底在哪兒？我這是在作夢嗎？我人在家裡？在汽車裡，車子正在行駛？不，不對，我正坐在滿室藍光的圓形房間裡，這裡空氣稀薄，現實世界在這裡變得非常非常薄弱而不真實。赫爾米娜怎麼變得如此蒼白？帕布羅怎麼一直說個不停？會不會讓他說話的人其實是我，是我正在他的身體裡對著我自己說話？會不會我的靈魂正藉由他的黑色眼珠在看著我——我這隻迷失了方向、擔驚受怕的鳥——就像之前我藉著赫爾米娜的灰色眼珠凝視我自己？

帕布羅對我們展現出極大的友善與熱情，但這份熱情卻同時帶著一份儀式意味。帕布羅目不轉睛的看著我們，一直講一直講，說個不停。我從沒聽他說得這麼有條不紊且頭頭是道，在我印象中他是個對雄辯，對字斟句酌絲毫不感興趣的人，是的，我一直不認為他是個擅於思考的人，但此刻從他嘴裡吐出來的溫暖而美好的聲音卻是那麼的滔滔不絕和辯才無礙。

「我親愛的朋友，接下來我要邀請你們觀賞的節目是哈利期待了好久，夢想了好久的節目。不過現在時間有點晚，加上我們大家都有點累了，所以讓我們先在這裡休息一下，恢復一下體力。」

語畢帕布羅從壁櫥上取下三隻酒杯，和一個造型古怪的酒瓶，以及一個充滿異國風情的彩色小木盒。他拿起酒瓶為三個酒杯斟滿酒，然後再從木盒裡拿出三根細細長長的黃色香菸，接著從絲質睡袍裡掏出打火機，幫我們每個人把菸點著。我們三個人就這麼舒舒服服的靠在沙發椅上慢慢的抽著菸，周身雲霧繚繞得彷彿聖壇上的香煙裊裊。我們邊抽菸邊慢慢的啜飲著帕布羅為我們精心準備的、又苦又甜、滋味陌生卻奇特的不知名美酒，這酒不僅提神，還令人心曠神怡，充滿幸福感，我僅覺自己像充飽了氣的汽球一樣不具重量。我們就這麼靜靜坐著，一小口一小口的抽著菸，邊休息邊啜飲杯中美酒，感覺自己輕飄飄的無比歡喜。這時帕布羅突然用他異常溫暖的嗓音悠悠的說：

「親愛的哈利，今天可以招待你，真是非常開心。您對自己的人生經常感到厭煩，您想盡辦法要離開這裡，對吧？您希望能擺脫時間，擺脫這個世界，擺脫眼前的現實，希望去到另一個適合您的現實，一個沒有時間的世界，對吧？那麼，就這麼辦，我親愛的朋友，讓我邀請您現在就如您所願。您很清楚那個適合您的另一個世界藏在哪裡，因為您尋找的那個世界正是您自己的靈魂世界。在您心中其實存在著另一個現實，您嚮往的正是那個現實。我能給您的只是原本就存在於您內心的東西，除此之外我什麼也無法給您。我能為您開啟的影像之廳，能為您呈現的影像，其實原本就存在於您的靈魂之中，此外無他。我唯一能提供給您的只是機會，只是推您一把，只是鑰匙。我唯一能幫您的是讓您具體的看見自己的內心世界，如此而已。」

說完他把手伸進自己五彩繽紛的睡袍裡，從口袋裡掏出一面圓形的小鏡子。

「您看：這就是您目前為止看見的自己！」

他把小鏡子舉到我面前（我想到一首兒歌：「小鏡子，小鏡子，我手中的小鏡子。」）。我看見鏡中有個殘缺不全、飄移不定、朦朧且可怕的影像正在變化，正在劇烈的作用，正在掙扎形成：那是我，哈利．哈勒，而且在這個哈利的體內住著荒野之狼，一隻有點害羞，美麗卻神色慌張、困惑，且害怕的狼，牠的眼睛一下子兇惡，一下子悲傷。狼的形象不停的在哈利身上穿流移動，就像一條大河旁邊有條小河匯入，但小河的顏色不同於大河，於是匯流時便出現了暈染，互相穿插，互相衝擊，痛苦萬分，彼此吞噬，二條河都想全然的呈現自己。可悲呀，形象飄移不定、樣子忽而清楚忽而模糊的狼用牠美麗卻羞怯的眼睛悲傷的看著我。

「您看見自己的模樣了吧，」帕布羅溫柔的說完這句話之後，便把鏡子重新收進口袋裡。我滿心感激的閉上眼，又輕啜了一口他特調的美酒。

「好啦，我們也休息夠了，」帕布羅說，「補充了滿滿的活力，又聊了天。現在如果你們不累了，我想帶你們進入我的西洋鏡，讓你們看看我的小劇場。你們同意嗎？」

於是我們三個一同起身，帕布羅面帶微笑的在前引導，我們來到一扇門前，帕布羅將門打開，再將布簾往旁掀開。我們瞬間置身馬蹄形的劇場長廊中。我們的位置剛好落在長廊的正中央，長廊以圓弧狀向左右兩邊延伸出去，廊上立著一扇扇包廂的門，這些門多到令人無法置信。

「這就是我們的劇場，」帕布羅說，「一座充滿娛樂效果的劇場，希望你們能因它而獲得歡笑。」說完他立刻大笑了幾聲，才短短幾聲卻已經讓我滿心震撼，因為這笑聲跟我先前聽到的、從遠遠的高處傳來的笑聲如出一轍，一種爽朗卻陌生的笑。

「這座小劇場有無數個包廂，它能根據你的願望出現十個、百個，甚至上千個包廂，等在每一扇門後面的都是你正在尋覓的東西。它就像是間美麗的圖片陳列室，我親愛的朋友，如果您只是一如既往的這麼逛過去，您將一無所獲。因為那個一向被您稱之為個性的東西將妨礙您、蒙蔽您，導致您一無所獲。我相信您肯定已經猜到，不管您怎麼稱呼您的願望，無論您稱之為超越時間，或擺脫現實，其實您真正的願望都是：把您所謂的個性卸下。個性就是您困坐其中的牢籠。倘若您以現在的模樣踏進劇場，那麼您看見的將只是哈利眼中所見到的一切，將只是荒野之狼戴著牠那副陳舊的眼鏡所看見的一切。我們之所以邀請您來，就是為了讓您摘下那副眼鏡，並且把您一向看重的個性先妥善的脫掉，寄放在我們的衣帽間，您想取隨時可以拿回去。此刻您已經度過了一個美好的舞會夜晚，也已經讀過了那本《荒野之狼》的小手冊，甚至跟我們一起享用了一些興奮劑，換言之您已經準備就緒。您，哈利，在卸下一向被您珍惜的個性之後，請往劇場的左邊走。赫爾米娜請往右邊走。到了劇場裡面，您們可以根據自己的意願隨時碰面。但現在，赫爾米娜，請先到布簾後面迴避一下，容我先引導哈利進入劇場。」

赫爾米娜往右走，行經一面從地板延伸至拱頂、覆蓋住整面牆的巨大鏡子，然後消失無蹤。

「好啦，哈利，現在輪到您了，希望您能保持心情愉快。讓您擁有好心情，教會您笑，其實是本次活動的最主要目的——我希望您能讓我輕鬆的達成任務。您感覺還好嗎？可以嗎？會不會有點害怕？好，就這樣，非常好。現在，您將無所畏懼且滿心歡喜的進入我們的幻象世界，但要進入這個幻象世界之前，依慣例，您必須先在幻象中把自己殺死。」

帕布羅再次把那面小鏡子拿出來，放到我面前。我再次看到那個神色慌張、困惑，模樣有點朦朧，且有隻狼在他體內掙扎、游移的哈利，一個我再熟悉不過卻一點也不喜歡的形象，要我殺了他真是一點也不困難。

「現在請您把這個已經是多餘了的鏡中影像給消滅掉，親愛的朋友，您唯一要做的就是這件事。方法很簡單，您只需讓自己產生一種愉快的心情，然後看著鏡中的影像好好大笑。這裡是一所幽默學園，您要學的就只是笑。其實，所有的高階幽默皆始於：不再認真、嚴肅的看待自己。」

我全神貫注的凝視著小鏡子，我手中的小鏡子，哈利狼孩正在鏡中顫抖。瞬間我也跟著顫抖——在內心深處顫抖，輕微卻異常悲傷，猶如記憶竄出，猶如鄉愁，猶如懊悔。但這輕微的不舒服感隨即變成另一種全新的感覺，那種感覺就像：用古柯鹼麻醉牙齦後拔掉一顆蛀牙，輕微的不舒服感之後產生的是一種如釋重負，一種終於可以好好喘一口氣的感覺，並且暗自驚訝：整個過程竟完全不痛！這種感覺令人不由自主的開心，甚至忍不住想笑，於是我真的開始像得救似的放聲大笑。

鏡中朦朧的影像震動了一下，隨即消失。小小的圓鏡也突然像被燒焦似的，變灰，變模糊，變得不再透明。帕布羅開心的把鏡子一扔，只見它掉到地上後沿著漫無盡頭的長廊一路往前滾，終至消失無蹤。

「哈利，笑得好！」帕布羅朗聲道，「但你還得學習怎麼笑得跟不朽者一樣。現在你終於殺死了荒野之狼。其實用刮鬍刀是殺不死牠的。現在起你一定要小心：要一直讓牠維持在死亡的狀態！然後你馬上就能脫離愚蠢的現實了。接下來我們就真的能開誠佈公的稱兄道弟了，親愛的哈利，我從來沒有像今天這樣喜歡過你。如果你覺得先前的那些事還很重要，現在我們真的可以一起探討哲理，一起談天說地，一起聊音樂，聊莫札特、格魯克（Gluck）[24]，聊柏拉圖、歌德，你想聊多少就聊多少。而且你即將理解到，何以從前我們不能聊。——我真心希望你能成功，至少今天能擺脫掉荒野之狼一天。沒錯，你剛才雖然把自己給殺了，但那當然不是一勞永逸的把自己給殺死；我們此刻身處魔法劇場，這裡的一切都只是幻影，並非事實。幫你自己挑些美好且愉悅的模樣吧，讓人知道你不再眷戀自己那大有問題的個性！不過，倘若你稍後還是懷念你先前的個性，你只需要往我現在指給你看的那面鏡子裡瞧，你就能重新拿回你的個性。你肯定聽過這句古老的箴言：一鏡在手好過二鏡在牆。但是，哈－哈－哈！（帕布羅再次笑得既美好又可怕。）——好啦，接下來只差舉行一個小小的、好玩的儀式。現在你已經摘下了你那副名叫個性的眼鏡，所以，你可以過來看看這面真正的鏡子了！你一定會覺得很好玩。」

24 譯注：全名為克里斯托夫・維利巴爾德・里特・馮・格魯克（Christoph Willibald Ritter von Gluck,1714-1787）德國古典主義作曲家。

帕布羅邊笑邊用奇怪的動作輕輕的摸了摸我，然後要我轉身：我頓時面對一面非常大的、掛在牆壁上的鏡子。我看見鏡中的自己。

我看見我所熟悉的哈利，僅短短一瞬間，這個哈利雖是我熟悉的，臉上卻綻放著我不熟悉的好心情和開朗的笑容。我還來不及細看，他卻已經一分為二，變成了兩個哈利，然後變出第三個，第十個，第二十個，偌大的鏡中塞滿了哈利，有完整的哈利，有支離破碎的哈利，無數的哈利接連出現在鏡子裡，但每個都一閃而過，我都只能驚鴻一瞥。當中有幾個哈利看起來年紀跟我一樣，有的則比我老，有的甚至非常老，但也有很年輕的，有少年，有孩童，有學生時代的我，有淘氣的我，有童稚時期的我。五十歲的哈利和二十歲的哈利擦肩而過，三十歲的哈利和五歲的哈利互相交錯，不管是嚴肅的哈利或搞笑的哈利，無論是端莊的哈利或奇怪的哈利，穿著體面的哈利或穿得很寒酸的哈利，甚至裸體的哈利，不管是光頭的哈利或長捲髮的哈利，他們每一個都是我，每個人都在我面前一閃而過，讓我驚鴻一瞥後旋即消失。他們向四面八方消失，有的朝左，有的往右，有的向鏡子深處衝去，有的衝出鏡外。其中有個看起來特別優雅的年輕哈利滿臉笑容的朝帕布羅衝去，然後熱絡的跟他勾肩搭背，雙雙離去。另一個俊俏、迷人，年紀看起來只有十六、七歲的哈利則特別討我喜歡，他動作極快的衝向長廊，飢渴的盯著門上的每一道標題細看。我忍不住湊上前去，跟著他。突然他在一扇門前駐足。我隨即跟上，一同閱讀：

所有的女孩都是你的！
請投一馬克

看完，那個俊美的少年竟奮力一躍，頭向前，把自己扔進了投幣孔，就這麼消失在門後。

帕布羅已經不見蹤影，大鏡子也消失了，連帶的所有哈利也跟著全都消失了。我意識到：現在這裡只剩下我了，我得自己面對這座劇場了。我好奇的行經一扇又一扇的門，看見每扇門上都有一道標題，換言之，一種誘惑，一項承諾。

突然某個標題吸引了我的注意力：

盡情狩獵吧！
獵殺汽車

我開啟那道門，走進去。

我瞬間置身一個嘈雜又混亂的世界。馬路上有無數的汽車——有些甚至改裝得像坦克，它們正在獵殺行人。直接了當的把人輾過去壓成肉泥，或逼到牆角活活撞死。我立刻懂了：

人類跟機器正在廝殺，這場戰爭醞釀已久，大家早就料到、也擔心會有這麼一天的到來，現在這一天終於來了，這場戰爭終於爆發。放眼望去到處是屍體，是支離破碎的人類殘骸，但除了人，汽車也一樣，到處是殘破不堪、扭曲變形，或幾乎被焚毀的車子。在這一片狼藉的焦土上有飛機盤旋，只見房子的屋頂上或窗戶內不時有長槍或機關槍伸出來，朝天空上的飛機掃射。許多牆上掛著繪製得亂七八糟，極為粗糙，卻慷慨激昂的海報，海報上斗大的字——那些字醒目得宛如火炬——全都在呼籲政府趕緊挺身而出，協助人類對抗機器，殲滅那些腦滿腸肥、光鮮亮麗、身上噴得香噴噴，只會藉機器壓榨普羅百姓的有錢人，並且一併殲滅專屬於這些有錢人的、會嚴重排放廢氣、不斷發出可怕轟隆隆聲、如惡魔般囂張的大型汽車。他們呼籲政府焚毀工廠，重新給予滿目瘡痍的大地喘息的機會，甚至呼籲遷走居民留下淨土，讓綠草得以重生，讓烏煙瘴氣的水泥世界得以重新變回綠意盎然的森林、草地、原野、河岸、沼澤。但另有一些海報則繪製得美輪美奐，風格整齊劃一，色澤溫馨、不孩子氣，措辭睿智而有學問，這些海報旨在提醒資產階級和深思熟慮者無政府狀態可能帶來的社會混亂，海報內容不斷鼓吹秩序、工作、資產、文化，和法律所能帶來的社會福祉，並盛讚機器是人類最傑出和最終極的發明，藉由機器，人類終將把自己打造為神。我津津有味且滿心讚嘆的閱讀著這些海報，紅色的海報和綠色的海報，並深深的折服在它們超群的說服力和難以反駁的邏輯下。這些海報每一幅都說得好有道理，我一下子站在這張前面點頭如搗蒜，一下子又被另一張給徹底說服，並且不時得受四周激烈的掃射聲所驚擾。總之，重點是：現在爆發了戰爭，一場激烈、熱血，又令人動容的戰爭。這場戰爭捍衛的不是皇權，不是共和，不是國界，堅持的不是旗幟之爭，不是顏色之爭，不，通通不是，他們爭的不是這些既虛偽又矯情的東西，不是這些骨子裡根本就寡廉鮮恥的東西。這場戰爭之所以爆發是因為大家覺得快窒息、快無法呼吸了，是因為生活已經失去了它的滋味，是因為不道出苦惱，不大聲疾呼就快來不及了，所以此刻必須呼籲大家奮起，一同為阻止岌岌可危之文明世界繼續受到全面性的殘害而努力。舉目所見，我發現大家的眼睛皆因摧毀的欲望和殺戮的欲望而洋溢著振奮的笑意。我感覺自己心中同樣有朵充滿野性的紅色鮮花正在綻放。我油然而生的快感絲毫不亞於其他人。於是我歡欣鼓舞的加入了戰鬥的行列。

但這還不是最棒的，最棒的是：我兒時的同學古斯塔夫（Gustav）突然出現在我身邊，我們已經數十年不見。古斯塔夫，他曾是我兒時玩伴中個性最野、最強壯，對人生最充滿企圖心的朋友。再次看見他用淺藍色的眼睛對我眨眼，我由衷的笑了。他示意我跟著他，我立刻開心的追隨其後。

「天啊，古斯塔夫，」我歡天喜地的叫，「我竟然還能見到你！你後來做什麼去了？」

他聞言大笑，一如兒時，他的笑容總帶著一抹叛逆和輕蔑。

「幹！一見面就非得問得這麼多，這麼囉嗦嗎？我後來成了神學教授。好啦，我已經告訴你了，不過，現在沒人要聽神學了，你這傢伙，現在最重要的是戰爭。快，跟我來！」

一輛小型卡車朝我們呼嘯而來，古斯塔夫一槍斃了卡車司機，然後像猴子般敏捷的跳上車，把司機推下車，讓我上車。接著我們開著車，速度快得像惡魔般穿梭在槍林彈雨和傾倒的車陣中。車子越開越遠，從市中心到城郊，持續遠離。

「你站在哪邊？工業家那邊嗎？」我問我的朋友古斯塔夫。

「哈，沒這回事。不過，這其實是喜愛問題。等我們離開這裡之後我再想想。等等，說起來我應該比較傾向於支持另一個政黨——雖然不管我們選那一黨基本上都一樣。但我是神學家，我的老前輩馬丁·路德曾在他那個時代幫助過領主和富人壓迫農民，這個路線現在應該稍微修正一下了。這輛車真爛，希望還能繼續開個幾公里！」

我們的車開得像風一樣快——風是上天的孩子——，並且一路呼嘯。不久我們已置身綠油油的寧靜鄉間，開闊的田野一望無際，有好幾英里寬。穿過遼闊的平原後，路面漸陡，不久我們已進入巍峨的高山中。這條山路平坦而明媚，我們把車停下，只見山路的一邊是陡峭的岩壁，另一邊是牆面不高的堤防，堤防以極險峻的幅度轉了個彎，一路向上蜿蜒至閃閃發亮的藍色湖泊。

「好美的風景，」我不禁讚嘆。

「的確很美。這裡應該可以稱之為主軸幹道，既然叫主軸，那麼我們就讓一堆車軸在這裡完蛋吧。哈利小子，你瞧！」

一棵高大的松樹聳立路邊，樹上看似有個用木板搭成的小屋，是瞭望台或崗哨。古斯塔夫開心的望著我笑，藍色的眼珠子底下閃爍著詭計。我們迅速下車，沿著樹幹往上爬，到了瞭望台後終於可以好好的喘一口氣。我們決定藏身其中，這是一座非常令人滿意的瞭望台。我們發現這上面有步槍、手槍，和一箱箱的子彈。我們才剛休息一下，連最佳狩獵位置都還沒找好，就已經聽到前面轉彎處有車子在按喇叭。是一輛豪華轎車，喇叭聲低沉而霸道，這輛車以極快的速度呼嘯在明媚的山路上。我們趕緊抓起步槍。氣氛緊張卻振奮人心。

「瞄準司機！」古斯塔夫喊道。眼看大車就要從我們底下開過去，我立刻瞄準並扣下板機，目標：戴著藍色便帽的駕駛。駕駛隨即中槍，癱倒在座位上。車子繼續失速的往前衝，撞上山壁又彈回來，接著像隻碩大的黃蜂，笨重而憤怒的撞在堤防的矮牆上，車身翻滾，伴隨著一記短促的撞擊聲，越過矮牆，掉到深谷下。

「解決了！」古斯塔夫開心大笑，「下一輛車看我的。」

又來了一輛車，裡面有三到四個小小的人影。其中有個女的頭戴面紗，面紗緊貼著她的臉向後飄搖，一條天藍色的面紗，一股遺憾在我心中油然而生，誰曉得，也許面紗下的那張臉非常漂亮，並且正開心的笑著。親愛的神啊，雖然我們此刻扮演的角色是強盜，但即便如此，也容許我們效法偉大的強盜典範吧，不要把殺戮的慾望延伸至美麗的女人身上，這樣的作法才是比較正確和美好的吧！我還在想，古斯塔夫已經開槍了。駕駛抽搐了一下便癱倒在座位上。車子隨即撞上一塊巨大的岩石並彈飛起來，落下後撞擊並翻覆，最後車輪朝上的停在馬路上。我們在上面靜觀其變。一開始車內毫無動靜，甚至一點聲音也沒有，車裡的人全被壓在車子下，像被困在陷阱裡。但車子仍在嗚咽哀鳴，輪子也還在持續空轉，突然一聲可怕巨響，整輛車開始燃燒。

「是輛福特汽車，」古斯塔夫說，「我們得下去，把馬路清空。」

我們來到樹下，查看起火的車。火勢很大，車子很快燒焦了。我們從旁邊的樹上折下一些枝幹，以它們為支架，慢慢的將車子往旁邊翻動，最後甚至翻過堤防，掉到斷崖下。掉下去之後，殘骸仍在樹叢中劈啪作響了好一陣子。有兩具屍體在車子翻覆時被拋出車外，其中一具的衣服部分著火，另一位的外套卻完好如初，我走過去檢查那具屍體的口袋，希望能知道他們是誰。我發現一只皮夾，裡頭有名片。我抽出一張，大聲唸出上面的字：「他即是你（Tat twam asi）[25]。」

「哈，非常好笑。」古斯塔夫說，「其實被我們殺死的人叫什麼根本不重要。他們跟我們一樣都是可憐鬼，叫什麼名字根本無所謂。這個世界就快完蛋了，我們也快完蛋了。把人全扔進水裡，讓大家在水底待個十分鐘，這樣或許才是對大家最好且最不痛苦的解脫方式。不過，算了，還是趕緊幹活吧！」

我們將屍體朝燒毀的車子扔去。就在此時另一輛車出現了。我們直接站在馬路上朝它開槍。車子旋轉了一段路之後翻覆，一陣嗚咽哀鳴終於停住。裡頭的一名乘客默默的留在座位上，另一名漂亮的年輕女孩爬出車子，雖沒有受傷卻嚇得一臉慘白，並且全身發抖。我們謙恭有禮的向她打招呼，並且作勢要協助她，但她顯然是嚇壞了，完全說不出話來，只能一臉驚恐的瞪大了眼睛望著我們。

「現在，讓我們先查看一下老先生的狀況，」古斯塔夫說完便朝那個一直還掛在司機後面的乘客走去。這名乘客留著灰色短髮，淺灰色的眼睛裡透著聰慧。看得出他身受重傷，至少血正從他嘴角緩緩淌下，他直挺挺的撐著身子，脖子顯得又歪又硬。

「老先生，容我報上自己的名字，我叫古斯塔夫。剛才就是我們射殺了您的司機。有幸請教您貴姓大名？」

老先生抬起小小的灰色眼睛，目光冷靜而悲傷。

「我是首席檢察官勒林（Loering），」他語氣緩慢的說，「您射殺的不僅是我的司機，還有我。我可以清楚的感覺到自己大限已至。請問您為什麼要射殺我們？」

「因為您們車速太快。」

「但我們以正常的速度在行駛。」

「先生，昨天的正常不代表今天就正常。今天，依照我們的標準，那樣的速度已經是超速了。我們打算毀掉所有經過這裡的車，每一輛，還有其他所有的機器。」

「所以您手上的槍也要毀掉囉？」

「是啊，總會輪到它，倘若之後我們有機會、有時間的話。但也許我們所有的人明天，或後天，就會全部死掉。您也知道，我們居住的地方早已人滿為患。所以應該把人清一清，好讓空氣得以流通。」

「所以，您什麼人都射殺，完全不篩選？」

「沒錯。對某些人來講的確不公。比方說那位美麗的年輕女孩，如果她死了，其實我會感到非常遺憾——她是您的女兒吧？」

「不，她是我的速記員。」

---

25 譯注：這句話源自於古印度的奧義書，後為吠檀多派的重要思想。tat 的字面意思是「那」可作祂、梵、上帝、宇宙等意思來理解，twam 的意思是「你」，asi 的意思是「是」，所以 Tat twam asi 合起來的字面意思是「那即是你」、「他即是你」，或「祂即是你」，揭示的是「梵我一如」或「和宇宙合一」的道理。

「喔，那更好。現在請您下車吧，或者要我們把您拖下車。您必須下車，因為我們要銷毀這輛車。」

「我寧願留在車內被您們一起銷毀。」

「悉聽尊便。但在這之前我有個問題想請教！您是一位檢察官，我一直無法理解，人到底要怎麼從事檢察官的工作？您賴以為生的工作是起訴他人——雖然這些人大多是可憐的惡魔——然後判他們罪，是吧？」

「的確如此。我盡我的責任與義務，那是我份內的工作。一如劊子手份內的工作是處決被我判了死刑的人。您不是也在做同樣的工作，您不也在處決他人？」

「沒錯。不過我們殺人不是為了責任與義務，是為了好玩，或者說得更貼切點：是為了發洩不滿情緒，為了表達對這個世界的絕望。殺人能為我們帶來一定程度的樂趣。但殺人從沒有為您帶來任何樂趣吧？」

「跟您談話真是無聊。行行好，趕快殺了我，趕快做您該做的事！您根本不懂何謂責任與[illegible]話……」

[illegible]一半他突然不說了，首席檢察官緊抿雙唇，彷彿下一秒就要朝古斯塔夫臉上吐口水。不過，[illegible]秒從他嘴角滲出來的是鮮血。血跡留在下巴上。

「等一下！」[illegible]斯塔夫謙恭有禮的回答，「是啊，我的確不懂什麼叫責任與義務，我再也不想懂了。過去我在工作上與責任和義務有許多交集，因為我不僅是一位神學教授，還是名軍人，我上過戰場，打過仗。我見識過的那些責任與義務，以及那些權威者與上司交代給我的責任與義務，在我看來全不是什麼好東西，坦白講我想做的總是跟他們要求的剛好相反。現在我雖然再也不懂什麼是責任與義務了，卻懂得什麼是罪了——也許責任與罪過根本就是同一件事。我母親把我生下來，我便是戴罪的了，我被判活著，被判背負著責任與義務，被判屬於某一個國家，被判成為軍人，得殺戮，得繳稅讓政府得以購買軍備。現在，換言之，此刻，生命的原罪再次導致我必須殺戮，一如當初在戰場上。不過，這次我不再抗拒殺人，我願意全然臣服於我的罪，願意讓這個愚蠢、淤塞的世界就此毀滅，願意為它的毀滅貢獻一己之力，願意跟著它一起淪亡。」

檢察官努力的從自己滲著血的嘴角擠出一絲笑容，雖然笑得沒有很燦爛，卻看得出面帶嘉許。

「非常好，」他說，「所以我們算是志同道合。現在盡你的責任與義務吧，志同道合者。」

在他們交談時，美麗的女孩已經倒在路邊，並且昏了過去。

這時又來了一輛車，全速朝這裡前進。我們立刻將女孩往旁邊拖，然後自己也閃到一旁緊貼著岩壁。來車直接撞上前一輛出事的車，雖有緊急剎車卻已經來不及。只見它前輪翹起，直接卡在前車上面，幸好最後並無大礙的停住。我們迅速的拿起槍，指著後面的這輛車。

「下車！」古斯塔夫對著車裡的人下達命令，「然後把手舉高！」

車內一共有三個人，他們聽令下車，並且乖乖的把手舉高。

「您們當中有人是醫生嗎？」古斯塔夫問。

三人皆搖頭。

「那就請您們做做好事，先把這位先生小心的移出車外，因為他身受重傷。然後再用您們的車載他到下一個市中心。動手吧，快！」

不久老先生已經被安置在另一輛車內，在古斯塔夫的指揮下，他們一行人很快的開車離去。

期間速記員早已經醒來，並目睹了整個過程。能善待這個美麗的俘虜令我感到開心。

「年輕女孩，」古斯塔夫對她說，「你已經失去了你的雇主。希望你跟那位老先生的關係並沒有特別親近。現在起換我僱用你，加入我們的行列，成為我們的好夥伴！不過，接下來我們得動作快，再待下去情況會不利於我們。你會爬樹嗎？可以嗎？動作快，你到我們中間來，我們倆架著你一起爬上去。」

接著我們三人全速往上爬，不久就抵達了上面的小樹屋。年輕女孩一到上面便略感不適，我們讓她喝下一杯白蘭地，休息一會兒之後她又恢復神采奕奕，並且讚美起眼前的湖光山色，還告訴我們她叫朵菈（Dora）。

不久又來了另一輛車，它小心翼翼地從出事的車旁邊開過去，沒有停，過去之後立刻加速。

「想溜！」古斯塔夫大笑，隨即瞄準駕駛開槍。車子蛇行了一小段，撞上堤防，甚至撞出了一個洞，車子就這麼騰空掛在懸崖邊。

「朵拉，」我開口，「你會用步槍嗎？」

她回答不會，於是我們開始教她如何讓槍上膛。一開始她顯得相當笨拙，手指不但受傷還流血，她痛得嚎啕大哭，要我們給她貼布。古斯塔夫告誡她：現在是戰爭期間，她應該要表現得像個勇敢、乖巧的女孩。古斯塔夫的話顯然奏效，朵拉不再哭泣。

「但我們會變成怎麼樣？」她悠悠的問。

「我也不知道，」古斯塔夫說，「我的朋友哈利喜歡喜歡漂亮的女人，你可以跟他做朋友。」

「那些人等一下一定會帶警察和士兵來，他們會把我們殺死。」

「警察或類似的單位已經不存在了。我們現在有兩種選擇，朵菈，一是繼續留在上面，狙擊經過這裡的所有車輛。二是自己坐上車，離開這裡，讓別人有機會射殺我們。這兩個選項，不管我們選哪一個，結果其實一樣。不過，我選擇留在這裡。」

又有一輛車經過，響亮的喇叭聲從底下不停的傳上來。他們很快把這輛車給解決了；車子翻覆，車輪朝上，橫躺在路中央。

「真是稀奇，」我說，「原來開槍殺人這麼有趣！我以前竟然反戰！」

古斯塔夫聞言大笑，「是啊，而且這個世界已經人滿為患，以前還不覺得，但現在，人活著除了要呼吸，每個人都還想要一輛車，所以你很難不發現人已經多到真的太多了。當然，我們現在做的事並不理智，甚至可以說非常幼稚，就像戰爭，戰爭也非常幼稚。總有一天人類將學會用理性的方法有效節制人口的增加。但此刻，我們的確正在用不理性的方法因應目前這種令人無法忍受的情況，無論如何，我們做的事基本上是正確的：我們正在降低人口數。」

「是啊，」我說，「我們現在做的事看起來很瘋狂，但其實有可能既正確又必要。過分要求人類運用理智，凡事都想藉助理性來加以規範，其實並非好事，尤其當那些事完全不是理性所擅長時。許多理想的產生，比方說美國人所秉持的理想，或布爾什維克主義者所秉持的理想——這二種人特別推崇理性，但這些理想其實都在嚴重的戕害生命，剝奪人生，因為它們總是極其天真的將生命過度簡化。人類的形象曾具有高度理想性，但如今那些理想卻正在淪為陳腔濫調。或許唯有靠我們這些瘋子才能為人類重新贏回高貴的形象。」

古斯塔夫笑著回應：「小子，你說得真是好有智慧，有幸聆聽這番真知灼見真是不勝欣喜又受益良多。也許吧，你說的也許真有點道理。但拜託你行行好，先把槍上膛，老實講我覺得你有點太不切實際。我們的獵物隨時可能出現，光靠你這些偉大哲理是殺不死他們的，我們槍桿裡得有子彈才行啊！」

一輛車出現，隨即受到狙擊並翻覆，馬路已無法通行。一名男性——微胖、紅髮的倖存者，在事故現場顯得氣急敗壞，他不斷的上下左右張望，最後終於發現我們的藏身之處，他衝到樹下對著我們咆哮，並且拿出左輪槍對準樹上的我們連射好幾槍。

「你快滾，否則我要開槍了，」古斯塔夫朝下面喊話。男子趁機瞄準他，再次射擊。我們決定把他解決掉，於是連開了兩槍。

接著又來了二輛車，也一一被我們擺平。之後整條馬路顯得安靜又空蕩蕩，應該是新聞大肆報導了這路段的危險性。我們終於有時間好好的欣賞眼前美景。湖的另一邊，山腳下有座小城，遠遠的我們看見濃煙飛竄，不久便發現火勢蔓延，屋頂一個個的被大火吞噬。此外還陸續傳來槍聲。朵菈開始啜泣。我輕輕的拭去她臉頰上的淚水。

「我們大家都會死嗎？」她問。沒有人回答她。不久，有個人行經此處，看見出事的車輛。此人先繞到車子旁邊探頭探腦，接著鑽進其中一輛，拿出一把彩色陽傘、一個女性皮包，和一瓶酒。他好整以暇的往堤防上一坐，開始喝酒，然後又把皮包裡找到的一個用錫箔紙包起來東西拿出來吃。整瓶酒喝完後，他開開心心的把陽傘夾在腋下，繼續往前走。看著他心滿意足的模樣，我忍不住問古斯塔夫：「這麼可愛的一個人，你有辦法對著他開槍？將他的腦袋轟出一個洞？天啊，我做不到！」

「又沒有人叫你這麼做！」古斯塔夫沒好氣的回答。顯然他心裡也不好受。截至目前為止，我們從沒有遇到像他這樣毫無威脅性，開開心心，又孩子氣的人，他看起來像還活在最初的純真狀態，是那麼的天真無邪，他的出現讓我們原本沾沾自喜且自覺不得不然的行為，頓時變得愚蠢又可鄙。真是該死，我們已經殺了那麼多人！我們突然覺得好慚愧。戰場上的將軍想必偶而也會跟我們有相同的感受吧！

「我們不該繼續留在這裡，」朵菈不滿的說，「讓我們下去吧，車裡一定找得到吃的，你們不餓嗎？你們這些武裝起義分子，布爾什維克主義者！」

山腳下，大火延燒的小城突然警鐘大作，情況看似緊急又嚴重。我們決定到下面去。我扶著朵菈跨過欄杆，準備爬便梯下去，就在此時我忍不住親吻了她的膝蓋。見我此舉她開懷大笑。突然，欄杆崩塌，我們倆就這麼懸空摔下……

我瞬間回到了弧形長廊，憶起剛才狩獵的冒險過程，我依舊驚魂未定。放眼望去，長廊上到處是門，每扇門上都有一道非常吸引人的標題：

變身
可任意變身為動物或植物

欲經
修習印度的愛情藝術
專為初學者設計：四十二種練習愛情的方法

有趣至極的自殺方式！
保證你被自己活活笑死

想提升自己的靈性嗎？
東方智慧

西方的沒落
價格優惠。內容精彩，無與倫比

藝術之真諦
藉音樂化時間為空間

笑到飆淚
幽默包廂

隱士專屬的各項遊戲
能有效取代一切社交活動

一道道的標題不斷的向前延續，看似沒完沒了。其中一道門上的標題是：

教您如何打造個性
保證成功

這道標題吸引了我，我打開門，走了進去。

迎接我的是一間光線朦朧、氣氛安靜的房間。裡頭一如某些東方國家沒擺椅子，只有一個男人席地而坐。他面前放著一個很像棋盤的東西。乍看之下那男人像極了我的朋友帕布羅，至少他身上那件彩色睡袍和他那雙炯炯有神的黑色眼睛像極了帕布羅。

「您是帕布羅嗎？」我問。

「我誰都不是，」他彬彬有禮的回答，「在這兒我們既沒有名字也不是什麼人。我只是一名棋手。您希望學會打造個性？」

「是的，請教我。」

「那麼，首先您必須提供我一些棋子。」

「棋子……？」

「是啊，有了棋子才能讓您所謂的個性分化於其中。沒有那些棋子我就沒辦法玩了。」

他拿出一面鏡子，我再次看到完整的我分裂成無數個我，而且這次分裂出來的數目比上次還多。不過，這次分裂出來的我個子都很小，宛如可以握在手中的棋子。那個自稱棋手的人安靜又篤定的將其中一些個我從鏡中取出，放在棋盤旁邊的地上。然後語氣單調的像個一再重複說著相同內容或課程的人，他說：

「人具有持續性，是個完整的個體，此一錯誤百出又帶給人不幸的說法相信您早已耳熟能詳。但另一種說法相信您也聽過：人是由許多個靈魂組成，每個人都擁有許多個我。一個表面上看起來完整而統一的人倘若覺得自己分裂為了許多個角色，那麼就會被視之為發瘋。學界甚至為此發明了一個專有名詞：精神分裂症。學界的看法確實有其道理，這樣的多樣性的確需要藉引導，並給予一定的秩序及分組來加以管理。但學界的缺失在於：他們認為人終其一生只能用唯一的一種具有約束力的秩序來規範其諸多的次我。學界的錯誤帶來了不少後遺症，唯一的好處是：受雇於國家的老師和教育人員能有效的為自己的工作內容進行簡化，並且不必那麼大費周章的去思考和做實驗。在這樣的錯誤下，許多人被評為『正常』，換言之，被評為具有高度的社會價值，但這些人其實才是真正瘋到無可救藥。相反的，某些被視之為發瘋的人其實是真正的天才。所以，在此我們想藉一個被我們稱為『打造之藝術』（Aufbaukunst）的概念，來彌補學界在靈魂學上的缺失與不足。我們將讓那些經驗過自我分裂的人知道，其實他任何時候都可以根據自己所喜歡的秩序來重新組合他所分裂出來的部份，並藉此體驗到生命這場遊戲無窮無盡的可能性與豐富多元。就像文學家藉手中的角色創作戲劇，我們也可以利用從『我』之中分裂出來的各種角色持續打造全新組合，以便呈現新的玩法，新的張力，以及永遠不斷翻新的新狀況和新情節。這樣您了解了吧！」

說完他開始安靜而睿智的抓起一個個我的角色，包括老的、小的、年輕的、女的，包括了快樂的、悲傷的、堅強的、柔弱的、靈巧的和笨拙的，他很快的把他們安頓在棋盤上，形成一場棋局，一場遊戲。在此遊戲中這些角色組成了團體，組成了家庭，一同玩耍也一同抗爭，他們彼此結為朋友或變成敵人，整個棋局儼然一個縮小版的世界。就在我看得目瞪口呆時，他開始讓這個彷彿有生命且井然有序的縮小版世界自己去運作，去遊戲，去戰鬥，去結盟，去廝殺，去彼此交織，去結婚，去繁衍後代，啊，這真是一齣如假包換、角色眾多、高潮迭起、劇情緊湊的戲啊。

接著他舉起手來朝棋盤上愉悅而輕快的一揮，所有棋子立刻倒下，並且聚攏為一堆。他開始宛如一個極為講究的藝術家默默沉思，接著又用同一批棋子重新布局一場全新的遊戲；他將棋子重新分組，賦予全新的關係，並交織出全新的情況。第二盤棋和第一盤極為類似，因為所處的是同一個世界，棋手用來打造棋局的材料也是同一批，但是這一局的調性已經變了，節奏也換了，強調的主題也不同了，各種情況更是大異其趣。

棋局建構者睿智的運用各種角色——那裡面的每個角色都是我的一部份——打造了一盤又一盤的遊戲。每一盤棋從遠處看都很像，看得出是同一個世界，有相同的源起，但即便如此，每一盤棋都是全新的。

「這就是生活的藝術，」他用指導者的口吻告訴我：「未來您可以依照自己的喜好去塑造您的人生遊戲，隨便您怎麼活，怎麼糾纏，怎麼豐富您的人生，一切掌握在您的手中。一如瘋狂，以較高層次的意義來看，它其實是所有智慧之始。精神分裂也一樣，它其實是所有藝術之始，想像之始。有的學者早已注意到這一點了，比方說在閱讀《王子的魔號》（des Prinzen Wunderhorn）[26]這本美妙至極的書籍時，您會發現這本由學者費盡心思、勤奮工作而完成的書，其實是集多位瘋子和被關在精神病院裡的藝術家們通力合作才得以完成的傑作。——拿去吧，請把這些棋子收起來，這場遊戲以後還會帶給您許多樂趣。在今天的棋局裡顯得令人無法忍受，幾乎要毀了您整盤棋的爛角色，明天很可能會變成無關緊要的小配角。或者，在這場棋局被您視為遺憾或禍害的可憐角色，到了下一場遊戲可能成了尊貴無比的公主。總之，好好的享受吧，先生。」

我對他深深一鞠躬，我好感謝這位睿智的棋手。接著我把棋子小心翼翼的收進口袋，然後打開包廂的門，準備離開。

我原本打算出到門外，直接坐在走廊的地板上，好好的下一小時棋，這一小時應該會漫長得像永遠吧。但我人都還沒在明亮的弧形長廊上站穩，就已經被突然颳起的一陣陣強風給

26 譯注：這裡指的應該是由德國浪漫派詩人布倫塔諾（Clemens Brentano）和阿爾尼姆（Achim von Arnim）於十九世紀出版的的德國民謠詞集《少年魔號》（des Knaben Wunderhorn），在這本詞集裡收集了中世紀至十八世紀的許多民謠歌詞，包括情歌、軍歌、旅遊歌謠、童謠等等。

推著往前行，風的力道遠大於我的力氣，突然一張海報在我面前劇烈搖晃：

馴獸奇蹟：馴服荒野之狼

這標題在我心中激起了無限感概；源自於過往人生，源自於脫離現實，所形成的種種恐懼與身不由己頓時湧上心頭，我覺得膽顫心驚。我用顫抖的手將門打開，瞬間置身年貨市集的一個帳篷內。我面前立著一排鐵欄杆，我只能隔著欄杆望向簡陋的舞台。舞台上站著一名馴獸師，他看起來就是那種喜歡自吹自擂又非常自以為了不起的人。此人雖然留著長長的落腮鬍，手臂滿是肌肉，非常粗壯，並且穿著誇張的馬戲團服裝，縱使這樣，他還是——以一種非常陰險又令人討厭的方式——與我極其相似。這個強壯的男人——天啊，真是悲慘的一幕！——牽著一匹像狗一樣被繩子栓起的狼，這隻狼很高大、美麗，卻瘦得可怕，牠眼中閃爍著像奴隸般膽怯的眼神。現場氣氛既令人不屑又引人入勝，既卑鄙無恥卻又叫人滿心期待。觀眾即將要目睹的是：殘暴的馴獸師引導高貴卻聽話到不可思議的掠食動物進行一連串特技表演和呈現一連串驚奇場面。

我的那個宛如從哈哈鏡裡走出來的討厭分身把那匹狼馴服得出神入化。那匹狼全神貫注的聽從他的每一個命令，像小狗一樣一個口令一個動作，一記鞭響一項表演。只見牠一下子跪下，一下子裝死，一下子學人站立，一下子又用嘴巴叼起麵包、蛋、一塊肉，最後更乖巧又懂事的咬起一個小籃子。接著，馴獸師故意將鞭子掉到地上，狼乖乖的將它叼起，並以無比卑微、屈辱的姿態，一邊搖尾乞憐一邊將鞭子交還給馴獸師。接著出場的是一隻兔子，牠被帶到狼面前，然後又來了一隻白色羔羊。狼雖不自覺的露出利齒，並因強烈的掠食本性而猛流口水，卻碰都沒去碰一下那二隻獵物，而是乖乖聽令的從二隻縮在地上哀號、發抖的獵物身上跳過去，接著極其優雅的，天啊，在兔子和羔羊之間趴下，然後向左右兩邊伸出前爪，簇擁著二隻獵物，形成一幅令人感動的全家福。作為獎賞，牠從訓獸師手中得到了一塊巧克力。看著這匹狼如此出神入化的違背自己的本性真是莫大的折磨，我看得毛骨悚然。

幸好下半場的表演很快撫慰了所有於心不忍的觀眾和那匹飽受屈辱的狼。在精采絕倫的馴獸表演後，亦即在訓獸師帶著美好的微笑，成功的呈現了狼羊一家親的畫面並深深一鞠躬後，狼跟人的角色開始對調。那個長得很像哈利的馴獸師突然卑躬屈膝的將鞭子放在狼的腳邊，並且露出跟剛才那隻可憐的狼一樣的膽顫心驚又畏畏縮縮的模樣。此時換狼露出了笑容，牠舔了舔嘴，緊繃的肢體和虛偽的表情一掃而空。狼開始眼睛發亮，抬頭挺胸，再度因充滿野性而顯得英姿煥發。

現在發號施令的是狼，得乖乖服從的是人。人聽令下跪，聽令扮狼，聽令把舌頭伸出嘴外掛著，聽令用自己補過的牙齒咬掉自己身上的衣物。人開始根據馴人師的命令一下子用兩隻腳行走，一下子用四隻腳爬行，一下子扮侏儒，一下子裝死，並任由狼騎在自己身上，或者唯唯諾諾的將鞭子叼過去給狼。人像狗一樣，出神入化的表演著各種極盡羞辱和變態的動作。一名美麗的女孩走上舞台，朝那個被狼馴服的人走過去，她先摸了摸人的下巴，又用自己的臉貼上去磨蹭他的臉。只見那個被狼馴服的人依舊像畜牲一樣以四肢爬行，他先搖了搖頭，接著便對美麗的女孩露出了牙齒，他的表情既兇狠又像狼，女孩見狀趕緊逃走。狼同樣用巧克力獎賞人，但人卻不屑一顧並將巧克力踢開。最後白色羔羊和肥美的雜毛兔子重新被帶上舞台。訓練有素的人即將表演他最後的絕技，亦即像狼一樣的展現原始慾望。他手齒並用的攫住哀號的獵物，扯掉牠們的毛，咬下牠們的肉，一臉猙獰的咀嚼生肉，然後閉上眼，無比享受的暢飲獵物溫熱的鮮血。

我驚慌失措的奪門而出。原來魔法劇場裡不全然是樂園，地獄總是隱藏在美麗的表象下。啊，神啊，難道連在這裡也找不到救贖？

我滿心恐懼且無所適從，僅覺嘴裡滿是血腥味和巧克力味，但不管是前者或後者都一樣令人作噁。我好想趕快擺脫這種一波波襲來的不舒服感，於是我拚命的在腦海中尋找美好與快樂的影像。貝多芬第九號交響曲的歌聲在我腦海中響起「啊，朋友，別再說這樣的話了！」[27]但同時那幅在戰爭期間常可以見到的、可怕的前線照片同樣浮現眼前。我驚駭的憶起照片上那些堆疊的屍體，他們臉上的防毒面具讓那些屍體看起來像極了惡魔獰笑的鬼臉。當時我自詡為充滿人道思想的反戰者，所以看到那張照片時我無比震驚。但此刻回想起來，那時的我真是愚蠢又幼稚！今天我終於知道：原來所有的馴獸師，所有的部長、將軍，所有大家能在腦中孵化出來的瘋狂想法和畫面，都一樣醜陋，都跟住在我腦中的那些想法和畫面一樣，既野蠻又邪惡，既原始又愚蠢。

我深深的吸一口氣，忽然想到之前，在我剛進入劇場時，看到的一個帥氣的少年哈利，當時我還追著他跑了一小段路，並且看見了一道標題：

所有的女孩都是你的

我忽然覺得這才是世上最重要且最值得追求的事。想到這裡，我好慶幸自己終於可以擺脫那個該死的狼的世界。於是我打開門，走了進去。

太奇妙了——如此叫人難以置信卻又如此叫人感到熟悉，我僅覺毛骨悚然——年少的氣息輕輕的朝我襲來，童年時期和少年時期的氛圍慢慢的將我籠罩，當日的熱血方剛重新縈繞心頭。不管剛才我做了什麼，想了什麼，正處於怎麼樣的狀態，突然間那一切都離我遠去了——我重新變得無比年輕。一個小時前，甚至一秒鐘前我所認為的愛、欲望、嚮往，都是一種屬於老男人的愛和嚮往。此刻我突然重返年少，我感覺到體內炙熱的火焰在燃燒，感覺一股強烈的慾望在牽引，啊，我滿腔的浪漫情懷宛如三月的春風吹拂，我僅覺自己無比年輕，嶄新，與真實。啊，猶如被我遺忘已久的烈火重新燃起，猶如當日的種種聲調再度飽滿、厚實響起，猶如綻放的熱情再次蠢蠢欲動，猶如靈魂正在吶喊，正在高歌！我正值青

27 譯注：這句歌詞出自貝多芬第九號交響曲《合唱》的第四樂章，亦即終曲樂章，歌詞主要根據德國詩人席勒的詩《歡樂頌》，不過稍微做了一點增添，例如，頭四句「啊，朋友，別再說這樣的話了！／讓我們說些愜意的事吧，／充滿歡樂的事。／歡樂！盡情歡樂吧！」就是貝多芬添加的引辭。

春，十五、六歲，滿腦子拉丁文、希臘文，和美麗的詩篇，我有太多想做的事，念茲在茲的是雄心壯志，是滿腔抱負，我有太多藝術家的夢想，但比起這把理想之火燃燒得、翻騰得更激烈、更深沉、更可怕的卻是那把愛情之火，是對男歡女愛的渴望，是對愛欲懵懵懂懂的焦慮想像。

我站在高崗上，山腳下的小鎮是我的故鄉。迎面吹來的氣息是春風，是那一年綻放的第一朵紫羅蘭的香味。從山丘上望下去，城中小河和家中的窗戶閃閃發亮，這所有的一切看起來、聽起來、聞起來都如此醉人，如此嶄新，如此的充滿了創造力。世界是如此耀眼，如此色彩斑斕，春風吹拂下更顯超現實和宛如仙境。是啊，眼前的世界，眼前的這一切，年少時，我曾在某些最美好、最充滿詩情畫意的時刻見到過。我站在高崗上，春風吹拂著我的長髮，我整個人沉浸在對愛情的渴望與幻想中，迷迷糊糊的伸出手，從新綠的灌木叢中摘下一朵半開的嫩葉芽苞，將它舉到面前，輕輕嗅聞（這一聞，當時的一切又重新綻放於眼前），像是為了好玩，我將新綠的芽苞咬在唇間，我那兩片尚未吻過女孩的紅唇。我開始咀嚼芽苞，舌尖瞬間被酸澀感和嗆鼻的苦味給攻佔，我憶起了自己曾歷過的一切，它們全回來了。我重新回到童年結束前的那一年，甚至回到了那一刻：初春的某個星期天下午，這一天我獨自一人散步，我遇見了羅莎．克萊斯勒（Rosa Kreisler），我靦腆的跟她打招呼，並醺醺然墜入愛河。

當時我遠遠的看見了美麗的羅莎，她也是一個人，正獨自沿著山路往上走，有點若有所思，有點心不在焉，她完全沒有看到我。能夠巧遇她，我既惴惴不安又滿心期待。我看見，她的頭髮雖編成兩股粗粗的辮子，但鬢邊卻散落著一綹綹髮絲，風一吹就翩翩起舞。這是我人生第一次發現女孩子好美，微風吹動著髮絲，好美，好夢幻。她藍色薄衫的裙擺覆蓋著嬌嫩的膝蓋，好美，好令人著迷。與此同時，一邊咀嚼著芽苞的我在濃烈的苦澀感中徹底的被苦甜參半的欲望及恐懼所淹沒。在遇見羅莎的那一刻，我瞬間懂得什麼是致命的愛情，什麼是女人，甚至膽戰心驚的預知到各種可怕的可能性與諾言，以及無以名之的幸福和狂喜，難以言喻的混亂、恐懼與痛苦，還有最深層的救贖與最深刻的罪惡感。天啊，初春的苦澀滋味在我舌尖瘋狂的燃燒！天啊，我的心浮躁得宛如遊戲人間的風，穿梭在她散落的髮梢間，輕撫過她緋紅的雙頰！突然她已經來到我面前，抬起頭，認出我，一抹淡淡的紅暈瞬間浮現臉龐，她趕緊撇過頭去。我彬彬有禮的脫帽問候，羅莎隨即強自鎮定，她面帶微笑，像個小淑女般的回應我的問候。接著她抬起下巴，腳步緩慢卻篤定又帶著點高傲的繼續往前走，我目送她離開，用我滿滿的愛情願望、期待，與一顆徹底臣服的心目送她離去。

這件事發生在三十五前的一個星期天，此刻，當時的情景全部又回來了：山崗和小城，三月的和風和芽苞的氣味，羅莎和她棕色的秀髮，我按耐不住的嚮往以及甜蜜卻令人窒息的膽戰心驚。眼前的一切一如當年，我僅覺我對羅莎的愛是我這輩子經歷過最深刻的愛。這次我決定用不同於上次的方式來面對她。我看見她因認出我來而雙頰泛紅，我看見她努力的想隱藏自己的激動，於是我懂了：她也喜歡我！這場偶遇對她的意義之重大一點也不亞於我！於是我不再只是脫帽問候，不再只是心情雀躍的站在那裡默默的目送她離開。這次，我雖然也膽怯，雖然也手足無措，但這次我決定聽從內心的熱血呼喚，我大聲的對她說：「羅莎，感謝主！竟然讓我在這裡遇見妳！美麗的女孩，我真的好喜歡、好喜歡妳！」如此重要的一刻，也許我該說些更具知性，更充滿智慧的話，但正是這樣的時刻，它根本不需要知性，不需要智慧，這樣的話已經足夠。這次羅莎沒有再祭出矜持的淑女姿態，也沒有隨即離開。羅莎站在原地，定睛瞧我，她的臉漲得比上一次更紅，她開口對我說：「哈利，你好，你真的喜歡我？」她棕色的眼睛在她那張輪廓鮮明的臉上閃閃發亮。我突然覺得，我過去的所有人生和愛情，自我讓羅莎從我身邊溜走的那一刻起，從那個星期天起，就全部錯了，全都一蹋糊塗了，全都只能變成愚蠢的不幸了。但此刻所有的錯誤全都獲得了彌補，所有的一切全可以重來，都可以變好。

我們向彼此伸出了手，然後手牽著手慢慢的向前走，難以言喻的快樂，卻也異常尷尬，因為我們不知道該說什麼，該做什麼。為了化解這尷尬，我們開始奮力的向前跑，一直跑到我們喘不過氣，非停下來不可。過程中我們的手始終緊緊牽著，沒有放開過對方。由於我們其實都只是孩子，所以我們並不知道該怎麼跟對方互動，那個星期天我們甚至連初吻都沒有，但縱使如此，我們所感受到的快樂卻是無與倫比的。我們默默的站著，靜靜的呼吸，我們在草地上坐下，我輕輕的觸摸她的手，她則羞怯的牽起我的另一隻手去撫摸她的秀髮。接著我們站起來，開始比誰高，事實上我比她高了大約一指寬，但我故意說沒有，並且做出這樣的結論：原來我們一模一樣高，原來我們是親愛的上帝專為彼此量身打造的對象，將來長大了我們一定要結婚。羅莎突然說她聞到了紫羅蘭的香味，於是我們蹲在初春尚短的草叢中尋找紫羅蘭。我們真的找到了一些莖還很短的紫羅蘭，我們把自己找到的花送給對方。涼意漸漸襲來，夕陽斜照，陽光灑在岩石上，羅莎說她得回家了。我們依依不捨，非常傷心，因為我不能送她回家。但現在起我們有了只屬於我們倆的祕密，這是我們在世上所擁有的最美好的東西。

我繼續留在高崗上，無限依戀的嗅聞著羅莎摘下的紫羅蘭。我在懸崖邊趴下，整個人貼著地面上，臉朝下，望著山腳下的小城，靜靜聆聽。我看見她小小的甜美身影出現在遙遠的山下，行經噴泉，越過小橋。我看見她返抵家門，穿過廳堂，我趴在離她好遠的山崗上，但我跟她之間繫著一條牽掛，連著一股熱情，擺盪著一項美好的祕密。

之後我們又相約見面，有時在這裡，有時在那裡，有時在高崗上，有時在花園的圍籬旁，一整個春天我們時常見面，丁香花開時我們終於戰戰兢兢的迎來了我們的初吻。身為孩子，我們能給予對方的其實不多，我們的吻既不激烈也不徹底，撫觸她垂落耳際的髮絲我也只敢輕輕撥弄，即便一切是如此生澀，但我們卻是在為我們的愛情和快樂竭盡所能的付出，藉各種怯生生的肢體接觸，藉不成熟的愛情傻話，藉一次次的焦急等待，我們學到了無數嶄新的快樂，我們努力的沿著愛情的階梯一小格一小格的往上爬。

羅莎與紫羅蘭為我揭開序幕後，我得以在幸福之星的照耀下，重新經歷我人生中所有的愛情。羅莎消失了，換茵嘉特（Irmgard）上場，太陽更加炙熱，星光更加醉人，但無論是羅莎或茵嘉特，她們終究不是我最終的歸宿，我必須一階一階的繼續往上爬，我還有好多得去經歷，得去體會，去學習，失去羅莎後，還得失去茵嘉特，然後再失去安娜（Anna）。那些我在年少時曾經愛過的女孩，我又重新一個一個的愛了她們一遍，但這次我已經懂得怎麼去用愛灌溉她們，怎麼去付出，怎麼去接受她們給予我的珍貴回應。那些上一次只存在於幻想中的美好願望、夢想，和種種可能性，這一次全都變成了事實，我全都活生生的體驗到了。啊，妳們這些美麗的花朵，妳們每一個，還有伊達（Ida）和蘿菈（Lore），不管我曾經愛過妳一個夏季，一個月，或一天，妳們都是我記中最無與倫比的美麗花朵！

我懂了，此刻的我就是剛才那個俊美而耀眼的少年，剛才我目睹他朝愛情包廂直接奔去，那就是此刻的我，是一小部分的我，是我整個人、整個生命的十分之一，甚至千分之一，但這一小部分的我正在盡情經歷，正在成長茁壯，完全不受我的其他角色所影響，既不受思想家哈利牽絆，也不受荒野之狼哈利打擾，亦不受詩人哈利、夢想家哈利，或道德家哈利所折損。不，現在的我徹徹底底的就只是一個正在戀愛中的人，我呼吸到的幸福，吐納到的痛苦完完全全只來自於愛情。茵嘉特教會了我跳舞，伊達交會了我接吻，長得最漂亮的艾瑪則是第一個讓我親吻她棕色乳房，和我一同暢飲情慾這杯醉人美酒的女孩，我還記得那是一個秋季的夜晚，我們在樹影搖曳的榆樹下。

帕布羅的小劇場讓我重新經歷了好多事，這些事若用語言來表達，連千分之一都表達不了。所有我愛過的女孩現在都真正的屬於我了，她們每一個都給了我只有她才給得了我的東西，並且從我這裡得到了只有她才知道怎麼從我這裡得到的東西。這次我徹底的品嘗到了愛情、快樂、情慾，和混亂，當然還有痛苦。人生中所有被我錯過的愛情，在這夢幻的一刻，全都再次盛開在我的花園中：純潔而溫柔的花朵，熱情如火的花朵，陰鬱而早凋的花朵，以及種種按捺不住的情慾，私密的美夢，痛徹心扉的悲傷，恐懼至極的死亡，和豁然開朗的重生。我懂了，有些女人得一開始就火力全開，要迅速且瘋狂的追求她們，另一些女人則必須花時間慢慢呵護和照料，才能為彼此贏得幸福。我生命中的每個幽微角落全都再度浮現，甚至只短短發生了一分鐘的事，無論是某次的異性呼喚，或某個女子看了我一眼，搞得我心神不寧，或某個女孩閃閃發亮的雪白肌膚讓我深受吸引，總之，我曾經錯過的一切，此刻都獲得了補償。那些女孩，她們每一個都真的屬於我了，以她們獨特的方式屬於我。那個留著一頭亞麻色秀髮，有著一雙獨特的深棕色眼睛的女子再次出現，我跟她曾經在火車的走道上一同倚窗而立了十五分鐘，後來她多次出現在我夢中——她從未開口說過話，但我卻從她身上學到了極不可思議又驚人，甚至稱得上致命的愛情藝術。還有馬賽港口的那名樸實、恬靜，又笑意盈盈的中國女子，她有一頭烏黑亮麗的秀髮，水汪汪的眼睛更是閃閃動人，她同樣深諳如何默默傳情。每個女孩都有自己的祕密，並各自散發著孕育著她的那方水土的氣息，每個人的親吻方式和笑的方式都不相同，每個人都有她自己獨特的害羞方式，或熱情奔放的方式。她們來了又走，愛情的浪潮引領她們來到我身邊，也將我沖向她們，或從她們身邊沖走，這是一場孩子般純真的遊戲，我們全優游在男歡女愛的大河中，無比刺激，無比危險，並且充滿驚喜。我好驚訝，我的人生竟能如此豐富，原來被我視之為貧脊且缺少愛情的荒野之狼的人生竟有這麼多次墜入愛河的經驗，和這麼多次的機會，這麼多次的心動與誘惑。可惜這所有的一切都被我錯過了，或刻意逃避，或在跌跌撞撞中錯失了，並隨即忘記——但這所有的人事物竟全被保存在這裡，而且保存得這麼完整，成千上百件，一件不漏。此刻當我再次見到這一切，我已經懂得要敞開心胸，要義無反顧的全心投入了，我已經懂得要如何在那座玫瑰色的朦朧地獄中盡情沉淪了。就連上次帕布羅的提議，以及他對我的誘惑也都再次出現了，連同更早的，其他人對我的誘惑，那些我當時沒看懂或聽懂的誘惑，也都一一重現了，那些無與倫比的美好遊戲，三人性愛，四人性愛——只見大家笑意盈盈的迎接我加入他們充滿歡愉的輪舞行列。我重新經歷了好多事，玩了好多遊戲，這一切真不是語言所能形容。

末了我浮出水面，從那條川流著無盡誘惑、墮落，和充斥著各種糾纏的欲望長河中浮出水面，平靜、無語、準備就緒，對一切了然於胸，此刻的我有智慧，深刻的體驗過，終於成熟到足以面對赫爾米娜了。在我這場角色萬千的愛情神話中她是最後一位主角，在我遇見的一連串女人中，她的名字是最後一個出現的，啊，赫爾米娜——這名字一出現我就立刻恢復了自覺，立刻結束了這場愛情童話，因為我不想在這晦暗幽微的魔鏡中遇見她，她不該只擁有在棋局中扮演著某個角色的哈利，我要獻給她的是一個完整的哈利。啊，我將重新布局這盤棋，我要讓所有的一切都校準她，都為滿足她而設。

浪將我衝上岸，我再次回到安靜的劇場長廊。接下來會是什麼？我把手伸進口袋裡想掏出棋子，但這樣的動作竟失效了。瞬間所有的門，所有的標題，所有的魔法鏡子開始繞著我不停的轉。我被迫讀取下一道標題，並且看得膽戰心驚。標題上寫著：

如何藉愛殺人

我腦中立刻浮現那日的情景，那稍縱即逝的畫面：赫爾米娜坐在餐廳的桌子邊，突然無視眼前的美酒與佳餚，整個人沉浸在陰森的可怕話題中，她的眼神認真且可怕，她對我說，她要讓我愛上她，但她這麼做的目的只在於要我親手殺了她。一股強烈的恐懼與不祥迅速襲上心頭，發生在現實生活裡的一切又全回來了，我的內心再次充滿了不安，再次深刻的感受到無法掙脫的命運束縛。我驚慌失措的又想去抓口袋裡的棋子，我想趕快再變點魔法，趕快再重新布局棋盤。但我的口袋裡根本沒有棋子了，我拿出來的是一把刀。我嚇得驚慌失措，於是我拔腿就跑，長廊上我經過無數道門，突然那面巨大的鏡子又立在我面前，我望進去，鏡子裡站著一匹跟我一樣高，又大又美的狼，牠靜靜的站著，不安的眼神中閃爍著膽怯。突然牠眼睛發亮的看著我，狀似獰笑——狼呲牙裂嘴的露出了裡面鮮紅的舌頭。

帕布羅哪兒去了？赫爾米娜哪兒去了？那個一臉聰明，把如何打造個性講得天花亂墜的傢伙又跑哪兒去了？

我再次望向鏡子。我變高了。站在鏡子裡舔著紅舌的狼不見了。此刻鏡中的人是我，是哈利，他一臉陰鬱，所有的遊戲全都離他而去了，他被沉重與罪惡折磨得不成人形，他蒼白得可怕，但還看得出是個人，至少還是個可以跟人交談的人：

「哈利，」我問，「你在這裡做什麼？」

「什麼也不做，」鏡中的哈利說，「只是等。我在等死。」

「死亡在哪兒？」我問。

「就快來了，」鏡中的哈利說。突然從劇場內部的空房間傳來了樂聲，美好卻可怕的樂聲，這音樂出自歌劇《唐喬凡尼》（Don Juan），亦即石頭客（石像）出場的那一段。冷冰冰的樂聲以令人不寒而慄的方式迴盪在整棟鬼影幢幢的劇院內，那音樂彷彿來自冥界，來自不朽者。

「是莫札特！」我心想，同時深藏在我心裡的那些最為我所鍾愛和推崇的影像突然浮顯眼前。

笑聲在我背後響起，一種響亮卻無情的笑聲，一種來自冥界、常人聽不見的笑聲。只有飽嘗過痛苦的人，只有具神一般超然幽默感的人才發得出這種笑聲。我回過頭去，這笑聲讓我毛骨悚然又滿心歡喜，看見朝我走來的竟是莫札特。他邊笑邊從我身邊走過，從容的朝一間包廂走去。他打開門，走進去。我緊跟著他進去，他是我少年時期最崇拜的神，是我這輩子最鍾愛和景仰的對象。樂聲依舊持續。莫札特倚著包廂內的欄杆而立，我沒有看到任何表演。看不到盡頭的房間裡望進去只有一片漆黑。

「您看，」莫札特說，「沒有薩克斯風還不是沒差。雖然我無意冒犯薩克斯風這種這麼棒的樂器，但實在不得不這麼說。」

「我們這是在哪兒？」我問。

「歌劇《唐喬凡尼》的最後一幕，唐喬凡尼的侍從雷波雷諾（Leporello）已經嚇得跪倒在地上。非常精采的一場戲，從音樂上也可以聽得出來，就是這一段。雖然這當中要表現的是極為人性化的東西，但你還是可以感覺到某種來自冥界的力量，比方說笑聲——不是嗎？」

「這齣歌劇是人類譜出的最後一部偉大音樂，」我像個小學教師般說得慷慨激昂，「是啊，雖然後來又出了舒伯特，出了胡戈．沃爾夫（Hugo Wolf），還有蕭邦——我當然不會忘記還有可憐卻美好的蕭邦。大師，您怎麼在皺眉——喔，對了，還有貝多芬，他也非常之棒。但他們創作出來的所有音樂，不管再美，都已經有瑕疵，已經有點鬆散了。在《唐喬凡尼》這齣歌劇之後，根本沒有人能創作出像它一樣，能為人類帶來如此極致享受的完美之作。」

「天啊，不必這麼嚴肅和認真吧，」莫札特嘻皮笑臉的說，一副玩世不恭的模樣，「您應該也算是個音樂家，對吧？其實，音樂這行我已經放棄了，我早就退休了。只是，偶而為了好玩，才會再重操舊業、客串一下。」

他舉起手來，像要開始指揮。一輪明月，但也有可能是一顆發亮的額頭在遠方緩緩昇起，我從欄杆旁望過去，在房間遙不可及的深處，有霧氣和雲煙開始飄移，朦朧中山形和海岸漸漸呈現，一片如沙漠般的無垠平原也在我們的腳下延伸。我們看見一位非常威嚴，蓄著長鬍子的長者正一臉悲戚的帶著一支為數好幾萬人的壯觀隊伍走在平原上。隊伍中的男子清一色穿著黑服。這畫面看起來既淒涼又絕望。莫札特說：

「您看，這就是布拉姆斯。他一直努力的想要得到救贖，但顯然還有得等！」

莫札特告訴我，那些黑衣男是曾經演奏過布拉姆斯樂曲的人，但那些樂曲，根據神的審判，有許多多餘的聲音和音符。

「配器太過繁複，素材太過龐大，」莫札特說得頭頭是道。

緊接著我們又看見另一支同樣壯觀的隊伍，這次為首的是華格納。這畫面讓人僅覺：華格納簡直快被後面的龐大隊伍給拖垮，給榨乾；他疲憊不堪的勉強拖著步伐前進。

「我年輕的時候，」我難過的說，「這二位風格迥異的音樂家堪稱是彼此最大的勁敵。」莫札特聞言大笑。

「是啊，一直都是這樣。拉開距離來看，爭鋒相對的勁敵經常是最相似的人。其實，配器過於繁複，並非華格納或布拉姆斯個人的問題，而是他們那個時代的通病。」

「什麼？他們為什麼得為時代通病付出如此大的代價，受到如此大的懲罰？」我忿忿不平的說。

「話是這麼說沒錯。但這關係到審判程序。他們首先要贖的是屬於他們那個時代的罪，受完這部分的審判後，接下來才會看有沒有剩下什麼專屬於他個人的罪，而且還要看這部分的罪份量有沒有大到值得因此跟他們算帳。」

「可是，時代的罪又不是他們的錯！」

「的確不是。但亞當吃了伊甸園的蘋果也不是您的錯啊，您還是得為此而贖罪。」

「真是惡劣。」

「沒錯，人生本來就充滿了惡劣。根本不是我們的錯，卻必須由我們來負責。人一出生就是有罪的。如果您不知道這一點，那麼您上的宗教課肯定非常稀奇。」

我心情惡劣至極。我彷彿看見自己變成了一個疲憊不堪的贖罪者正走在冥界的沙漠上，身上背著許多根本毋須寫出來的書，和文章，以及專欄文字，身後則跟著一堆負責排版的排字工，和一群曾經把那些冗文吞下去的讀者。天啊！除此之外還有亞當和蘋果，以及所有的原罪。我必須跟大家一起先贖這些罪，先受永無止盡的煉獄之苦，然後才能輪到這個問題：除了這些大家必須一起贖的罪之外，還有沒有什麼專屬於我個人的、獨特的罪，或者，其實我個人的所作所為，以及這些作為的結果，都只不過是茫茫人海中的一顆空虛泡沫，只不過是人世長河中的一場無謂遊戲！

見我愁眉苦臉，莫札特忍不住放聲大笑。但笑之前他先騰空翻了個筋斗，然後有點調兒啷噹的雙腳猛抖，抖得像在畫顫音，嘴裡不忘對我大喊：「嘿，小男孩，這麼難過喲，你是咬到了舌頭，還是嗆到了肺？還是想到了你的讀者？壞人？還是那些可憐的貪心鬼？抑或是你的排字工人？還是那些跟你唱反調的人？可惡的煽動者？磨利軍刀的人？真是好笑，你這隻天上飛的龍，可笑至極，笑死人了，笑到叫人屁滾尿流！哈，有顆虔誠之心的你，承載著滿滿的油墨，乘受著滿滿的靈魂痛楚，讓我為你點上一根蠟燭哀悼，哈，開玩笑的啦。但你玩過，耍過，叫過，調皮過，翹起尾巴搖過，並且沒有真的怎麼猶豫過。上帝就要下令，命惡鬼前來捉拿你了，狠狠的打，重重的鞭，為你寫的書，為你浪費掉的油墨，誰叫你在這上頭幹的盡是些偷雞摸狗的爛事！」

莫札特覺得好笑，我卻覺得過分，我氣到沒時間繼續難過。我一把抓住他的辮子。但莫札特想逃，辮子越扯越長，越扯越長，最後竟變成了彗星的尾巴，我就這麼掛在末梢，被它拖著呼嘯過寰宇。該死，這個世界怎麼如此冰冷！天啊，不朽者竟然得忍受如此稀薄而冷冽的空氣。但它竟讓人覺得好舒服，這冰冷的空氣，在我失去知覺前，只短暫的體驗了一下。

一種既刺骨又尖銳，非常冰冷的快感瞬間流竄周身，我突然一股想笑的衝動：像莫札特那樣，開懷、狂野，且超凡絕俗的大笑。但就在此時，我無法呼吸且失去了意識。

我腦袋一片混亂，精疲力竭的醒來，長廊上的白色燈光映照在光可鑑人的地板上。我沒有留在不朽者那裡，還沒有。我一直還在充滿謎團，充滿痛苦的這一界，我依舊活在荒野之狼所處的世界裡，依舊被糾纏在無盡的痛苦與折磨中。這裡不是個好地方，留在這裡令人難以忍受。是時候做個了結了。

我面對哈利，哈利站在那面巨大的鏡子裡。他看起來不怎麼好，他此刻的模樣跟那晚從教授家出來，進入黑鷹酒吧舞池時如出一轍。但那已經是好久以前的事了，好多年前，甚至好幾百年前了。如今哈利已經老了，他早就學會跳舞，早就進過魔法劇場，早就聽過莫札的笑聲了，他對跳舞、對女人、對刀子早就不害怕了。資質再平庸的人，在塵世裡翻滾個幾百年，也會成熟的。我凝視著鏡中的哈利良久：他依舊是我認識的哈利，在他身上我依舊可以看到十五歲哈利的影子，那個在初春三月的星期天，在高崗上巧遇羅莎，並向她脫帽致意的少年哈利。但那件事已經過去好幾百年，哈利已經又老了好幾百歲，他已經聆聽過無數音樂，研讀過無數哲學，已經是飽學之士，並且在「鋼盔」酒吧裡喝過了阿爾薩斯葡萄酒，也跟正直的教授探討過印度大神黑天的問題了，他愛過艾莉卡，也愛過瑪麗亞了，並且跟赫爾米娜結成了朋友，在山路上狙擊過汽車，跟有一頭亮麗秀髮的中國女子上過床，也見過歌德和莫札特了，他雖然曾在時間之網和幻影之網中掙扎、拉扯出一些洞，卻依舊還是被困在那張網中。儘管他口袋裡的美妙棋子再次消失了，但裡頭卻出現了一把刀。加油了，老哈利，又老又疲憊不堪的哈利！

真是該死，人生的滋味為何如此之苦！我氣得向鏡裡的哈利吐口水，我用力的踢他，將他踹成碎片。我慢慢的走在充滿迴音的長廊上，仔細的看著我經過的每一扇門，那上面曾經有過無數美好的承諾——但現在上面的標題全不見了。我緩緩的走過魔法劇場裡的上百扇門，所有的門。但我今天不是來參加面具舞會的嗎？原來已經又過了上百年。但應該很快就沒有下一年了吧！可是我還有事情沒做，赫爾米娜還在等我。好像是一場很特別的婚禮。冥冥中有股浪推著我向前，一股模糊的吸引力，啊，你這個身不由己的奴隸，你這隻荒野之狼。真是該死呀！

我停在最後一扇門的前面。是那股模糊的浪將我引領至此。啊，羅莎，啊，我遙遠的年少，啊，歌德與莫札特！

我將門打開。門後，我看見一幅簡單而美好的畫面。地上有塊不大的地毯，上面躺著兩個全裸的人，一個是美麗的赫爾米娜，一個是美麗的帕布羅。他們並排躺著，睡得很沉，因熱烈的性愛遊戲而精疲力竭——這是種怎麼玩都無法令人滿足，卻又能迅速令人獲得滿足的遊戲。眼前的這兩個人好美，好美，一幅美妙至極的畫，多麼完美的軀體啊！赫爾米娜左邊的乳房下有個剛剛形成的圓形印記，深色的瘀青，是帕布羅用他那美麗、潔白的牙齒留下的愛情印記。我對準那個印記，將手中的刀子刺進去，我把整截刀鋒全刺了進去。赫爾米娜白皙細緻的肌膚頓時流滿鮮血。如果一切不是如此，如果這一切不是這樣發生，我一定會無限愛憐的為她吻掉身上所有的血。但此刻，我沒有這麼做；我只是看著她身上的血不停的流，看著她微微的把眼睜開，滿是痛苦，滿是驚訝。我心想：「她為什麼會驚訝？」忽然想到，應該幫她把眼睛闔上。但下一秒她已經自己闔上。大功告成。她又動了一下身體，並微微側身。我看見腋窩到胸部的地方有道陰影，細細長長的，這道陰影似乎喚起了我的某個記憶。唉，算了，別想了！忘記吧！赫爾米娜就這麼靜靜的躺在那兒。

我出神的望著她，過了好久才終於微微一顫，彷彿大夢初醒，並且想到我應該要走了。這時我看見帕布羅翻過身來，睜開眼，接著站起來舒展四肢。我看見他朝美麗的死者彎下腰，露出微笑。我心想：這傢伙永遠不知道什麼叫認真，不管遇到什麼事他都能笑。帕布羅小心翼翼的拉起地毯的一角，慢慢的將地毯覆蓋在赫爾米娜的身上，直到遮住她的胸部，並且看不見傷口為止。接著帕布羅靜靜的走出包廂。他要去哪兒？為什麼大家全拋下我？我被單獨留下了，得獨自面對被地毯半掩的死者，這個我深愛且羨慕過的人。她慘白的額頭上垂著一綹男孩似的捲髮，蒼白的臉上嘴微啟，鮮紅的雙唇無比醒目，秀髮散發出淡淡的香味，露在外面的半個耳朵顯得嬌小而飽滿。

赫爾米娜的願望實現了。她都還沒有完全成為我的人，我就已經把我心愛的她給殺死了。我做了一件不可思議的事，我跪倒在地，失神的看著這一幕，完全不懂這是怎麼一回事，不知道此舉的意義何在，不知道我這麼做是對還是錯，不知道是做得好還是做得不好。我不知道那個睿智的棋手會說什麼？不知道帕布羅會說什麼？我真的不知道，我根本無法思考。相較於那張越來越沒有生氣的臉，那個塗著口紅的嘴卻越顯嬌豔。這就是我的人生，我人生中的那一點幸福與愛就像這張虛有其表的嘴：畫在死者臉上的最後一抹紅。

從死者那張臉上，從死者蒼白的肩膀上，蒼白手臂上，慢慢的，悄悄的昇起了一股寒意，一股如嚴冬般的蕭瑟感與孤寂感，一股慢慢、慢慢不斷擴張的冰冷，我僅覺雙手、雙唇越來越僵硬。難道是我把太陽給滅了？把一切生命之核心給殺死了？導致原本只存在於太空中的死寂與冰冷襲向了這裡？

我毛骨悚然的望著赫爾米娜石頭般的前額，僵硬的捲髮，慘白而透亮的耳朵；從它們的內部流出了寒意，那是致命的冰冷，但是卻好美：那股寒意好美，震動的頻率也好美，真的好美，啊，是音樂！

曾經，我記得好久以前，我也曾有過同樣的顫慄感，雖毛骨悚然卻又覺得好快樂，不是嗎？同樣的音樂我真的聽過，不是嗎？對了，是莫札特，是不朽者！

我忽然想起了那首詩，好久以前，我不知道在哪兒看過的一首詩：

但我們卻尋獲了自己
在星光閃耀的冰冷中，於穹蒼
不知歲月，不曉時分，
我們既非男亦非女，不年輕也不蒼老…
冷冽，亙古不變的是我們永恆的存在，
冷冽，明亮如星的是我們永恆的笑容…

門突然打開，有人走了進來，第一眼我沒認出，第二眼才發現那是莫札特。這次他的辮子沒了，穿的也不是及膝的七分褲和正式的皮鞋，而是做現代人的打扮。他在我身旁坐下，近到我簡直快碰到他，我甚至想出手阻止他坐下，因為我怕赫爾米娜胸膛裡流出來的滿地鮮血會弄髒他。他一坐下，就非常認真的拿起突然出現在我們身邊的一些器材和工具開始組裝，他一副鄭重其事的模樣，又是敲又是轉的。我一臉羨慕的盯著他那十根靈活又敏捷的手指，我好希望看到這雙手彈琴！我若有所思的看著他，或者不該說若有所思，而是心不在焉。我失神的望著他那雙又美又棒的手，覺得在他身邊既溫暖又有點害怕。至於他在忙什麼，在轉什麼，在敲什麼，我完全不關心。

原來他在組裝一台收音機，一組裝好就開始收聽。莫札特邊按下擴音器邊說：「在這裡就能聽到慕尼黑的演奏，韓德爾的《F大調大協奏曲》（Das Concerto grosse in F-Dur）。」

真的，我無比詫異且驚駭的聽著那該死的金屬喇叭持續向外吐出——彷佛混合支氣管裡的痰和嚼爛了的口香糖般的——黏稠之物，這東西竟被留聲機的主人們和廣播節目的聽眾們稱之為音樂，且慢，隱藏在這濃稠痰音和醜陋噪音的背後，真的，就像塵封在厚厚汙垢下的古老畫作——，你真的能聽見神之曲高貴的結構，能聽見氣勢恢弘的王者布局，那冷靜、開闊的節奏更換，那悠長、飽滿的遼闊弦音。

「天啊，」我氣急敗壞的說：「您這是在幹什麼，莫札特？您真的要用這種下三爛的聲音來虐待自己和我嗎？您為什麼要當著自己和我的面前啟動如此可鄙的機器，您是想炫耀我們的時代贏了嗎？您是在炫耀這台當代用來摧毀藝術的終極利器贏了嗎？您真的要這樣嗎？莫札特！」

莫札特，這個可怕的男人開始大笑，他的笑冰冷卻充滿智慧，他笑得一點聲音也沒有，卻足以摧毀和瓦解所有的一切！他非常享受的旁觀著我的痛苦，他伸出手轉動按鈕，調整喇叭，讓聲音變得更大聲。他笑著讓那扭曲變形的、足以殘害靈魂的、陰險毒辣的音樂持續以更嘹亮的方式攻佔整個房間，他滿臉笑容的回答我：

「別這麼激動，我旁邊這位先生！剛才那段漸慢您注意到了嗎？真是神來之筆，對吧？敞開心胸讓這漸慢的想法進入您的思緒中吧，您這個沒有耐性的傢伙——您聽，聽到了嗎？低音部的沉穩節奏宛如上帝的步伐——敞開心胸的讓韓德爾老先生的靈光乍現之作進入您焦躁的內心，撫慰您的不安吧！敞開心胸的聽聽看，小傢伙，先別激動，別不屑，只要您敞開心胸去聽，看似遙遠的神之天籟就會跳脫這可笑機器所帶來的、令人氣餒且愚蠢的表象，慢慢的呈現出來！注意聽您就能學到東西！您看，這令人討厭的金屬管子表面上做的是世上最愚蠢、最沒用、最不該發生的事，它竟然把在某個地方演奏的音樂扭曲成這副令人不敢領教、愚蠢、粗魯，又叫人心痛的模樣，真是可惡，這些金屬管子竟把音樂扔到了那些音樂根本不該去的空間——即便如此，它也無損於音樂的原始精神，它只是讓人更看清技術的無能為力和商業行為的麻木不仁！您聽我說，小傢伙，我接下來要說的話您必須知道！聽好囉！其實您從收音機裡聽到的不只是一首被嚴重扭曲和戕害的韓德爾樂曲——這首樂曲在這麼糟糕的情況下依舊充滿神性——，您聽到的、看到的其實還有某個極為珍貴的重點，這個重點反映的是人世間的一切。換言之，您聽的雖是收音機，但您聽到的和看見的其實是理型與現象，永恆與時間，神性與人性之間的根本衝突。親愛的哈利，一如收音機毫無選擇性的在這十分鐘內把世上最美的音樂送到了它最不該去的地方，送到了市民階級的沙龍，送到了平民百姓家的閣樓，讓音樂白白的流洩在只顧著聊天、吃東西、打哈欠，或睡覺的聽眾身邊。一如收音機剝奪了音樂在感官上的美感，敗壞了音樂，傷害了音樂，醜化了音樂，儘管如此，卻無法完全抹煞音樂的精神——人生也是這樣，人生，亦即所謂的現實生活，和展現於其中的形形色色的人間百態，也是如此。緊接在韓德爾音樂之後的，很可能是一場有關中型企業作假帳之技巧的演講，現實生活確實可以讓優美至極的交響樂變成不堪入耳的混濁之音，在理想與現實之間，在樂隊與耳朵之間，的確到處被置入了技巧，置入了商業，置入了蒼白的不得不然和傲慢虛偽，但這就是人生啊，小傢伙，我們只能放手讓它是這樣。只要我們不是固執、愚蠢的驢子，就該笑看這樣的人生。像您這樣的人尤其不該批評收音機或人生。您應該學習怎麼敞開心胸的去聆聽！並且學習只嚴肅的去看待值得嚴肅看待的事，除此之外，其他事都可以輕鬆笑看！或者您有更高明，更高尚，更聰慧，更具品味的作法？可惜您沒有，哈利先生，您的做法真的沒有比較好！您把您的人生活成了一部糟糕透頂的疾病史，您把您的美好天賦變成了天大的不幸。除此之外，我還看到，您竟然不知好好對待眼前這個漂亮又迷人的年輕女孩，您竟然把刀子刺進了她的身體裡，竟然把她給弄壞了！您覺得您這樣做對嗎？」

「對嗎？當然不對！」我絕望的喊道，「天啊，這一切錯得離譜，而且是該死的愚蠢，該死的糟糕！我根本就是個畜牲，莫札特，我是個愚蠢又可惡的畜牲！我又病又爛，您對我的批評真是再正確不過！——但是，關於這個女孩：是她希望我這麼做的，我只是實現了她的願望罷了。」

莫札特又開始無聲大笑，但這次他做了一件好事，就是先把收音機關掉。

對於我的辯解，前一刻我還深信不移，但下一刻連我自己都覺得可笑。我突然想起，有一次赫爾米娜跟我聊到時間和永恆，那次她一說完，我就立刻覺得她的那些想法根本是我的想法，她說的話只是在反映我的想法。不過，這一次她要我殺了她，我當時認為這應該全然是赫爾米娜自己的想法和心願，應該與我無關，所以我理所當然的接受了。但此刻想想，這麼可怕又奇怪的想法，我怎麼會這麼容易就接受，甚至她還沒說出口我就已經猜到？所以，或許它其實是我的想法？還有，為什麼我會在這個時間點殺了赫爾米娜？會在看見赫爾米娜全身赤裸的躺在另一個男人懷裡時殺了她？莫札特的無聲大笑充滿諷刺，又彷彿無所不知。

「哈利，」他說，「您真是愛說笑。這麼漂亮的一個女孩子會對您沒有其他要求，只想您捅她一刀？這說詞拿去騙別人吧！不過，至少您乖乖的捅了她一刀，這可憐的孩子已經徹底的死了。雖然您自覺是遂了這個女孩的心願，但畢竟你還是對她做了這件事，所以，是時候面對這件事的後果了。或者您想逃避責任？」

「不，」我大叫，「您怎麼就不明白？我願意承擔後果！我一心一意只想贖罪，我想贖罪，真的想贖罪，我渴望被斬首，渴望被懲罰，渴望就此毀滅！」

莫札特一臉嘲諷的看著我。

「您不要老是這麼激動！您還得學習幽默，哈利。真正的幽默永遠是黑色幽默，所以，必要時的確得在行刑的絞架下學習。您準備好了嗎？可以了嗎？很好，現在到檢察官那裡去，讓完全沒有幽默感的陪審團審問您吧，他們一定能把您審到清晨時分就能將您送上冰冷的斷頭台。您真的準備好了？」

一道標題突然出現在我面前：

處決哈利

我點頭表示準備就緒。這是一座由四面牆圍起的光禿禿的院子，牆上開了幾個裝有鐵欄杆的小窗，院子裡架設了一座斷頭台，十二名或穿法官袍，或穿正式大衣的男子端坐其中，我則站在院子的正中央，頂著清晨的刺骨寒風瑟縮著，並且整顆心因擔心害怕而揪成一團，不管結果如何我都準備好要接受了。我聽令往前跨了一步，接著又聽令跪下。檢察官脫下帽子，輕咳了一聲，清清喉嚨。其他人見狀全跟著一起清了清喉嚨。檢察官將一張正式的文件舉到自己面前，並攤開，接著開始朗讀：

「陪審團的各位先生，站在您面前的是哈利．哈勒，他因蓄意濫用我們的魔法劇場而被起訴。哈勒不僅褻瀆了劇場裡的崇高藝術，換言之，他把我們美麗的幻影之廳跟所謂的現實生活給混淆了，他用投射出來的刀殺死了投射出來的女孩。除此之外，他還意圖用毫不幽默的方式，藉我們的劇場來進行自殺。基於這些犯罪事實，本座建議求處哈勒永生不死，並褫奪進入本劇場之權利十二小時。此外，他還必須被大家狠狠的笑一次，此項懲罰不得豁免。陪審團諸公，我數到三，請各位表決：一——二——三！」

「三」一數完，在場所有的人便開始放聲大笑，笑聲高亢猶如合唱，一種令人恐懼，並且簡直無法忍受的冥界之笑。

我回過神來，發現莫札特又坐到了我的身邊，一如剛才。他拍拍我的肩膀說：「您聽到您的判決了。所以，您得習慣您還要繼續聆聽屬於人生的那種收音機裡的扭曲音樂。這對您其實是有好處的。因為您真的是個特別沒有天分的人，親愛的傻瓜，藉由活著您將漸漸明瞭，人生對您有何要求。您必須學會笑，這就是人生對您的要求。您必須懂得生命的幽默感，懂得生命的黑色幽默。雖然您看似世上的一切都願意去做，去嘗試，卻從不願真的去面對人生對您的要求！您願意殺死您心愛的女孩，甚至願意興高采烈的面對被處決，我猜，您應該也很願意花一百年去苦行，去接受鞭打，對吧？」

「是這樣沒錯，我打從心裡願意，」我痛苦萬分的吶喊。

「您當然願意了！只要是愚蠢、不具幽默感的活動您都願意參加，您還真是不挑剔，所有激動又不好笑的事您都願意做！但我可不是這樣，我一點也不欣賞您那種愚蠢又浪漫的贖罪方式。您希望被處死，希望人家把您的頭砍下來，您這個有勇無謀的傢伙！為了這個愚蠢的願望，要您再殺十次人，想必您也願意。您這個懦夫，您想死，您不想活。可惡，但現在您就是得活！像您這種人判您最重的極刑都不為過。」

「喔，最重的極刑是什麼？」

「嗯，比方說，我們可以讓這個女孩復活，然後讓您跟她結婚。」

「不，不要，我還做不到，那樣一定會不幸。」

「喔，您製造出來的不幸還不夠多嗎？不過，現在起所有激情和殺人行徑不可以再做了，這一切必須結束。請您開始運用理智！您必須活著，必須學習怎麼去笑。您必須學會聆聽人生那扭曲、該死的收音機音樂，學會讚嘆存在於表象下的精神，學會對存在其中的所有歪七扭八、亂七八糟的東西發笑。就這樣，這就是我們對您的所有要求了，此外無他。」

我咬緊牙根，怯懦的問：「如果我不肯呢？莫札特，如果我不同意讓您干涉荒野之狼的人生，不同意您介入他的命運呢？」

「這樣的話嘛，」莫札特心平氣和的說：「我的建議是，再抽一根我那種很棒的香菸吧！」他邊說邊把手伸向外套口袋要掏菸給我，突然他不再是莫札特，他的眼神變得溫暖，那是一雙充滿異國風情的深色眼睛，他變成了我的朋友帕布羅，帕布羅跟那個教我下棋的男子簡直是雙胞胎。

「帕布羅！」我驚呼，「帕布羅，我們這是在哪兒呀？」

帕布羅遞給我一根香菸，並且幫我點火。

「我們呀，」他笑著說，「在我的魔法劇場裡啊。如果你還想學跳探戈，想變成將軍，或者想跟亞歷山大大帝聊天，下次都可以進來這裡。但我實在不得不說，哈利，你讓我有點失望。因為你投入得有點太忘我，你竟破壞了我劇場裡的幽默感，做了一件很不應該的事，你竟然真的把刀給刺下去了，竟然讓原本只存在於現實生活中的不堪出現在我們美好的幻影世界裡，以致褻瀆了它。你這樣做真是不太好。你看到赫爾米娜和我躺在那裡時，我希望你至少是因為忌妒才那麼做。好可惜，你真的還不懂得怎麼善用你目前的這顆棋子和這個角色——但我相信你已經比較懂得怎麼下棋了。所以，讓我們重新來過，重新修正吧！」

他把手伸向赫爾米娜，赫爾米娜在他的手中瞬間變小，變成了棋子。帕布羅將赫爾米娜收進他剛才掏菸給我的口袋裡。

甜美的菸味瀰漫，聞起來好舒服，我僅覺渾身無力，如果現在閉上眼，我肯定能睡上一年。

啊，我懂了，我什麼都懂了，我終於懂得帕布羅，懂得莫札特，我彷彿聽見莫札特又在我背後的某個地方發出那種可怕的笑聲，我知道自己的口袋裡有無數個，有成千上萬個人生棋局的棋子，我不寒而慄的預知到它們的意義了，我願意重新再下一盤棋，願意再次品嘗那些痛苦與折磨，願意再為它的荒唐可笑而膽戰心驚，我願意再進一次我內心的地獄，甚至願意一而再、再而三的進去。

總有一天我將變得比較會下棋。總有一天我將學會笑。帕布羅在等我。莫札特也在等我。

（全書完）

國家圖書館出版品預行編目資料

荒野之狼 / 赫曼．赫塞（Hermann Hesse）作；闕旭玲譯．--
初版．-- 臺北市：商周出版：家庭傳媒城邦分公司發行，
2017.8　面；　公分
譯自：Der steppenwolf

ISBN 978-986-477-140-0(精裝)

875.57　　105020283

荒野之狼

作　　者／赫曼．赫塞（Hermann Hesse）
翻　　譯／闕旭玲
責任編輯／賴曉玲

版　　權／吳亭儀、翁靜如
行銷業務／林秀津、王瑜
總 編 輯／徐藍萍
總 經 理／彭之琬
發 行 人／何飛鵬
法律顧問／元禾法律事務所 王子文律師
出　　版／商周出版
台北市 104 民生東路二段 141 號 9 樓
電話：(02) 25007008　傳眞：(02)25007759
E-mail：bwp.service@cite.com.tw
Blog：http://bwp25007008.pixnet.net/blog
發　　行／英屬蓋曼群島商家庭傳媒股份有限公司 城邦分公司
台北市中山區民生東路二段 141 號 2 樓
書虫客服服務專線：02-25007718；25007719
服務時間：週一至週五上午 09:30-12:00；下午 13:30-17:00
24 小時傳眞專線：02-25001990；25001991
劃撥帳號：19863813；戶名：書虫股份有限公司
讀者服務信箱：service@readingclub.com.tw
城邦讀書花園：www.cite.com.tw
香港發行所／城邦（香港）出版集團有限公司
香港灣仔駱克道 193 號東超商業中心 1 樓；E-mail：hkcite@biznetvigator.com
電話：(852) 25086231　傳眞：(852) 25789337
馬新發行所／城邦（馬新）出版集團 Cite (M) Sdn. Bhd.
41, Jalan Radin Anum, Bandar Baru Sri Petaling, 57000 Kuala Lumpur, Malaysia.
Tel: (603) 90578822　Fax: (603) 90576622　Email: cite@cite.com.my

美術設計／張福海
排　　版／極翔企業有限公司
印　　刷／卡樂彩色製版印刷有限公司
總 經 銷／聯合發行股份有限公司
電話：(02) 2917-8022　Fax: (02) 2911-0053
地址：新北市 231 新店區寶橋路 235 巷 6 弄 6 號 2 樓

■ 2017 年 08 月 10 日初版
■ 2022 年 10 月 04 日初版 3.3 刷
定價／ 420 元

Printed in Taiwan

城邦讀書花園
www.cite.com.tw

 ISBN 978-986-477-140-0